Geest-Verlag
Verlag für engagierte Literatur

… Liegt Böhmen noch am Meer,
glaub ich den Meeren wieder …
Ingeborg Bachmann

Ihr widme ich dies Buch
zum hundertsten Geburtstag.

Jenny Schon

Ohne Frauen wäre Rilke nicht

Essays

Jenny Schon
Ohne Frauen wäre Rilke nicht
Essays[1]

Titelbild: Jenny Schon
Fotomontage *Rilke als Velofahrer, ein Sonett erdichtend*
Grafiken und Fotos: Jenny Schon

ISBN 978-3-69064-517-1

Verlag: Geest-Verlag
Marienburger Straße 10
49429 Visbek
Tel. 04445-3895913
www.Geest-Verlag.de

Druck: Geest-Verlag

Printed in Germany

Inhaltsverzeichnis

Geleitwort

I. Eins

Kennengelernt habe ich Jenny im Herbst 2021. Das Datum sagt es schon: Coronazeit. Kennenlernen hieß da online sein. Bildschirm. In unser beider Fall, wie könnte es anders sein, das Zoommeeting eines Lyrikkreises. Sie längst arriviert. Ich ein Novize aus dem Ausland. Ihre jeweilige Kachel Monat für Monat am unteren Rand meines Bildschirms. So habe ich es in Erinnerung. Ihr Kamerabild schattig bis zum Schwarz-Weiß. Weiter Winkel und sie selbst dann wie in dem entlegensten Hintergrund dieses Ausschnittes. Man musste sich regelrecht auf die Suche nach ihr machen – selbst dann noch, wenn sie sich zu Wort meldete, das Programm ihre Tafel öffnete, grün randete und in den Mittelpunkt meines Bildschirms rückte. So schwarz-weiß ihr Bild, so farbig, hell und inspiriert dann ihre Einlassungen.

Man sah es den übrigen Tafeln an: Hier sprach eine mit großer Kenntnis und Erfahrung.

Von wegen also „seliges Nichtwissen all der Dinge, die das Jahrhundert bewegen". (*Ohne Frauen wäre Rilke nicht*) Weiter unten heißt es im vorliegenden Text: „Auch wenn ich beide Romane nicht wirklich verstehe" (die Rede ist von *Malina* und von *Malte Laurids Brigge*). In einer Mail darauf angesprochen, witzelt sie: „Sehr schön, und Dank, du lieber Michael, dass du Persönliches goutierst."

Ja, dies und überhaupt ihren Humor. Ich goutiere.

II. Blau

„Ich sehne mich sehr nach Deinen blauen Briefen.“ (*Ohne Frauen wäre Rilke nicht*)

Oder sagen wir mal: dem Blau des Bildschirms – wir haben uns ungezählte Mails geschrieben. Meist spät. (Wer hätte schon je von einem Dichter, einer Dichterin mit nicht auf den Kopf gestelltem Biorhythmus gehört.) Und meist in Versform, herumalbernd in Sachen Metrik und Reime. Über Gott und die Welt. Lebensmittel, politische Ansichten. Lebensformen. Inschriften auf Grabmälern. Rock-Musik. Und immer wieder: Rollenverständnisse.

Für ein zurückliegendes Jahrhundert hält Jenny fest: „Besonders bei gesellschaftskritischen Themen war es angezeigt, als Mann zu schreiben.“ Und heute? Wenn man sich ihre Gedichte ansieht, gibt es kaum ein politisches Thema, zu dem sie sich nicht geäußert hätte. Prompt. Bestimmt. Kritisch. Polarisierend. Nehmen wir dies hier:

Manchmal habe ich Angst

Schütze mein Gesicht
vor den Gedanken
der anderen
die mit Zeitgeist spucken
kleben dir Zeitenwende
ans Hemd das ein
Totenhemd wird

Ungefragt
nehmen sie deine Zeit
und stecken sie in
die Waschmaschine
der Meinungsmache
herauskommt
mainstream
sie sagen
du bist einverstanden

und schon schreiben
Historiker Bücher

Eine Randnotiz wert ist es, dass Jenny selbst in Briefen „geliebter Dichter“ angeredet wurde. Sie befindet sich damit in bester Gesellschaft: Rilke bedichtete niemand Geringeren als seine große Liebe Lou Andreas-Salomé mit „ein Freund warst Du, wie Männer sind [...]“ (*Ohne Frauen wäre Rilke nicht*)

III. Umsonst und draußen

Im September 2023 stand ich dann plötzlich unvermittelt vor ihr auf einer ihrer Lesungen. Open Air. Betty Hirsch-Platz, Schmargendorf. Unentwegtes stop and go der Buslinien M29 und 186. Jenny erhebt auch dann nicht ihre Stimme. Mikrofon defekt? Wenn schon. Man weiß das in der Theorie – die Umgebung, sprich das Publikum wird leiser, wenn der Vortragende mit leiser Stimme spricht.

Doch die Busdiesel? Zeigen die ebenfalls ein Einsehen?

„Diese Kolben, die auf Gedanken kommen, [...] und der Heilige krümmt sich und zieht sich zusammen; aber in seinen Augen war noch ein Blick, der dies für möglich hielt: er hat hingesehen." (*Die Aufzeichnungen des Malte Laurids Brigge*)

Es neigt' sich sacht beim 29er
Das Haupt, in Ehrfurcht auch die Fahrgastzelle
Der Motor, eigentliche Störensquelle
Dreht' – Leerlauf – runter eins und auf der Stelle
Es stiegen stille Reihen Leute aus
　　So meint man' hinterher

IV. Das Blau zu Gold

Im vorliegenden Text wird ein Buch (*das Stundenbuch*) – bevor es andächtig aufgeschlagen wird – sacht gestreichelt. Vorgeblich wegen der goldenen Verzierung – in Wahrheit aber, man ahnt das, wenn man die darüber Berichtende kennt, weil es sich eben um ein Buch handelt. Um eine Schrift. Da ist Jennys eigener Umgang mit Büchern beschrieben. Ich habe sie mit anderen Schriften gesehen. Lyrik-Bänden. Programmheften. Bei Speisekarten noch: Die gleiche Bedachtsamkeit. Schon im ersten Ertasten ein Bild sich machen. Man sieht ihren Händen diese Umgangsformen an.
„Wer nahm das Rosa an? Wer wußte auch/daß es sich sammelt in diesen Dolden?/Wie Dinge sich entgolden,/entröten sie sich sanft, wie im Gebrauch." (*Rilke; Rosa Hortensie*)

Alles Gold ist verdächtig. Das weiß schon der Volksmund. Man darf sich nicht blenden lassen. Man muss hinter die Aufprägungen und Verzierungen blicken.

Und weiter: „Ich hole mein Stundenbüchlein aus der Tasche, für Jadwiga, ich habe mit einem Bleistift den polnischen Frauennamen nachgezeichnet. [...]" Und – wenn schon, denn schon: „Vielleicht werde ich Polnisch lernen müssen, wie Rilke Russisch lernte", so Jenny. *(Ohne Frauen wäre Rilke nicht)* Polnisch um eines polnischen Namens wi len. Das nenne ich Ehrgeiz. Aus ihrer Biografie weiß ich, dass sie den Umweg, Chinesisch zu lernen, nicht gescheut hat um den Maoismus zu studieren und zu verstehen.

Ich erinnere mich an eigene Vokabeln. Erfassen und Memorieren per Stift. Das Übertragen vom Schulbuch in das eigene Heft. Das eigentliche Aneignen. Vom Druckbuchstaben zur Handschrift. Vom Stift in den Kopf. Hier ist es, wie gesagt, ein bloßer Name – doch auch dem widmet sie sich mit aller Sorgfalt.

V. In medias res/ Fragend schlingern wir voran

In einer ihrer Mails schreibt Jenny: „Mir ist eigentlich immer noch nicht klar, Patriarchat hin und her, warum, wenn sich Mann und Frau so befruchtet, auch dichterisch anregt, warum es immer noch solche Widersinnigkeiten gibt [...]" (*aus ihrer Mail vom* 28.7.2025)
Ich lese „Widersinnigkeiten" und ergänze „Widersprüchlichkeiten", „Aus - und Abgrenzungen".

Mir fällt die Illustration auf. Ein Damen(!)-Fahrrad in den Wolken (Foto-Montage Jenny Schon „Rilke als Velofahrer, ein Sonett erdichtend"). Ob Rilke tatsächlich mit seiner Schuhgröße 38 in irgendwelche Pedale getreten haben mag, muss offen bleiben. Immerhin, so viel ist unstrittig: Wenn, dann „fuhr Rilke natürlich ein Damenrad" (*aus ihrer Mail vom* 14.8.2025).

Mir dagegen kommt geradezu reflexartig beim Betrachten der Montage der Toiletten-Evergreen in den Kopf: „Eine

Frau ohne Mann ist wie ein Fisch ohne Fahrrad." Ich erinnere mich aus meiner Studentenzeit noch an die konkrete Wand, die konkrete Gastronomie und die Toilette.

Als Mann sich zu Gender-Fragen zu äußern, ist ein bisschen wie freihändig Fahrrad fahren. Immerhin, man rast nicht, es geht nicht ums Strecke-Machen, aber was, wenn vorne eine Kurve kommt? Und welche Bewegung ginge schon immer schnurgeradeaus?

Zu Goethes Zeiten waren die Zeiten einfach noch nicht reif für „ein freiheitliches kreatives Miteinander". Und heute?

In einer weiteren Parole (gleiche Zeit, andere Toilettentür) hieß es „I met god – she was black". Das ist – ich habe es recherchiert – die Antwort eines fiktiven, zur Erde wiedergekehrten Astronauten auf die Frage, ob er Gott gesehen habe. Wer will, kommt hier beim Googlen mit dem Namen Alan Watts weiter.

Jede Idee braucht eine gute einprägsame Formulierung. Auch ein bisschen Humor kann nicht schaden.

Gagarin, erster Mensch im Weltall, beantwortete die gleiche Frage mit, er habe „keine Gottheiten" gesehen. Hier hat wohl in erster Linie der Marxist in ihm gesprochen und den ansonsten durchaus geistreichen Gagarin gar nicht erst zu Wort kommen lassen.

Und auch wenn es der – in anderem Zusammenhang im vorliegenden Buch zitierte – Marx nicht gerne hören wird, vielleicht muss zunächst in Gedanken etwas gewagt werden, damit es sich dann in der Realität zu etablieren vermag. Seinen Platz erhält. So wie es im vorliegenden Buch geschieht. Vom Fragen zur Theorie zur Praxis eines einvernehmlichen Miteinanders Mann und Frau.

„Sobald ein Mensch liest oder nachdenkt oder rechnet, gehört er der Gattung an und nicht dem Geschlecht, ja er wächst in großen Augenblicken sogar über das Menschliche hinaus.“ (*Marguerite Yourcenar*)

Daran mag ich glauben, bis mir jemand das Gegenteil beweist.

Und überhaupt: Bei Jenny und mir funktioniert es. Wir beflügeln uns in Mails und Gedichten. Morgen setze ich mich hin. An ein neues Gedicht. Über das Roseneck. Über die Buslinien M29 und 186. Richtung und Gegenrichtung. Ich werde ein Bild dafür finden, wie sich die Motorenstimmen zusammenreißen und mäßigen.

Nur für den Fall, dass wieder kein funktionierendes Mikrofon zur Hand sein sollte.

Michael M. Janßen
Berlin im Sommer 2025

Vorwort

Zunächst einmal sind alle Frauen für Männer geeignet, „Äugelchen"[2] zu sein, wie es in der Goethezeit heißt, Flirt, Liebchen, Zeitvertreib. Aber auch zu seiner Zeit gab es schreibende Frauen und im Laufe des 19. Jahrhunderts beginnt sich das Bild der Beziehungen zwischen Mann und Frau zu ändern. Bereits in Goethes Roman *Die Wahlverwandtschaften* (1809) zeigt sich die gegenseitige Befruchtung der Geschlechter, die kreativ sein könnte ähnlich den chemischen Reaktionen, bei denen bestimmte Stoffe eine besondere Affinität zueinander haben und sich unter bestimmten Bedingungen zu neuen Verbindungen zusammenschließen. Aber die Zeit ist noch nicht reif für ein freiheitliches kreatives Miteinander. Trotzdem habe ich versucht, auch die positive Seite der Zusammenarbeit, des Zusammenseins der Geschlechter hervorzuheben.

Auffallend ist, dass die meisten Dichtenden des 18./19. Jahrhunderts adliger Herkunft sind, sie können sich Privatgelehrte leisten, auch für Frauen, sie zu unterrichten, ein öffentliches gymnasiales Schulwesen gibt es nur für Knaben.

Trotzdem wird das 19. Jahrhundert zunehmend ein bürgerliches Zeitalter, die beginnende Industrialisierung entdeckt die Arbeitskraft der Frau, die vermarktbar ist, oder wie Marx es sinngemäß formuliert, frei zu sein für die Ausbeutung auf dem freien Markt.

Aber auch der freie Markt hat seine Gesetze. Selbst wenn der *Kategorische Imperativ*[3] nicht die Frau als Agens erwähnt, sie beginnt, sich seit der Französischen Revolution eine eigene Identität und Freiheiten zu nehmen, wenn auch mit Blutvergießen, den Männern nicht ungleich.

Ebenso wie Marx nicht unbedingt bei seiner *Deutschen Ideologie*[4] an die Frau gedacht hat, aber auch sie könnte, rein theoretisch, morgens angeln gehen und abends einen Essay schreiben. Doch diese Utopie ist bis zum Ende des Kaiserreichs lediglich Fantasie und Wunschbild vieler mittlerweile gebildeter Frauen, erst in der Weimarer Republik dürfen sie ohne Einschränkungen das Abitur machen, studieren, Akt-Kurse besuchen.

Wenn man die letzten zwei Jahrhunderte betrachtet, wird sehr gut deutlich, wie schwierig der Weg für Frauen war und wie intensiv sie sich bei allen Schwierigkeiten durch das Jahrtausende alte Patriarchat vorwärtsgerobbt haben, und manchmal auch wieder zurückgefallen sind, wie man z. B. auch an den preußischen Herrscherinnen des 19. Jahrhundert sehen kann:

Königin Luise (1776-1810) locker und leicht in ihren Gewändern dargestellt und in offener Opposition zu Napoleon, Vicky (1840-1901) in Opposition zu Bismarck und Kaiser Friedrich III. sich nennend, und der altertümliche Muttityp, hochzuknöpft, die letzte Kaiserin Auguste-Víktoria (1858-1921).

Aber die modernen Künstlerinnen waren bereits unterwegs und das Reformkleid als Gegenmodell zum Eingeschnürtsein brachte Bewegungsfreiheit.

Gerade in den letzten beiden Jahren durch die erneute Beschäftigung mit den beiden böhmischen Weltautoren – die auch in Berlin gelebt haben, wohin ich Führungen mache aufgrund des 100. Todestags von Franz Kafka (1882-1924) und des 150. Geburtstags von Rainer Maria Rilke (1875-1926) – ist für mich unübersehbar, wie wichtig für beide Autoren

Frauen waren, besonders für Rilke, denn: Ohne Frauen wäre Rilke nicht. Und zum Titelbild: Natürlich fuhr Rilke, wenn, ein Damenfahrrad. Interessant ist dabei, dass fast alles von Rilke herausgefunden wurde, nur nicht, ob er – wie seine Frau Clara Westhoff – Velofahrer war oder nicht, deshalb die Wolken auf meiner Titelbild-Montage.

Ich war aber auch in anderen Ländern und Zeiten unterwegs, und schon die kleine Auswahl bekräftigt meine Vermutung: Ohne Frauen wäre Literatur und Kunst nicht, zumindest nicht so facettenreich.

Auch wenn nicht wenigen nachgesagt wird: Sie schreiben (malen) wie ein Mann! Das war der Schutz, den die Frauen mitunter brauchten, um überhaupt künstlerisch tätig sein (zu dürfen).

Bezahlt werden ihre Werke allerdings nicht wie bei einem Mann: Das teuerste Kunstwerk einer Künstlerin ist „Jimson Weed/White Flower No. 1" von Georgia O'Keeffe, das 2014 für 44,4 Millionen US-Dollar versteigert wurde.

Das teuerste Kunstwerk eines modernen Künstlers ist Andy Warhols „Shot Sage Blue Marilyn" für 195 Millionen US-Dollar, das 2022 versteigert wurde, oder zum Beispiel Willem de Koonings „Interchange" für rund 300 Millionen US-Dollar. Picasso zum Vergleich: „Les femmes d'Algier": 179,4 Millionen bei Christie's 2015.

Bei der Literatur sieht es günstiger für die Frauen aus: Fifty-fifty.

Weltweit an erster Stelle Shakespeare, an zweiter Agatha Christie und unter den ersten zehn ist auch J. K. Rowling mit ihrem „Harry Potter", deren Weltaufstieg wir alle miterleben konnten.

Aber auch in der Goethe-Zeit gab es bereits erfolgreiche Schriftstellerinnen wie Johanna Schopenhauer (1766-1838), die vom Schreiben leben konnte. Deren Tochter Adele sagte zu Goethe Vater, so eng waren die Beziehungen. Über den Sohn und späteren Philosophen Arthur Schopenhauer meinte Goethe, dass er einmal weltberühmt werden würde. Daraufhin Johanna Schopenhauer: *Ich habe niemals von zweien Genies innerhalb einer Familie gehört!*

1814 zerbrach ohnehin die Familie, Sohn Arthur verlangte von der Mutter, dass sie ihren jüngeren Hausfreund, den Regierungsrat Georg Friedrich Müller, aus dem gemeinsamen Haushalt werfen sollte. Was sie nicht tat.

Bereits 1807 hatte sich angekündigt, dass ihre Probleme mit der „Genialität" des Sohnes unauflösbar waren. Sie schreibt ihm[5]:

Du bist kein böser Mensch; du bist nicht ohne Verstand und Bildung; du hast alles, was dich zu einer Zierde der menschlichen Gesellschaft machen könnte. Überdies bin ich mit deinem Herzen bekannt und weiß, dass wenige besser sind, aber du bist trotzdem reizbar und unerträglich, und ich halte es für höchst schwierig, mit dir zu leben. Alle deine guten Eigenschaften werden durch deine Überklugheit verdunkelt und der Welt nutzlos gemacht, bloß wegen deines Zorns, alles besser wissen zu wollen als andere; verbessern und beherrschen zu wollen, was du nicht befehlen kannst. Damit verbitterst du die Menschen um dich herum, da niemand auf so nachdrückliche Weise verbessert oder aufgeklärt werden will.

Der Sohn verließ die Familie und zog nach Dresden. Mutter und Sohn trafen sich nie wieder. Er war auch nicht auf ihrer Beerdigung 1838.

Schon zu ihren Lebzeiten umfasste ihr Oeuvre im Brockhaus Verlag (1830/31) 24 Bände.[6]

Und damit ende ich wieder mit der Zeit, mit der ich begonnen, weil alles darauf hindeutet, dass in ihr die Frau Künstlerin, Schriftstellerin in die Modernität aufgebrochen ist, in ihre Selbstwertigkeit. Eine bedeutende Zeugin dieser Freiheit im Geiste, auch der Frauen, ist: Madame de Stael (1766-1817)[7]. Sie war der Überzeugung: *Das Genie hat kein Geschlecht.*

Jenny Schon
Berlin, Herbst 2025

I. Wahlverwandtschaften in Böhmen und anderswo

Wie es dampft und braust und sprühet – Goethe und seine „Äugelchen" in Böhmen[8]

Johann Wolfgang von Goethe (1749 Frankfurt/Main, † 1832 Weimar)*

Amtspflichten führen ihn 1790 nach Schlesien. Der Dienstherr Carl August, Herzog von Sachsen-Weimar, hatte Johann Wolfgang von Goethe[9] im Sommer gebeten, ihn zu begleiten.

Im Frühjahr war Goethe von seiner zweiten Italienreise zurückgekehrt. Im Dezember des Vorjahres hatte seine Geliebte, Christiane Vulpius, ihm den Sohn August geboren[10].

Goethe besucht in dem genannten Sommer, an seinem 41. Geburtstag, das Heuscheuer Plateau (Fort Carlsberg). Er bewundert die prächtige Aussicht über das böhmische Gelände. Er dichtet:

Grün ist der Boden der Wohnung, die Sonne scheint durch die Wände,
Und das Vögelchen singt über dem leinenen Dach;
Kriegerisch reiten wir aus, besteigen Schlesiens Höhen,
Schauen mit mutigem Blick vorwärts nach Böhmen hinein.[11]

Dieser Blick nach Böhmen von Nordosten her ist für ihn neu. Zwar war Goethe bereits 1785, 45 Tage, und 1786, 39 Tage in Karlsbad in Westböhmen zur Kur[12], doch dieser *mutige Blick vorwärts nach Böhmen* entfacht über die medizinische Begründbarkeit eines Aufenthalts in dem fremden Land hinaus die Neugier des Wissenschaftlers Goethe.

Er hatte vernommen, dass erst kürzlich die Felsenstädte von Adersbach und Wekelsdorf zugänglich gemacht worden sind, die auf böhmischer Seite, im sogenannten *Politzer Becken* liegen.

Das angrenzende Riesen- und Adlergebirge war infolge der Erdfaltung des jüngeren Paläozoikums entstanden. Einbrüche wurden zu einem Sedimentbecken der damaligen Urmeere und -flüsse. Weitere klimatische Prozesse hoben und falteten die Erdmassen, bis die Gegend im jüngeren Mesozoikum, der sogenannten Kreidezeit, erneut überflutet wird. Als das letzte Meer zurückging, wurde das Gebiet endgültig zum Festland. Es bildete sich langsam die heutige Gestalt heraus.

Das *Politzer Becken* wurde gewaltig gefaltet. Das ursprüngliche Sandsteinmassiv verwandelte sich in den folgenden Jahrmillionen durch Erosion und andere Prozesse. Bei der Modellierung der Oberfläche spielte die Tätigkeit des fließenden Wassers eine sehr große Rolle. Es kommen Pseudokarsthöhlen und -klüfte vor. Der *Felsendom* in Wekelsdorf ist mehr als 60 m hoch, die *Fledermausschlucht* ist 38 m tief. Die Höhle *Teplicka* ist mit ihren 1065 Metern die längste Pseudokarsthöhle Tschechiens.[13]

Goethe wird diese Fakten nicht en detail gewusst haben. Zu jener Zeit stritten die Wissenschaftler, auch er darunter, über den Ursprung von Basaltgestein. Ist es vulkanischer Herkunft oder hatte es sich aus der wässrigen Lösung eines Urmeeres durch Kristallisation herausgebildet? Goethe ist über viele Jahre Neptunist und erst im fortgeschrittenen Alter hat er sich durch die Forschungen Alexander von Humboldts zu einem Vulkanisten gewandelt.[14]

Goethes Besuch in den Felsen war der Gemeinde Adersbach 1932 wert, zu seinem 100. Todestag bei dem Trautenauer Bildhauer Emil Schwantner eine Goethe-Büste in Auftrag zu geben, die heute noch dort in einer Felsnische steht und für mich Anlass war, auf seinen Spuren in Böhmen zu wandeln.[15]

Goethe reitet nach dem Besuch der Felsenstädte mit dem Herzog nach Galizien. Auf der Rückreise kann er es einrichten, den Aufstieg auf die Schneekoppe vorzunehmen. Es wird Vollmond sein.[16]

In Begleitung seines Dieners Götze rastet er auf duftendem Heu in der Koppenbaude (später Hampelbaude) und erklimmt in der Früh um 5 Uhr den höchsten Grad (1603 Meter).[17]

In den Strahlen der aufgehenden Sonne überkommt ihn die Sehnsucht nach der Geliebten. Er dichtet:

In der Dämmrung des Morgens den höchsten Gipfel erklimmen,
Frühe den Boten des Tags grüßen, dich, freundlichen Stern!
Ungeduldig die Blicke der Himmelsfürstin erwarten,
Wonne des Jünglings, wie oft locktest du nachts mich heraus!
Nun erscheint ihr mir, Boten des Tags, ihr himmlischen Augen
Meiner Geliebten, und stets kommt mir die Sonne zu früh.[18]

Es ist das 94. *Venezianische Epigramm* und Christiane Vulpius zugeeignet.

Goethe bringt auch von hier Steinproben mit, etliche Gneisstufen und Stücke in Gneis gebetteten Veilchenstein. Er pflückt Gentianenzweige[19]; Enzian, der außer in den Alpen nur noch im Riesengebirge zu finden ist. Auch die Botanik interessiert Goethe sehr. Erst zu seinen Lebzeiten hatte der

Schwede Karl von Linné eine Systematik in das Fachgebiet gebracht und eine Klassifizierung vorgenommen. Goethe hat sich in seiner *Metamorphose der Pflanzen* an die Linnésche Auffassung angenähert.[20]

17-mal wird Goethe in Böhmen weilen, das sind eintausendeinhundertundvierzehn Tage, gut drei Jahre seines Lebens.[21]

Warum fährt also ein Mann 17-mal dorthin.

Neben seinen wissenschaftlichen Ambitionen sind es gesellschaftliche. Als Goethe Karlsbad 1785 das 1. Mal besucht hatte, war es bereits ein europäisches Modebad. Gegründet um 1350 von Karl IV. am Zusammenfluss von Eger und Tepl.[22]

Goethe kurt dreizehnmal in Karlsbad. In seinem Vorspruch zu dem Aufsatz *Carlsbad* schreibt er:

Was ich dort gelebt, genossen,
Was mir all dorther entsprossen,
Welche Freude, welche Kenntnis,
Wär ein allzulang Geständnis.
Mög es jeden so erfreuen,
Die Erfahrenen, die Neuen![23]

Karlsbad ist für ihn jahrelang eine angenehme Fluchtburg. Er schreibt am 16. Juli 1807 an Christiane:
Ich wüßte mir keinen angenehmeren und bequemeren Aufenthalt und werde wohl noch einige zeit hier bleiben. Was sonst Jena für mich war, soll künftighin Karlsbad für mich werden. Man kann hier in großer Gesellschaft und ganz allein sein, wie man will. Und alles, was mich interessiert und mir Freude macht, kann ich hier finden und treiben.[24]

Er hatte ihr 1795 auch von den *Äugelchen* geschrieben und dass ihre Gesellschaft ihm angenehm sei und sie ihm Spaß machen.[25]

Nicht zu den *Äugelchen*, sondern zu der ganz großen Gesellschaft, die er in Karlsbad trifft, gehört Maria Ludovica Beatrice, geborene Prinzessin von Este, dreiundzwanzig Jahre alt und seit zwei Jahren die dritte Gemahlin des mehr als zwanzig Jahre älteren Kaisers Franz.[26] Dadurch ist sie Stiefmutter der Gattin Napoleons, der ebenfalls dreiundzwanzigjährigen Tochter des Kaisers aus der Ehe mit Maria Theresia von Neapel.

Goethe begrüßt am 6. Juni 1810 die Kaiserin mit dem Gedicht *Der Kaiserin Ankunft*.[27] Sie lässt sich von dem Kreishauptmann über den Dichter informieren. Goethe ist von der Kaiserin so fasziniert, dass er weitere drei Gedichte schreibt und sie auf eigene Kosten drucken lässt. Die Kaiserin zeigt sich erkenntlich und vermacht ihm eine goldene Dose mit ihrem Namenszug in Brillanten.

In der Folge, im Februar 1812, ernennt die *Kaiserliche Akademie der Künste* Goethe zum Ehrenmitglied. Verschiedenen Einladungen nach Wien weicht Goethe aus. Der Kontakt zur Kaiserin bleibt jedoch erhalten. Am 14. Juli 1812 trifft Goethe die Kaiserin in Teplitz. Sie hatte Karlsbad wider Erwarten aus ihrem Programm gestrichen. Zur gleichen Zeit weilt Beethoven dort.[28]

Maria Ludovica und Goethe treffen sich fast täglich. In kaum vier Wochen ist er elfmal bei der Tafel. Er liest ihr aus *Tasso* vor, aus *Iphigenie* und *Pandora*. Er schreibt an Christiane, dass sie sich keinen Begriff von ihren Vorzügen machen kann.[29]

Am 10. August 1812 reist die Kaiserin von Teplitz ab. Goethe fährt nach Karlsbad zurück. Diese räumliche Trennung macht die Begegnung bereits zu einer Vision. Er schreibt drei Tage danach an Reinhard[30]: *Eine solche Erscheinung gegen das Ende seiner Tage zu erleben, gibt die angenehme Empfindung, als wenn man bei Sonnenaufgang stürbe und sich noch recht mit inneren und äußeren Sinnen überzeugte, daß die Natur ewig produktiv, bis ins Innerste göttlich, lebendig, ihren Typen getreu und keinem Alter unterworfen ist.*[31]

Viele *Äugelchen* sind durch Goethe berühmt geworden: Rahel Levin spätere Varnhagen, Friederike Brun geborene Münther, selbst eine begabte Dichterin, Marianne Meyer, spätere von Eybenberg, Silvie von Ziegesar, die sogar etwas mehr als zu einer *kleinen Liebschaft*, die Goethe als Hauptingrediens eines jeden Kuraufenthalts betrachtete, wurde[32], und als Höhepunkt seiner böhmischen Frauen-Beziehungen: Ulrike von Levetzow.

Ulrikes Mutter Amalie war die Tochter des Freiherrn Johann Leberecht von Brösigke, dem Goethe während seiner Studienzeit in Leipzig begegnet war. 1806 lernte er sie in Karlsbad kennen. Nicht ohne Empfindung für ihre Anmut. An ihrer Hand hatte sie das zweijährige Töchterchen Ulrike. 1810 trifft er sie wieder, da sind noch die Töchter Amalie und Berta dazugekommen.

Weitere elf Jahre und die Welt sieht anders aus. Von Napoleon spricht kaum jemand mehr. Die Bäder Karlsbad, Franzensbad und Teplitz erinnern Goethe an schmerzliche Verluste. Christiane Vulpius, seit 1806 seine Ehefrau, war 1816 gestorben, Marianne von Eybenberg, Maria Ludovica. Frauen, die er geliebt und geachtet hatte.

Er selbst gilt seit Langem als Senior in den Kurorten. 1808 nannte Caroline Schelling in einem Brief an Gotterchen, einem der *Äugelchen,* ihn den *alten Herrn.*[33]

1820 hatte Goethe die Großbaustelle Marienbad besucht. Das neue, anspruchsvoll projektierte Kurbad war bereits zu erkennen. 1821 weilt er in dem neu eröffneten Bad und Umgebung 49 Tage. Das Haus, in dem er absteigt, beherbergt auch Amalie von Levetzow, deren Eltern Brösigke und die drei Töchter Ulrike, siebzehn Jahre, Amalie, fünfzehn Jahre, und Berta, dreizehn Jahre:[34] Eine weltliterarische Konstellation. Die meisten literarischen Werke Goethes sind aus einer seiner Schicksalsgemeinschaften entwickelt worden.

Ulrike, die älteste Tochter, begleitet Goethe trotz des schlechten Wetters bei seinen Morgenspaziergängen, abends sitzen sie auf einer Bank vor dem Haus. Sie spricht Elsässer Dialekt. Goethe wird an die eigene Jugend erinnert. Straßburg, Sesenheim.

Er schenkt ihr Schokolade, ganz artig, wie es damals heißt. Die Mädchen beteiligen ihn an Gesellschafts- und Pfänderspielen. Da muss jeder alte Mensch noch mal jung werden. Nächstes Jahr trifft man sich wieder in Marienbad und Umgebung. Diesmal 70 Tage. Natürlich hat ihm auch diesmal der Aufenthalt in Böhmen sehr wohlgetan, wie er dem Gelehrten Schubarth[35] schreibt.[36]

Im Winter darauf hat der Dreiundsiebzigjährige trotzdem eine Herzbeutelentzündung zu überwinden. Nicht nur die Hoffnung auf die Wirkung der Heilquellen lässt ihn 1823 wieder nach Marienbad fahren. Sein letzter Sommer in Böhmen wird ganz im Zeichen der Liebe zu Ulrike stehen.

Seine Umgebung merkt, wie er *ganz weg* ist. Wie er *die ganze Liebe unter Qualen der Jugend im Leibe* trägt.[37]

Für die Familie von Levetzow bedeutet sein schriftlicher Heiratsantrag ein Abwägen, das übliche Für und Wider bei einer heiratsfähigen Tochter, Goethe jedoch erlebt sein lebenslanges Verzehren nach Mignon *Nur wer die Sehnsucht kennt, Weiß, was ich leide!*[38]

Amalie von Levetzow war mit den Ihren nach Karlsbad abgereist, ohne ein Ja oder Nein zu hinterlassen. Er reist nach, feiert mit ihnen seinen vierundsiebzigsten Geburtstag, erhält von Mutter Levetzow eine mit Efeuornamenten geschmückte Tasse und von den Töchtern ein fein geschliffenes böhmisches Glas.

Später wird ihn Eckermann mitunter in die Betrachtung dieses Glases versunken finden.[39]

Die letzten Tage mit den Levetzows sind für Goethe eine Qual. Ulrike ist für ihn schon als menschliches Wesen entrückt. Sie beginnt mit der *Marienbader-Elegie* zu verschmelzen. Als Motto verwendet er den *Tasso*-Vers *Gab mir ein Gott zu sagen, was ich leide.* Am 11. September verlässt er Eger. *In der rumpelnden Reisekutsche schwebt er dahin auf den Jamben der Elegie.*[40]

Ulrike von Levetzow stirbt als Stiftsdame zum Heiligen Grabe, 95-jährig, auf ihrem Schloss in Trieblitz. Sie hat nie geheiratet.[41]

Im folgenden Jahr, noch immer einen Rest der Leidenschaft im Herzen[42], dichtet Goethe *An Werther – Noch einmal wagst du, vielbeweinter Schatten, Hervor dich an das Tageslicht …* Dieses Gedicht fügt er ebenso in die *Trilogie der Leidenschaft* wie die Strophen, die er der polnischen Pianistin Marie Szymanowska in Marienbad gewidmet hatte. *Die Leidenschaft bringt Leiden! – Wer beschwichtigt, Beklommnes Herz, dich, das zu viel verloren?* … und als Höhepunkt der *Trilogie* die

Marienbader Elegie – Was soll ich nun vom Wiedersehen hoffen, von dieses Tages noch geschloßner Blüte?...

Jetzt erst können wir erfassen, wie sehr es den alten Goethe drängte, noch einmal den Zusammenklang von höchstem Empfinden und dichterischem Gestaltungswillen zu „erleiden".

Am 27. Januar 1824 gesteht er Eckermann: *Man hat mich immer als einen vom Glück besonders Begünstigten gepriesen; auch will ich mich nicht beklagen und den Gang meines Lebens nicht schelten. Allein im Grunde ist es nichts als Mühe und Arbeit gewesen, und ich kann wohl sagen, daß ich in meinen fünfundsiebzig Jahren keine vier Wochen eigentliches Behagen gehabt.*[43]

Erst jetzt beginnt für Goethe das eigentliche Alter und er wird sich nur noch einer Passion widmen: seiner Faustdichtung.[44] Und wiederum vertraut er Eckermann an: *Mein ferneres Leben kann ich nunmehr als reines Geschenk ansehen, und es ist im Grunde jetzt ganz einerlei, ob und was ich noch etwa tue.*[45]

Sein Leben taucht immer wieder in den Gesprächen mit Eckermann vor ihm auf. Unbescheiden, wie es seine Art ist, hat er 1828 bekannt: *Geniale Naturen erleben eine wiederholte Pubertät, während andere Leute nur einmal jung sind.*[46]

In dem letzten Sommer seines Lebens, er war jetzt acht Jahre nicht mehr in Böhmen, erinnert sich Goethe daran, dass *eine kleine Liebschaft, das einzige (ist), was uns einen Badeaufenthalt erträglich machen kann; sonst stirbt man vor langer Weile. Auch war ich fast jedesmal so glücklich, dort irgendeine kleine Wahlverwandtschaft zu finden, die mir während der wenigen Wochen einige Unterhaltung gab. Besonders erinnere ich mich eines Falles, der mir noch jetzt Vergnügen macht.*[47]

Und er erzählt, wie er Ulrike von Levetzow kennengelernt und welche neckischen Spielchen sie getrieben haben. Die Menschen dieser Beziehung tauchen nur noch als heitere Erinnerungsschnitzel auf: *... ich erlebte mit dieser Familie so glückliche Tage, daß sie mir noch jetzt eine höchst angenehme Erinnerung sind.*[48]

Abschließend möchte ich noch erwähnen, dass Goethe nach seinem letzten Aufenthalt in Böhmen von Weimar aus begann, sich mit der Geschichte und den Menschen dieses Landes zu beschäftigen.

Er wird Ehrenmitglied des Prager Vaterländischen Museums. Graf Sternberg, der große Mentor Böhmens, sendet ihm Literatur und Volkslieder. Goethe kannte die tschechische Fürstin Libussa bereits aus Herders Volksliedersammlung und den Volksmärchen des Musäus‘.

Von 1827 an erhält Goethe die deutsche Ausgabe der Monatsschrift der vaterländischen Museumsgesellschaft, die von Frantisek Palacký, dem Vater der tschechischen Geschichtsschreibung, redigiert wird. Aus ihr schöpft Goethe viele neue Kenntnisse über Böhmen.

Goethe verfasst 1829 die Skizze *Amazonen in Böhmen.*[49] Sie behandelt die Gynäkokratie in Böhmen und nimmt damit bereits spätere Erkenntnisse aus den mutterrechtlichen Forschungen des Schweizer Rechtshistorikers Johann Jakob Bachofen vorweg.

Als Abschluss seiner Böhmen-Forschungen kann man Goethes Aufsatz *Monatsschrift der Gesellschaft des vaterländischen Museums in Böhmen* betrachten, der 1830 in Hegels und Varnhagens *Jahrbücher für wissenschaftliche Kritik* erschienen ist. Goethe schreibt: *Diese Zeitschrift hat einen großen Vorzug vor manchen andern, daß sie von einer wohlgeordneten Gesellschaft ausgeht, welche wieder auf einer nationalen Anstalt beruht ... Alles, was sie mitteilt, ist einheimisch und zu einheimischen Zwecken. Dadurch gewinnen wir den wichtigen Vorteil, in ein höchst bedeutendes Land und dessen Zustände hineinzusehen.*[50]

In einem Altersgedicht hat Johann Wolfgang von Goethe geschrieben *Gedichte sind gemalte Fensterscheiben!*[51] Auf diese Fensterscheiben schauen wir.

Wer nichts weiß, muss alles glauben

Marie von Ebner-Eschenbach zum 195. Geburtstag
(1830 auf Schloss Zdislawitz bei Kremsier in Mähren als Marie Dubský von Třebomyslice; † 1916 in Wien)*

Als sie geboren wurde, lebte Goethe noch, und als sie vor 110 Jahren starb, war Krieg, 1. Weltkrieg. Wien, wo sie geboren wurde, war nicht unbeteiligt daran. Man kennt sie kaum noch, und dennoch gilt Marie von Ebner-Eschenbach mit ihren psychologischen Erzählungen als eine der bedeutendsten deutschsprachigen Erzählerinnen des 19. Jahrhunderts.

Am bekanntesten ist *Krambambuli*, eine Novelle, die oft in Schulbüchern und Anthologien zu finden ist und für ihre realistische Darstellung des ländlichen Lebens und der menschlichen Psyche gelobt wird. Sie handelt von einem Jagdhund, der von seinem Besitzer, einem Wilderer, an einen Förster verkauft wird.

Ich hatte ihre Erzählung *Božena* gelesen, die 1876 das erste Mal erschienen war. Ich war erst nach der Samtenen Revolution in der Lage, den böhmischen Teil von mir erforschen zu können, den mütterlichen, denn der Eiserne Vorhang und die Vertreibungen der Deutschen nach 1945 taten ihr Übriges. Die *Božena* erinnerte mich sehr an meine böhmischen Vorfahrinnen, die zwar klein, aber drahtig waren, und stark wie Rübezahl, hieß es.

Bei von Ebner-Eschenbach hätte die *schöne Božena ... sich an Größe und Stärke kühnlich mit einem Flügelmanne des Garderegiments Friedrich Wilhelms I. messen können. Dabei besaß sie ein ausdrucksvolles und gescheites Gesicht, in dem ein Paar raben-*

schwarze Augen funkelten, die auch der mutigste Mann nicht ohne leises Grauen in Ungnaden auf sich gerichtet sah.

Friedrich Wilhelm I. war der sogenannte Soldatenkönig der Preußen und berühmt durch seine Armee der *Langen Kerls*. Die Beschreibung der Dichterin lässt frühe emanzipatorische Tendenzen ahnen. Eine Frau des 19. Jahrhunderts hat nicht so zu sein, dass Männer, gar Soldaten, vor ihr Furcht haben.

Marie war als Komtesse Dubský am 13. September 1830 auf Schloss Zdislawitz bei Kremsier (Kromeríz) in Mähren geboren worden und heiratet mit achtzehn Jahren ihren Vetter, den österreichischen Feldmarschall und Physiker Leutnant Moritz Freiherrn von Ebner-Eschenbach. Sie leben in Wien oder sommers auf ihrem mährischen Gut. Die Ehe ist glücklich, aber kinderlos. Marie versucht sich als Lyrikerin und Dramatikerin, findet in reiferen Jahren in den Erzählungen ihre optimale Ausdrucksform. *Božena* zählt zu ihren ersten Erzählungen und wird gleich ein großer Wurf. *Das Gemeindekind* zählt zu ihrem Hauptwerk, darin kämpft sie gegen Vorurteile.

Marie von Ebner-Eschenbach war auch Mitglied in dem 1891 von Arthur Gundaccar von Suttner (Ehemann von Bertha von Suttner) gegründeten österreichischen „Verein zur Abwehr des Antisemitismus".

Ab 1890 fand Marie von Ebner-Eschenbach mit ihren dialogischen Novellen ihren dramatischen Schreibstil. Mit ihren Werken *Ohne Liebe* (1888) und *Am Ende* (1895) erzielte sie in Berlin auf der *Freien Bühne* Erfolge. 1898 wurde sie mit dem höchsten zivilen Orden Österreichs, dem Ehrenkreuz für Kunst und Literatur, ausgezeichnet. 1900 erhielt sie den ersten weiblichen Ehrendoktor der Universität Wien.

Ihre ersten literarischen Versuche, die sie an Franz Grillparzer schickte, der sie ermunterte weiterzumachen, erschienen anonym oder unter einem Pseudonym, das war häufig im 19. Jahrhundert, wo es erfolgversprechender war, unter einem Männernamen zu veröffentlichen, wie z. B. George Sand oder Bettina von Arnim als St. Albin, besonders bei gesellschaftskritischen Themen war es angezeigt, als Mann zu schreiben.

Durchbruch gelang Marie 1880 mit der Erzählung *Lotti, die Uhrmacherin*, in die die Autorin ihr umfassendes Wissen der Uhrmacherkunst einfließen ließ. Vor allem lässt sie die Hauptperson weiblich sein, für den Uhrmacherberuf nicht unbedingt zwingend. Die Wiener Uhrmachergenossenschaft ernannte sie 1900 zum Ehrenmitglied; von Ebner-Eschenbachs Taschenuhrensammlung bildete schließlich den Grundstock des Uhrenmuseums der Stadt Wien.

Marie von Ebner-Eschenbachs Prosa bietet ein Panorama der Gesellschaft der Zeit Kaiser Franz Josephs I. – vom Adel bis in die unteren Schichten.

Viele der Frauen, die im 19. Jahrhundert sich zu Schriftstellerinnen ausbildeten, waren noch adliger Herkunft, die von Hause aus Bildung bekamen, die bürgerliche Frau konnte erst gegen Ende des 19. Jahrhunderts höhere Schulen besuchen, ohne Einschränkungen das Abitur machen und studieren konnten sie erst in der Weimarer Republik.

Marie von Ebner-Eschenbachs sozialpsychologisch geschärfter Blick, der für ihre treffende Gesellschaftskritik grundlegend ist, und ihr waches politisches Bewusstsein kennzeichnen das Erzählwerk.

Als dann der 1. Weltkrieg ausbricht, wird die Welt danach eine andere sein. Es gibt derzeit ein paar Erzählungen bei

Reclam von ihr und zwei Bände ihres Briefwechsel Aber ansonsten gehört Marie von Ebner-Eschenbach, wie eingangs erwähnt, eher zu den Vergessenen des 19. Jahrhundert.

Alle hundert Jahre wieder ...

Der Pazifistin, Friedensforscherin und Schriftstellerin
Bertha von Suttner zum 180. Geburtstag
(1843 in Prag; geborene Gräfin Kinsky von Wchinitz und Tettau; † 1914 in Wien)*

Dass ihr weltberühmter Ruf „Die Waffen nieder" noch einmal so eine Brisanz bekommen würde wie heute, hat wahrscheinlich kaum einer vermutet. Nach den zwei großen Weltkriegen, und auch in Anbetracht des Schreckens, dass Atombomben eingesetzt worden waren, bin ich in einer Generation groß geworden, die Frieden wollte und eine starke Friedensbewegung hatte – seit Kurzem ist das obsolet, es wird von Zeitenwende gesprochen, die Hände sind uns gebunden, wie es auch Bertha von Suttner erlebt haben muss. Sie hat allerdings den Ausbruch des 1. Weltkriegs nicht mehr erlebt. Sie starb am 21. Juni 1914 in Wien. Einige Tage später, am 28. Juni 1914, geschieht das kriegsauslösende Attentat auf das Thronfolgerpaar in Sarajevo.

In einer österreichisch-böhmischen Adelsfamilie aufgewachsen, wo die meisten Männer beim Militär dienten, ihre Mutter eine geborene von Körner, entfernt verwandt mit dem Freiheitskämpfer und Dichter Theodor Körner, wird sie schon früh militaristisches Vokabular kennengelernt haben. Aber die Familie, wie viele Adelsfamilien im 19. Jahrhundert, verarmte, sie musste als gebildete Frau Dienst antreten als Lehrerin und Erzieherin in der Familie des Industriellen Karl Freiherr von Suttner in Wien. Als sie sich in den jüngeren Sohn Arthur verliebte, flog sie aus der Stelle und ging nach Paris, wo sie für kurze Zeit Sekretärin bei Alfred Nobel wurde. Als er vom schwedischen König in seine Heimat berufen wurde, ging sie wieder nach Wien und heiratete heimlich Arthur.

Da er enterbt wurde, mussten sie sich ihr Geld selbst verdienen. Sie zogen nach Georgien, sie schrieb Unterhaltungsromane und Übersetzungen, er seit dem Russisch-Türkischen Krieg 1877 Berichte für deutsche Wochenblätter. Später wird Bertha sagen, trotz aller Schwierigkeiten war es die glücklichste Zeit ihres Lebens.

Ihre Geschichten und Essays, teils unter Pseudonym, waren in österreichischen Zeitschriften erfolgreich. Sie begann sich mit dem Pazifismus auseinanderzusetzen, 1886 verfasste sie das Buch *High Life*, in dem sie die Stellung der Aristokratie zur Gesellschaft kritisiert:

In der hiesigen Atmosphäre herrscht ein seliges Nichtwissen all der Dinge, die das Jahrhundert bewegen. Die Entwicklung, die die Sozialwissenschaft zu nehmen beginnt, wird als „Sozialismus" in die Verbrechenskategorie gereiht, und man setzt ruhig voraus, dass ein paar Ausnahmegesetze damit fertig werden. Die Bewegung der Wissenschaft, die nach allen Seiten die Darwinsche Methode anzuwenden strebt, wird als lächerliche Gelehrtenschrulle unbeachtet gelassen ... die Tendenz, welche in Literatur und Kunst nach immer größerem Realismus führt, wird nicht wahrgenommen, denn zum Lesen hat man einmal wenig Zeit.[52] Sie sieht in der Bildung die große Hilfe für gesellschaftliche Veränderungen.

1889 erscheint der epochemachende Roman *Die Waffen nieder!*. Er dient als ein Instrument für die friedenspolitische Erziehung. Sie ist 46 Jahre alt und wird das prominenteste Mitglied der bürgerlichen Friedensbewegung. Auch die Geschlechterfrage spielt bei ihr eine wichtige Rolle, denn die unterschiedliche Erziehung der Geschlechter bringe eine Kultur des Krieges und der Gewalt hervor: Die jungen Männer sollen zu Helden erzogen werden, die Mädchen diese Helden anfeuern, belohnen und trösten. Somit tragen die unpolitisch gehaltenen, angeblich friedfertigen Frauen ihren Teil zur Aufrechterhaltung des Kriegssystems bei. Ganz deutlich wird das bei Ausbruch des 1. Weltkrieges, als Mütter ihre einberufenen Söhne segnen.

Später führt sie das näher aus, nämlich dass Bildung Macht ist, dass Bildung Freiheit bedeutet. Mit freier Bildung meint sie vor allem Schulprogramme, deren Inhalte dem aktuellen Kenntnisstand der zeitgenössischen Wissenschaften entsprechen und von konfessionellem Geist befreit sein sollten. Sie stand Kirche und Militär kritisch gegenüber. Sie lehnt es auch ab, dass das Bildungssystem für Mädchen lediglich vorsieht, gute Ehefrauen aus ihnen zu machen. So eine Kadettenanstalt für höhere Töchter ist wunderbar dargestellt von Romy Schneider und Lilli Palmer in dem 1958 gedrehten Film *Mädchen in Uniform*, der einen gleichnamigen Vorläufer 1931 hatte.

Der Roman *Die Waffen nieder!* erschien in Dutzenden von Auflagen und in 15 Sprachen. Zehn Jahre später, 1896, erscheint der Roman als broschierte Volksausgabe zu einer Deutschen Mark, als sogenannter „Groschenroman". Sie schreibt unzählige Essays und Romane, 1905 erscheinen ihre Werke in einer zwölfbändigen Gesamtausgabe.

In einem Artikel vom 3. September 1891 in der *Neuen Freien Presse* forderte sie die Gründung einer „Österreichischen Gesellschaft der Friedensfreunde":

Darum ist es nothwendig, daß überall dort, wo Friedensanhänger existieren, dieselben auch öffentlich als solche sich bekennen und nach Maßstab ihrer Kräfte an dem Werke mitwirken. (Bertha von Suttner: Der nächste Friedenscongreß in Rom)

Sie wird Teil der internationalen Friedensbewegung, in dessen Folge ihr 1905 als erster Frau der Friedensnobelpreis in Oslo verliehen wird. 1903 wurde als erster Frau überhaupt ein Nobelpreis verliehen: Marie Curie für die Entdeckung der Radioaktivität, 1911 den für Chemie für die Entdeckung der Elemente Radium und Polonium sowie für die Isolierung des Radiums; sie ist eine der wenigen, die zwei Nobelpreise hat. Die Nobelpreise wurden 1901 das erste Mal verliehen.

Alfred Nobel war ein schwedischer Industrieller, Erfinder des Dynamits und des Zünders dafür, und bereits 1896 gestorben. Er hatte Bertha von Suttner, die er 1876 kennengelernt hatte, bis zum Schluss ideell und materiell unterstützt. Sie waren in kontinuierlichem Kontakt.

Mit Alfred Nobel und Bertha von Suttner standen sich zwei konträre Ideologien gegenüber, die das 19. und das 20. Jahrhundert beim Thema Krieg und Frieden, letztendlich bis heute, beherrschen.

Nobel wollte Frieden durch Abschreckung. Er schrieb ihr:

Vielleicht werden meine Fabriken die Kriege schneller beenden als deine Friedenskongresse, denn wenn sich zwei gleich starke Armeen gegenseitig in einer Sekunde vernichten können, werden alle zivilisierten Nationen davor zurückschrecken und ihre Truppen auflösen.[53]

Bertha von Suttner hingegen glaubte an die Vernunft der Menschen, geschaffen durch Bildung, nach dem Motto:

„Frieden schaffen ohne Waffen". Sie legte damit den Grundstein der internationalen Friedensbewegung. Aber, und auch das ist ein Bezug zu heute, noch kurz vor ihrem Tod, 1913, soll sie auf der Straße gerufen haben: *Warum tut Ihr nichts, Ihr jungen Leute? Wehrt Euch doch, schließt Euch zusammen. Lasst nicht immer alles uns paar alte Frauen tun, auf die niemand hört.*[54]

Hommage an ***Bertha von Suttner***
Kreidezeichnung 2025, Jenny Schon

Das Stundenbuch – *Für Jadwiga*

Das ganze Jahr über beschäftige ich mich schon mit Rainer Maria Rilke, er hat Geburtstag und war mal Nachbar von mir hier in Schmargendorf, das ist aber schon lange her. Er hat in Schmargendorf *Das Stundenbuch* angefangen. Es enthält die drei Bücher: *Vom mönchischen Leben/Von der Pilgerschaft/Von der Armut und vom Tode. Gelegt in die Hände von Lou.*

Mit Lou Andreas-Salomé, seiner Geliebten in Schmargendorf, einer gebürtigen Russin, fuhr er zweimal in ihre Geburtsheimat Russland, von „Stund“ an war er russophil. In seinem Stundenbuch schreibt er von einem Gottverlangen aus der Sicht eines russischen Mönchs.
Es beginnt mit dem berühmten Gedicht:

Ich lebe mein Leben in wachsenden Ringen,
die sich über die Dinge ziehn.
Ich werde den letzten vielleicht nicht vollbringen,
aber versuchen will ich ihn.

Ich kreise um Gott, um den uralten Turm,
und ich kreise jahrtausendelang;
und ich weiß noch nicht: bin ich ein Falke, ein Sturm
oder ein großer Gesang.[55]

Das Stundenbuch, auch *Horarium*, stammt aus dem Mittelalter und war zunächst für Laien Orientierungshilfe im Tagesablauf eines Gläubigen.

Dank Rilke erinnere ich mich an eine Fahrt ins Riesengebirge und dass ich dort beim Klettern im Gebirge, auf einer Bank pausierend, ein kleines in Fraktur und auf Deutsch gedrucktes, vom Regen schon verwaschenes Büchlein fand, auf dessen Titel stand: *Stundenbuch* und in Handschrift darunter: *Jadwiga*, sehr schwer lesbar, wie ich mich erinnere.

Ich steckte es ein und wollte mich in Berlin näher damit befassen. Ich fand heraus, dass Jadwiga der slawische Name von Hedwig ist. Obwohl es in Berlin eine Kathedrale gibt, der Heiligen Hedwig von Schlesien gewidmet, wusste ich nur das Allernotwendigste von ihr.[56]

Irgendwann ging ich dann in die Hedwigs-Kathedrale – die der Alte Fritz für seine eroberten Schlesier im Siebenjährigen Krieg erbaute, das erste Mal seit den Religionskriegen wieder eine katholische Kirche. Ich nutzte die Gelegenheit, für meine böhmischen katholischen Großeltern – ich selbst war eine der wenigen in Trautenau evangelisch getauften Deutschböhmen – eine Kerze bei der Madonna anzuzünden; beim Verlassen der Kathedrale kaufte ich mir ihre Heilige Hedwig als Postkarte. Sie gefiel mir gut, ich nahm noch eine Broschüre mit und kaufte auch ein Buch. Und ich fand, ich muss mich doch näher mit dieser Geschichte befassen, auch mit den Mongolen dort, die den Sohn der Heiligen Hedwig töteten, den Korpus schändeten und seinen Schädel in die Mongolei entführten, wie sie das mit allen Trophäen machten.

Ich zeigte das Stundenbuch einem Freund, der Historiker war.

Es ist nicht von der Heiligen Hedwig, ausgeschlossen, Jennylein, erwidert Ulrich. Es ist ein ganz ordinärer Druck, um 1900.

Es könnte aber vom Inhalt her von der Heiligen Hedwig sein, oder nicht? Mein Herz hängt dran, sage ich, ich fahr nächstens mal nach Trebnitz, wo ihr Sarkophag steht.

Wenn ich es schon so mit der Hedwig habe, meinte Ulrich, könne er in der Bibliothek mal nachgucken, ob es so was wie ein Stundenbuch von ihr gäbe.

Einige Tage später mailt er:
Dein Officium parvum Beatae Mariae Virginis ist ein Gebetsbuch aus dem 15 Jahrhundert. Zum Einüben übersetze ich dir eine Lobeshymne, Seite 15, Latein wirst Du jetzt lernen müssen.
Laudes am Sonntag: Seht, wie die Schatten / dunkler Nacht verblassen: Rötliches Leuchten / strahlt am frühen Himmel. Bitten wir innig / mit vereinter Stimme Gott, den Allmächt'gen, daß er sich unser / liebevoll erbarme, Heil uns gewähre, / unsre Trägkeit banne und uns als Vater / einst in Güte schenke himmliches Erbe. Lob sei dem Vater / auf dem höchsten Throne, Lob sei dem Sohne, / Gott aus Gott geboren, Lob sei dem Geiste, / der von beiden ausgeht, immer und ewig. Amen.

Jetzt wollte ich mehr wissen. Ging auch in die Staatsbibliothek. Ich fand eine Geschichte von einer Frau, die in Breslau geboren wurde. Sie schrieb über ihre Erfahrung als Hebamme. Kinder der Gegend bis runter in die Karpaten, wo die Mongolen entlangritten, kämen heute noch (also zu ihrer Zeit in den Dreißigerjahren) mit dem Mongolenfleck auf die Welt.

Das sei ein Fleck über dem Steißbein, der im Laufe des Lebens verschwände. Ich lese über die historischen Mongolen. Sie sind schon ein militärisch interessanter Haufen. Organisiert in tümen, in Zehntausendschaften, absolut innovativ für die Zeit des Mittelalters, diente die nach Schlesien entsandte Truppe hauptsächlich der Flankendeckung der in Ungarn operierenden Hauptstreitkräfte. Warum eigentlich sie den Vorstoß wagten, weiß bis heute niemand. Auch nicht, warum sie plötzlich abzogen, manche meinen wegen des Todes eines Enkels. So familiär hätte ich sie gar nicht eingeschätzt, über die der latinisierte Westen herzog, Tartaren allemal, kommen aus der Hölle, aus dem Tartaros, wie die Griechen die Hölle nannten. Die Mongolen waren sehr gut über Land und Leute informiert, hatten genaues Kartenwerk und ergänzten ihre Informationen durch Auskundschafter.

Auch über die Zustände am Hofe der beiden Herzöge von Schlesien in Breslau und Liegnitz wussten sie Bescheid. Heinrich I., genannt der Bärtige, Ehemann Hedwigs, der bereits 1238 starb, und Heinrich II., der Sohn Hedwigs, genannt der Fromme, den sie kaschten, köpften und seinen Kopf – nach Sitte des Orients – als Trophäe entführten. Hedwig musste ihren Sohn ohne Kopf begraben.

Ich hatte mich so in die Geschichte hineingelesen, dass es schien, als könnte ich ihr kurz aufgesetztes Stampfen hören, ihre struppigen, kurzbeinigen, genügsamen, aber eminent effektiven Pferde vor mir sich aufbäumen sehen. Sie ritten ohne Hufeisen. Das Pferd ist immer noch das Alter Ego des reitenden Mongolen.

Činggis hatte die Sippeneinheiten aufgelöst zugunsten von Dezimaleinheiten ohne Blutbande. Eine heute noch im Orient unvorstellbare Schandtat, ebenso dass mongolische Frauen mitritten und gleichsam brutal kämpften wie Männer.

Natürlich ist diese Vorstellung den ackerbauenden Han-Chinesen ebenso fremd wie den latinisierten Europäern, für die sie allesamt Tataren waren, vor denen sie ihre Frauen versteckten! Sie wollten keinen Mongolenfleck in ihrer Ahnenreihe, und dennoch, wie Polanskis Professor in seinem *Vampir*-Film das Böse von der Welt fernhalten wollte, so hatte er die Vampirbrut bereits in seinem Schlitten und die Mongolen leben mitten unter uns! Zumindest nach Ansicht der Hebamme aus Breslau.

Zur Zeit Hedwigs herrschte schon ein beachtlicher Verkehr über das unwegsame Gebirge und an Rübezahls Grollen vorbei über das Aupatal an meiner Geburtsstadt Trautenau vorbei, von Breslau bis Prag, Kultur und Handel austauschend. Jene Mongolen, die Liegnitz anno 1241 stürmten, haben es sicher mit ihren wendigen Pferden geschafft, nach Böhmen einen Abstecher zu machen, heute zeugt noch der Name Trautenauer Steig davon, über den der böhmische König dem Herzog Heinrich II. zu Hilfe geeilt ist und die Mongolen verfolgte. Hinter dem nahe gelegenen Rehorngebirge und an Schatzlar vorbei windet sich der Steig, heute Nationalstraße und Grenzübergang nach Polen, ein weiterer größerer Grenzübergang befindet sich bei Nachod, weiter östlich, nach Heuschober zu. Als Johann Wolfgang von Goethe mit seinem Herzog hier ritt, Jahrhunderte später, benutzte er diese Übergänge.

Auch Hedwig ist die alten Straßen mit der Kutsche gefahren worden von Bayern her. Aber sie muss auch gelaufen sein, angeblich barfuß, um den Armen nahe zu sein, denn ihr Symbol sind Schuhe, die trägt sie auf allen Abbildungen in der Hand.

Hedwig war als junges Mädchen aus dem bayrischen Andechs an den Thronerben von Schlesien, Heinrich, verehelicht worden.

Blumen schmücken ihren Weg, die Schwestern weinen, die Mutter weint – wie zu allen Zeiten die Mütter weinten, wenn sie ihre Töchter hergeben müssen. In China ist es gar so, dass die Mutter das Gefühl vermittelt bekommt, dieses Mädchen, ihre eigene Tochter, für den fremden Haushalt, den des späteren Gatten, aufzuziehen. Keine Bindung soll aufkommen die ganze Kindheit über – Töchter sind die Fremdkörper in ihrer eigenen Familie. Die Patrilokalität hat sich weltweit durchgesetzt. Der Wohnort eines jungen Paares ist am Ort des Vaters des Bräutigams. Aber die Mütter weinen auch hier.

In Gedanken begleite ich die junge Hedwig von Andechs nach Schlesien, die ganze Vergangenheit hinter sich lassend und ein beschwerlicher Weg vor sich. In der Hand hält sie ihr Gebetbuch, das sie vom Franziskanerbruder Herbordt, der ihr Beichtvater war, zum Abschied geschenkt bekam.

Die Menschen säumen den Weg, die Frauen und Mädchen sind mit Blumen geschmückt. Die neue Herrin soll kommen, eine aus Bayern, eine fromme, eine gute, eine junge, eine schöne. Hedwig heißt sie, Jadwiga wird sie vom schlesischen Volk genannt werden, Heinrich, ihr Anvertrauter, spricht polnisch und sagt Hadwiga. Ihre Kinderfrau hat sie Hathuwick genannt, die dem Kampf und Sieg Geweihte. Mit dem Herzen wirst du siegen, sagte sie zum Abschied.

Sie hat ihr Gebetbuch in der Hand, winkt damit, die neue Herzogin, das ist neu, dass Frauen Bücher haben. Eine junge Frau ist ganz entrückt von dem mit Gold verzierten Buch, sie will es streicheln. Hedwig sieht in ihren Augen den Hunger. Hunger nach Wissen. Hier, nimm es, sagt Hedwig, ich schenke dir das Büchlein, es ist mein Gebetbüchlein. Lerne lesen und Gott vertraun.

Es ist überliefert, dass Hedwig insgesamt drei Büchlein in ihrem Leben besaß. Zwei liegen in der Universitätsbibliothek in Breslau, eins in New York. Das sagen die Unterlagen. Sie sind sicher in Gotischen Lettern geschrieben, denn zu Zeiten Hedwigs wurde die karolingische Minuskel, von der alle weiteren Formen abstammen, abgelöst von der gotischen Minuskel, die majestätischen Majuskeln geschwungen, von lapislazuliblauen Blümchen umrandet, oh welch eine verloren gegangene Kunst!

Ich sehe sie vor mir in ihrem Faltenkleid, das ich von den mittelalterlichen Bildern kenne, schützend ihre Hand mit dem Psalmenbuch über mich streckend, in der anderen Hand trägt sie ihre Schuhe.

In den mittelalterlichen Vorstellungen vermengen sich heidnische und christliche Bilder. Hedwig, die barfuß läuft, ist auch Fruchtbarkeitsgöttin: Hädewige brengt a Soft ei de Riebe, Hedwig bring den Saft in die Rüben, habe ich gelesen, hätten die Leute gesagt. Wer die Rüben beschützt, das Armeleutegericht, schützt die Menschen vor Hungersnöten. Dazu muss Hedwig barfuß gehen und die Erde fruchtbar machen. Eine andere Sage bringt sie mit der Hedwigssohle in Beziehung, ein flaches Brot in Form von Latschen, früher eine gängige Form der Schuhe. Den Wöchnerinnen vor allem wurden Schuhe mitgegeben, sicher, weil viele im Wochenbett starben und sie nicht barfuß im Jenseits ankommen mussten.

Auch das Aschenputtel hat mit diesem Brauch zu tun. Blut in den Schuhen heißt, sie ist geschlechtsreif und nicht der Schuh (in der Form der Schale, Höhle) ist zu klein, ihre Muschi ist zu klein und blutet, wenn sie penetriert wird.

Das alles hatte ich herausbekommen bei meinen Hedwig-studien. Es gibt wie bei allen Sagen die Metaebene, die bildhaft überlieferte, nicht die fromm aufgezeichnete. Natürlich dürfte ich heute keinem Frommen mit meiner Variante kommen, aber der Volksmund hat es zum Glück überliefert und auch der Katholizismus zum Beispiel in seinen Fronleichnamsriten, bei denen heute noch Mutter Erde symbolisch begattet wird, indem man (der Priester, Pfarrer, Mann) sie mit Weihwasser besprenkelt.

Auch wenn mein gefundenes Büchlein keins der Heiligen Hedwig ist, es hat mir viel Erkenntnis gebracht wie fast jedes Buch.

Dominus pascit me, et nihil mihi deerit, Psalm 23.[57]
Ich lese noch mal Rilkes *Stundenbuch*. Die lebenslange Suche nach dem Sinn des Lebens und das Überwinden der Schwierigkeiten, was ja nach diesem Psalm mit der Hilfe Gottes möglich ist, ist jedoch immer wieder infrage gestellt.

Noch mal suche ich Hedwigs Reich auf. Ich sitze auf einem Mäuerchen und beobachte Kinder. So unbeschwert wie diese polnischen Kinder – war ich es? Ja, in den Armen von Opa, beim Knödelrollen mit Oma, wenn ich meiner Mutter lauschte, wenn sie von Trautenau erzählte, dass die Winter im Gebirge bitterkalt waren und sie immer zu dünn angezogen war, weil sie arm waren. Als die Funken in unserem Ofen sprühten und der Wasserkessel leise vor sich hin sang, da wusste ich, meine Mutti würde mich immer wärmen, wenn mir kalt wäre.

Ich stehe auf, gehe hinein in die Kirche. Da liegt sie nun in ihrem Grabmal. Der schwarze Marmor, für die barocken Säulen verwendet, ist, wie ich später lese, aus Dembnitz, er stößt mich zunächst ab. Zu dem Schwarz setzt sich der rosarote Paczoltowitzer Marmor ab. Ich habe mir alles in Weiß vorgestellt. Hinter Glas bereits im klassizistischen Stil der Alabasterkörper der Heiligen Hedwig, Schutzpatronin der Vertriebenen. Wissend, wie es ist, wenn man in eine fremde Welt gegeben wird, Überfällen trotzt, die Nächsten verliert. Wie hast du es gemacht, Gottvertrauen zu behalten, was mir nicht gelang? Den Glauben an die Menschen behalten trotz ihrer Raffsucht und Gier.

Hedwig? Jadwiga.

Eine Schwester im schwarzen Habit zündet eine ausgelöschte Kerze an. Ich flüstere: Do you speak English?

No, ich spreche Deutsch.

Ich möchte gerne Informationen über Ihren Orden und die Heilige Hedwig haben.

Dann kommen Sie mit mir, flüstert sie zurück.

Ein Priester kommt aus der Sakristei und geht zum Altar. Die Schwester holt einen Schlüssel und schließt einen massiven Schrank auf. Ich streiche darüber. Trockenes uraltes Holz.

Sie sagt: Lindenholz.

Dann zeigt sie mir ein Foto von einem feierlichen Gottesdienst. Das war große Feier mit Erzbischof aus deutschem Bamberg, sagt sie, 800 Jahre vorher sind sie gekommen, erste Zisterzienserinnen aus Bamberg, Hedwig hat gestiftet. Dann ist Hedwig heiliggesprochen, hier das Andenken an Papst Klemens IV., der hat das gemacht, 1267.

Und hier in deutscher Sprache ein Büchlein über unser Kloster.

Aber ich habe keine Sloty, entgegne ich.

Macht nichts, spende in Euro, bald haben wir auch Euro. Ich spare bis dahin.

Wir lachen, ich bedanke mich.

Auf einem Stuhl hinter einer Säule sitzt eine Frau, die weint. Mir kommen auch die Tränen. Was mag sie für ein Leid haben. Vielleicht hat sie einen lieben Menschen verloren. Ich habe auch immer unter den Verlusten gelitten. Alle, die ich lieb hatte, sind mir genommen.

Ich war immer gehetzt, als würde ich jeden Tag die Vertreibung erneut erleiden. Ich habe fürchterliche Angst vor Bindungen gehabt, habe gesammelt und beim nächsten Umzug wieder losgelassen. Neue Menschen, neue Nachbarn, neue Aufgaben.

Als ich hinausgehe, muss ich mich erst mal auf eine Bank setzen. Mir ist ein wenig schwindlig. Ich trinke Wasser aus meiner Flasche und beobachte die Menschen, die sich hier vor der Kirche fröhlich unterhalten, Hände schütteln, in die Kirche gehen, andere kommen heraus, Kinder hüpfen, rufen, singen. Ein lebhaftes Treiben. Wie stumpf sind die evangelischen Kirchen. So stumpf, dass selbst der Staub vor den Toren müde liegen bleibt. Geschlossen. Gottesdienst sonntags um 9.30 Uhr. Einmal in der Woche erlaubt sich der Protestant, in die Kirche zu gehen. Schöne, große, im Winter warme Gebäude zu dem einzigen Zweck, einmal in der Woche für zwei Stunden geöffnet zu sein.

Ich hole mein Stundenbüchlein aus der Tasche, für Jadwiga, ich habe mit einem Bleistift den polnischen Frauennamen nachgezeichnet. Darin gefaltet liegt der Ausdruck, den mir Ulrich geschickt hat.

Dein Officium parvum Beatae Mariae Virginis ist ein Gebetsbuch aus dem 15 Jahrhundert. Zum Einüben übersetze ich dir eine Lobeshymne, Seite 15, Latein wirst Du jetzt lernen müssen.
Laudes am Sonntag: Seht, wie die Schatten / dunkler Nacht verblassen: Rötliches Leuchten / strahlt am frühen Himmel. Bitten wir innig / mit vereinter Stimme Gott, den Allmächt'gen, daß er sich unser / liebevoll erbarme, Heil uns gewähre, / unsre Trägkeit banne und uns als Vater / einst in Güte schenke himmliches Erbe. Lob sei dem Vater / auf dem höchsten Throne, Lob sei dem Sohne, / Gott aus Gott geboren, Lob sei dem Geiste, / der von beiden ausgeht, immer und ewig. Amen.

Vielleicht werde ich Polnisch lernen müssen, wie Rilke Russisch lernte.

Ohne Frauen wäre Rilke nicht

Reflexionen über einen Prager Dichter, der Weltdichter wurde ...

Zum 150. Geburtstag von Rainer Maria Rilke *(* 1875 in Prag, † 1926 im Sanatorium Valmont bei Montreux, Schweiz)*

> *Es ist so natürlich für mich,*
> *Mädchen und Frauen zu verstehen,*
> *das tiefste Erleben des Schaffenden ist weiblich-;*
> *denn es ist empfangendes und gebärendes Erleben.*[58]

Schuhgröße 38

Aus den medizinischen Unterlagen, die ich vom Wehramt über meinen Vater besitze, geht hervor, dass seine Plattfüße ihn vor dem Schlimmsten, nämlich als Fallschirmspringer ausgebildet zu werden, geschützt haben – es wäre sein sicherer Tod gewesen. Ob der untersuchende Arzt ihn schützen wollte, weil er gerade „mein" Vater geworden war mitten im Krieg, ist eine der Möglichkeiten, die ihn den Krieg überleben ließen.

Vielleicht hat auch Rainer Maria Rilke die Schuhgröße 38, für einen wehrpflichtigen Mann wahrscheinlich schwierig, zu so kleinen passgenauen Militärstiefeln zu kommen, geschützt, sodass er die meiste Kriegszeit bei Diensthabenden im Büro verbrachte, jedenfalls eine der Möglichkeiten von Unmöglichkeiten.

Auch Franz Kafka wurde nach dem Abitur insgesamt dreimal zur militärischen Musterung vorgeladen und schließlich wegen seiner unzureichenden körperlichen Verfassung (vermutlich Untergewicht) für nicht militärtauglich befunden. Auch er saß während des Krieges im Büro, allerdings bei seiner Arbeiter-Unfall-Versicherung, die ihn als unabkömmlich reklamierte.

Und beide, der ältere Rilke und der jüngere Kafka, wollten eigentlich zunächst wie einst der Cornet Rilke in den Krieg ziehen, weil viele mit fliegenden Fahnen in den Krieg gezogen sind, auch die sensiblen Künstler wie August Macke, Franz Marc; Käthe Kollwitz konnte ihren Sohn Peter nicht zurückhalten, Ernst Jünger begeistert sich am Stahlgewitter, Otto Dix malt es.

Rilke war klein und zart, Kafka war groß und dünn, und beide waren Vegetarier.

Vom Vater gefördert, ging Kafka in den Puff, Rilke, vom Vater früh in den militärischen Drill der k. u. k. Militär-Unterrealschule in St. Pölten geschickt, hatte sexuelle Schwierigkeiten bis zu seinem Tod: Er schreibt seiner großen Lehrmeisterin und Psychoanalytikerin Lou Andreas-Salomé, dass er onaniert.

Du, ja, ich lebe seit zwei Jahren mehr und mehr in der Mitte des Schreckens, dessen greifbarste Ursache (eine an mir selbst ausgeübte Reizung) ich mit teuflischer Besessenheit immer dann am meisten steigere, wenn ich eben meine, die Versuchung dazu überwunden zu haben. Es ist ein entsetzlicher Circel, ein Kreis böser Magie, der mich einschließt wie ein Brueghel'schen Höllenbild.[59]

Beide sind in Prag groß geworden, einer katholischen, einer jüdischen Stadt; der eine katholisch, der andere jüdisch, kritisch gegenüber dem Katholischen, jener wird aber den Engeln treu bleiben, der Jüdische kritisch gegenüber dem Geschäftsjüdisch, sehnt sich nach dem „wahren" Jüdischen.

Prag, eine bigotte Stadt mit der goldenen Doppelmoral der Zeit als auch mit den eigenen goldenen Türmen und antagonistischen Widersprüchen, denkt man an den Prager Fenstersturz, nach dem die europäische Welt eine andere wurde, Prag, eine Stadt, die beide nicht liebten, in der Jan Hus in Tschechisch predigte, der Rom auf den Kopf stellen und ein neues Zeitalter prägen wird, aber auch eine Stadt, die den Umtrieben von Golem ausgeliefert ist und eine eigene jüdische Identität kreiert.

Prag, eine bedeutende europäische Stadt.

Groß geworden in dieser dreisprachigen Stadt, tschechisch, deutsch, jiddisch, was bei Kafka und Rilke eine Sprachgewandtheit für das Besondere gefördert hat. Der eine kreiert das Kafkaeske, der andere wird ein Sprachgenie, das fast alle europäischen Sprachen beherrscht; beide den Frauen zugetan, beide von Bindungsängsten geplagt.

Pauschal kann man sagen, Kafka ist der sportlich männlichere der beiden Schriftsteller, er geht in der Moldau schwimmen, ist Ruderer auf deren Wellen, macht jeden Morgen Frühsport und lange Spaziergänge, wünscht sich eine normale Familie und Kinder. Rilke ist ein Flaneur, hatte Gattin und Tochter und flieht vor ihnen.

Kafka arbeitet sich am Vater ab, Rilke an der Mutter.

Rilke und Kafka, nur acht Jahre auseinander, verkörpern andere Welten, konnten unterschiedlicher nicht sein. Kafka lebte fast ausschließlich in Prag, Rilke hatte bereits als Jugendlicher Prag verlassen, doch sie wussten voneinander, Rilkes *Cornet* ist ein Kriegsbestseller, Kafkas *Verwandlung* erscheint im Krieg.

Rilke lebt im Krieg in München, Kafka fährt von Prag aus, das ist keine Entfernung, zu seiner Lesung am 10. November

1916 nach München. Er liest in der „Galerie neue Kunst Hans Goltz“ in der Reihe „Abende für neue Literatur“ aus seiner *Strafkolonie*.

In Rilkes Taschenkalender ist vermerkt, dass er sich an diesem 10. November für fünf Uhr nachmittags mit Lou Albert-Lazard, eine deutsch-französische Malerin aus den Münchner Künstlerkreisen um den „Blauen Reiter“ und der Sezession, verabredet zu einem ‚Franz-Kafka-Abend bei Goltz‘.[60]

Lou Albert-Lazard (1885-1969), Malerin, ist eine seiner vielen Geliebten, wobei für Rilke „Geliebte“ nicht unbedingt synonym ist mit „Beischläferin“, aber Lou schlief mit ihm in Wien und in München, sie wohnten zeitweise zusammen.

In einem Brief vom 7. Dez. 1916 schreibt Kafka an Felice Bauer, seine Zweimal-Verlobte, die etwas rätselhaften Zeilen: Er habe ... *nach 2jährigem Nichtschreiben den phantastischen Übermut gehabt, öffentlich vorzulesen ... Übrigens habe ich mich in Prag auch noch an Rilkes Worte erinnert. Nach etwas sehr Liebenswürdigem über den „Heizer“ meinte er, weder in „Verwandlung“ noch in „Strafkolonie“ sei diese Konsequenz wie dort erreicht. Die Bemerkung ist nicht ohne weiteres verständlich, aber einsichtsvoll.* Dies sei die einzige Begegnung der literarischen Giganten.[61]

Beide Dichter wohnten in einer sehr wichtigen Phase ihres Lebens in Berlin, in der Nähe meines derzeitigen Wohnortes.

Kafka am Ende seines Lebens 1923-24 am Fichtenberg in Steglitz und Rilke am Anfang seiner Karriere in Schmargendorf, das zu seiner Zeit noch nicht zu Berlin gehörte, beides für mich fußläufig zu erreichen, zu beiden Orten mache ich seit vielen Jahren Führungen.

Rilke konnte sich, anders als Kafka, vor der frustrierenden Lohnarbeit drücken, zunächst lebte er von seiner Erbschaft, war Flaneur und Salongänger. Mit neunzehn hatte er 1894 in Straßburg ein erstes Buch veröffentlicht: *Leben und Lieder. Bilder und Tagebuchblätter.*[62]

Kurz danach nähert sich der Zwanzigjährige einer der bedeutendsten Schriftstellerinnen der Zeit, der sechzehn Jahre älteren Deutsch-Russin Lou Andreas-Salomé (1861–1937). Sie verbringen in Bayern die Nacht zum 1. Juni 1897 miteinander. In den folgenden Briefen duzen sie sich, er schreibt ihr, er habe jetzt eine Heimat. Eine Flut von Liebesgedichten folgt, die er 1899 unter dem Titel *Dir zur Feier*[63] zu einem Band zusammenfassen wird. Die Bindung der beiden hält ein Leben lang, wenn auch später von Lou entsexualisiert.

Sie leben zwei Jahre in der Villa Waldfrieden in Schmargendorf in einer Art Ménage à trois, mit Lous Ehemann, dem Orientalisten Friedrich Carl Andreas, mit dem sie aber keine sexuelle Beziehung pflegte. Offensichtlich nahm er den Jüngling René, wie er damals noch hieß, nicht als Mann wahr, zumal Rilke sich selbst als zweigeschlechtlich empfand.

Lou hatte schon die komplizierte Beziehung zu Friedrich Nietzsche, der ihr zweimal einen Heiratsantrag macht, hinter sich; mit seinem Freund Paul Ree lebte sie drei Jahre lang freundschaftlich zusammen. Aus dieser Dreiecksbeziehung bezog Nietzsche für seinen *Zarathustra* das gängige Bonmot, *Du gehst zu Frauen? Vergiss die Peitsche nicht!*

Bei diesem hochkarätigen Hintergrund seiner ersten großen Liebe muss Rilke sich anstrengen. Zunächst nennt ihn Lou in Rainer um, das sei männlicher, und sie fordert ihn, besonders intellektuell. In Berlin hatte Lou Kontakt zum Friedrichshagener Dichterkreis und den Gründern der Freien Volksbühne, Bruno Wille, Wilhelm Bölsche, aber auch zu Erich Mühsam, Gerhart Hauptmann u. a. Sie war schon durch Veröffentlichungen bekannt, besonders durch ihr Nietzsche Buch (1894), ihren Roman *Ruth* (1895) und als ihre erste Veröffentlichung *Im Kampf um Gott.* Leipzig/Berlin, 1885 (erschien unter ihrem Pseudonym Henri Lou). Sie lag damit im Zeitgeist. Im gleichen Jahr war Nietzsches *Zarathustra* erschienen, 1882 bereits die *Fröhliche Wissenschaft*, in der Nietzsche Gott für tot erklärt.

Da muss sich Rilke anstrengen. Aber auch er schafft erste große Werke wie *Der Cornet*, nach Angaben des Autors innerhalb einer Nacht geschrieben im Jahr 1899 in der „Villa Waldfrieden“, wo er unter dem Dach ein Stübchen hatte. Als *Die Weise von Liebe und Tod des Cornets Christoph Rilke* wird diese kurze Erzählung in der Veröffentlichung des Insel Verlags von 1912 als Bestseller sich in den Tornistern der Soldaten des Ersten Weltkrieges wiederfinden.

Lou lädt ihn zweimal ein, mit ihr in ihre Heimat Russland zu fahren, er lernt Tolstoi kennen, Rilke gefällt die Einfachheit und Gläubigkeit der russischen Menschen, er wird russophil, trägt Russenhemd, Lou kocht ihm Borschtschsuppe. Seine Liebe zu Russland bzw. zu dessen Menschen existiert ein Leben lang.

In den Zwanzigerjahren wird sich die große russische Dichterin Marina Zwetajewa in ihn und seine Lyrik verlieben, es ist eine Fernliebe, sie lebt in Paris, nachdem sie aus der Sowjetunion fliehen musste. Als Zwischenstationen dienten 1924 auch Berlin und Prag. Zu Zwetajewa in Berlin mache ich auch Führungen.

Rilke erliegt ihrem Werben, ist nicht abgeneigt, sich zu treffen.

Er lebt in der Schweiz, wo er die letzten Lebensjahre verbringt, sie darf als Russin nicht in die Schweiz. Das Treffen an der Grenze zu Frankreich scheitert, er ist schon zu schwach. Seine Russophilie geht bis zu seinem Tod. Er beschäftigt noch die letzten Wochen die Russin Génia Tschernosvitowa, der er seine Übersetzungen des französischen Lyrikers Paul Valéry (1871-1945) diktiert, denn Rilke ist auch Übersetzer, besonders aus dem Französischen. Valéry zählt zu den größten Dichtern seines Landes.

Der Friedhof am Meer

Dies stille Dach, auf dem sich Tauben finden,
scheint Grab und Pinie schwingend zu verbinden.
Gerechter Mittag überflammt es nun.
Das Meer, das Meer, ein immer neues Schenken!
O, die Belohnung, nach dem langen Denken
ein langes Hinschaun auf der Götter Ruhn!

Dies ist der Beginn eines der berühmtesten Gedichte von Paul Valéry, übersetzt von Rainer Maria Rilke.

Aber nun wieder in Schmargendorf: Es wird vor allem für Lou die Beziehung zu eng, Rilke ist ihr zu schwärmerisch, ihm ist die Wohnung zu laut, um die Ecke wird das schöne Rathaus gebaut, nach Schmargendorf kommen jetzt die Sommerfrischler aus Berlin mit der Dampf-Straßenbahn, die Feuer und Rauch spuckt, er zieht etwas abseits in die Misdroyer Straße 1, wo er die *Geschichten vom lieben Gott*[64] verfasst, der er folgende Widmung für Ellen Key, der mit ihm befreundeten schwedischen Reformpädagogin und Schriftstellerin, in der Insel Ausgabe von 1904 voranstellt:

MEINE FREUNDIN, EINMAL HABE ICH IHNEN DIESES BUCH IN IHRE HÄNDE GELEGT, UND SIE HABEN ES LIEB GEHABT WIE NIEMAND VORHER. SO HABE ICH MICH DARAN GEWÖHNT, ZU DENKEN, DASS ES IHNEN GEHÖRT. DULDEN SIE DESHALB, DASS ICH NICHT ALLEIN IN IHR EIGENES BUCH, SONDERN IN ALLE BÜCHER DIESER NEUEN AUSGABE IHREN NAMEN SCHREIBE, DASS ICH SCHREIBE:
DIE GESCHICHTEN VOM LIEBEN GOTT GEHÖREN ELLEN KEY.[65]

Er beginnt 1899 *Das Stundenbuch*[66], ein weiterer Bestseller des Frühwerks von ihm. Als berühmtestes Gedicht daraus:

Ich lebe mein Leben in wachsenden Ringen

Ich lebe mein Leben in wachsenden Ringen,
die sich über die Dinge ziehn.
Ich werde den letzten vielleicht nicht vollbringen,
aber versuchen will ich ihn.

Ich kreise um Gott, um den uralten Turm,
und ich kreise jahrtausendelang;
Und ich weiß noch nicht, bin ich ein Falke, ein Sturm
oder ein großer Gesang.[67]

Er ist vierundzwanzig und auf der Suche, und er bleibt auf der Suche. 1899 hat er zwei Geschichten mit einem Vorwort versehen, die 2004 unter dem Titel *Zwei Prager Geschichten* auch ins Tschechische übersetzt wurden: *König Bohusch* und *Die Geschwister*. Er schreibt im Vorwort:

Dieses Buch ist lauter Vergangenheit. Heimat und Kindheit – beide längst fern – sind sein Hintergrund. –

Ich würde es heute nicht so – und darum wohl überhaupt nicht geschrieben haben. Aber damals, als ich es schrieb, war es mir notwendig. Es hat mir Halbvergessenes lieb gemacht und mich damit beschenkt, denn wir besitzen von der Vergangenheit nur das, was wir lieben. Und wir wollen alles Erlebte besitzen.

Rainer Maria Rilke, Schmargendorf, im Februar 1899.[68]

Leben in Schüben

Er hatte die Künstlerkolonie in Worpswede besucht, die Teil der damals vielerorts praktizierten Lebens-Reform-Bewegung war. Auch das Ehepaar Andreas-Salomé befolgte Praktiken der Reformbewegung, zum Beispiel morgens auf taufrischer Wiese barfuß laufen, wofür Lou auch Rainer begeistern konnte. Sie wohnen am Waldesrand in Schmargendorf. In Worpswede lernt er Paula Becker, Malerin, und Clara Westhoff, Bildhauerin, kennen. Auch hier entsteht eine Art Ménage à trois.

Paula kommt zu Rilke in die Misdroyer Straße 1, sie will in Berlin ab dem 13. Januar 1901 einen Kochkurs besuchen. Bei Kerzenschein liest er ihr Gedichte vor, einige sind ihr gewidmet.

Paula hat sich eigentlich schon entschieden, den Maler Otto Modersohn zu heiraten. In Rilkes Nähe kommen ihr Zweifel auf.

Am 3. Februar 1901 besucht Clara ihn und Mitte Februar 1901 geben beide ihre Verlobung bekannt. Nicht nur Lou ist überrascht. Er hatte noch bei ihr in der Hundekehlestraße

Weihnachten gefeiert. So hatte sie sich die Abnabelung nicht vorgestellt und sie ahnt, das kann nicht gutgehen.

Lou Andreas-Salomé hatte bereits im Dezember 1895 in Wien den Bruder der Malerin Broncia Pinell (eigentlich: Bronizlawa Pineles; 1863-1934), Friedrich Pineles (1868-1936), kennengelernt, der als Arzt am Allgemeinen Krankenhaus in Wien arbeitet. Sie unternimmt mit ihm im Mai 1896 eine Rucksacktour ins Salzkammergut. Diese Freundschaft frischt sie 1901 auf. Sie reisen im Sommer 1901 ins Riesengebirge, nach Dänemark, nach Wien und Oberwaltersdorf (Niederösterreich). Lou ist von Friedrich Peneles schwanger, sie fällt beim Apfelpflücken vom Baum und erleidet eine Fehlgeburt.

Rilke ist derweil von Schmargendorf nach Worpswede gezogen, er heiratet Clara. Nach kurzer Zeit ist ihm klar, dass er für die Ehe nicht geschaffen ist. Er braucht Abstand. Aber da ist Clara schon schwanger. Sie gebiert im Dezember 1901 die gemeinsame Tochter Ruth. Lou und Rainer wären im gleichen Jahr Eltern geworden. Ob Rilke davon wusste? Ich habe nichts darüber gefunden. Sie zieht mit ihrem Mann, der 1903 eine Professorenstelle bekommen hat, nach Göttingen. Dort hat sie ein eigenes Haus, betätigt sich gärtnerisch, hält Hühner, fährt weiterhin mit Friedrich Peneles durch Europa. Sie wird bei Sigmund Freud in Wien studieren und ab 1913 in Göttingen eine eigene Psychoanalytische Praxis betreiben. Rainer Maria Rilke kommt sie das erste Mal im Frühjahr 1905 in Göttingen besuchen, da hat er Frau und Tochter schon längst den Rücken gekehrt.

Den Namen Ruth für die Tochter hat Rilke möglicherweise dem Buchtitel *Ruth* von Lou Andreas-Salomé entlehnt.

Ein Leben lang wird er eine Distanz-Ehe führen, auch der Tochter gegenüber entwickelt Rilke kaum väterliche Gefühle, aber Schuldgefühle, trotzdem überlässt er sie der Obhut seiner Schwiegereltern, sieht sie jahrelang nicht. Auch zu seiner Enkeltochter Christine wird er später keine Beziehung aufbauen.

Durch Lou hatte er gelernt, dass zu enge Bindung ihm schadet, in Schmargendorf, wo er seine Initiation erhielt, hat er gelernt, dass auch Enge ihm schadet und dass er Stille braucht. Danach wird er sich ein Leben lang richten. Trotzdem versucht er mit Clara in Paris, wenn schon kein Eheverhältnis, so doch ein erträgliches Arbeitsverhältnis zu inszenieren. Paris war beiden kein Neuland. Sie hatte hier studiert, kannte Rodin persönlich, er wurde Rodins Sekretär, schrieb ein Buch über ihn. Rilke und Clara machen gelegentlich gemeinsame Reisen.

Zum Beispiel wird erwähnt, dass sie beide 1910 am Salon von Samuel Fischer teilhatten in dessen Villa, die er 1905 mit seiner Frau, einer Sängerin, bezogen hatte, und die noch heute in der Erdener Straße 8 in Berlin-Grunewald existiert. Es war ein berühmter Treffpunkt für die meisten bedeutenden deutschen und auch internationalen Autoren, unter ihnen: Hermann Hesse, Thomas Mann, Hugo von Hofmannsthal, Stefan Zweig, Emile Zola, Leo Tolstoi und Henrik Ibsen.

In der Folge wird er noch einige Male in Berlin sein und ein Leben lang in Erinnerung an Schmargendorf bleiben.

Lou wird in ihrem Buch über *Rainer Maria Rilke* (1928), nach seinem Tod, schreiben:

So ist es mir gewesen beim Jahreswechsel 1926 auf 1927, den Rainer Maria Rilke den „drohend wehenden“ nannte im Brief vom Sterbe-

bett. Gering ward da der bestürzende Unterschied zwischen Überleben und Sterben. Unwiderstehlich drängte sich da ins Wissen, wie ganz aller Verkehr in der Gewalt unserer Hinwendung besteht: Sind sie doch alle, und die Geliebtesten zumeist, ihrerseits stets schon Zeichen und Bilder frühester Liebeshinwendungen, an denen wir lieben gelernt, ehe sie selbst vielleicht lebten – so wie östliche Wolkengebilde vom Sonnenuntergang am Westhimmel erglänzen. Und wenig nur wissen wir zeitlebens davon, womit wir am strahlendsten – so daß es zu leuchten nicht aufhören kann – verbunden sind. Geliebtes gibt es, das es im Sarge ruhen bleibt, vielleicht am trauerndsten beweint um sein Totsein; und anderes gibt es, das jeglichem, was uns sich noch ereignen mag, lebendig antwortet, in Zwiesprache, als würde es selbst daran immer erneute Wirklichkeit, weil sie das anrührt, was uns mit Tod und Leben ewig zusammenschließt.[69]

Nach dem Weggang aus Schmargendorf hatte Rilke über Lou gedichtet:

> *Warst mir die mütterlichste der Frauen,*
> *ein Freund warst du, wie Männer sind,*
> *ein Weib, so warst du anzuschauen,*
> *und öfter noch warst du ein Kind.*
> *Du warst das Zarteste, das mir begegnet,*
> *das Härteste warst du, damit ich rang.*
> *Du warst das Hohe, das mich gesegnet –*
> *Und wurdest der Abgrund, der mich verschlang.*[70]

Dass sie sein Abgrund nicht war, sondern das Gegenteil, kommt immer wieder in den Briefen an Lou zutage, die sie in ihrem Rilke-Buch, das sie 1928, gleich nach seinem Tod, beim

Insel Verlag, seinem Verlag, in Leipzig herausgab. *Und denk, dass meine Arbeitsstube und die kleine Schlafstube daneben in der Verteilung, in den Proportionen, in etwas, was sich nicht recht sagen lässt, manchmal, besonders gegen Abend, an die oberen Stuben im Schmargendorfer „Waldfrieden" – erinnern – eine Zucht von kleinen Marienkäfern überwintert bei mir (was auch hätte irgendwie in Schmargendorf geschehen können)* – (Muzot am 29.12.1921)[71]

Rilke hatte Phasen, in denen konnte er nicht schreiben, zehn Jahre brauchte er, bis er die vor dem Krieg begonnenen *Duineser Elegien*, sein bedeutendstes dichterisches Werk, weiterschreibt und vollendet. Lou hat ihn immer wieder getroffen, ermutigt, inspiriert. Aber auch Marie von Thurn und Taxis, die ihm in ihrem Schloss in Duino, dem Stammsitz ihrer Mutter Therese Gräfin von Thurn-Hofer und Valsassina, traumhaft über dem Golf von Triest gelegen, eine Heimstatt gab, war zunächst Antrieb, dieses Jahrhundertwerk zu vollenden, der Krieg kam dazwischen – und dann die Vollendung, das muss er Lou als Erster mitteilen: *Lou, liebe Lou, – Samstag, den elften Februar (1922), um 6, leg ich die Feder fort, hinter der letzten vollendeten Elegie, der zehnten. – Denk! Ich habe überstehen dürfen bis dazu hin. Durch alles, Wunder. Gnade. – Alles in nur ein paar Tagen. Es war ein Orkan: Alles, was in mir Faser, Geweb war, Rahmenwerk, hat gekracht und sich gebogen.*[72]

In Schmargendorf hatte er auch in einer Nacht – wie ein Orkan – den *Cornet* geschrieben. Lou konnte sich vorstellen, wie ihm jetzt zumute sein musste.
Wie im Sturm, so stand er. Wie Schreie im Wind, so riefen seine Worte das Geschehende herüber, schreibt sie zu dem Brief, den er ihr zur Vollendung der *Elegien* schickte.[73]

Gleich darauf vollendet er noch die *Die Sonette an Orpheus*, die er wie im „Diktat" schrieb. Kein Wunder, dass er erst mal ausgepowert ist, aber auch ein neuer Anfang:

... Da stieg ein Baum. O reine Übersteigung!
O Orpheus singt! O hoher Baum im Ohr!
Und alles schwieg. Doch selbst in der Verschweigung
ging neuer Anfang, Wink und Wandlung vor.[74]

Das ist wahrlich ein Anfang, die erste Strophe der zweiteiligen *Sonette an Orpheus*, deren 1. Teil aus 26, und deren zweiter Teil aus 24 Sonetten besteht.

Frauen inspirieren

Neben Lou gab es weitere sehr wichtige Frauen für Rilke, die ihn inspirierten, förderten und motivierten.

Unter seinen Liebschaften waren vor allem Künstlerinnen, die ihn inspirierten, aber seine Musikalität führte ihn auch zu der 1883 in Wien geborenen Pianistin Magda von Hattingberg, die ihn in Berlin mit dem Komponisten Ferruccio Busoni bekannt macht. Busoni ist ein Neuerer der Musik, er hat ein Ehrengrab auf dem Berliner Künstlerfriedhof in Friedenau. Die Widmung in seinem Werk *Entwurf einer neuen Ästhetik der Tonkunst* wird lauten: *Dem Musiker in Worten Rainer Maria Rilke verehrungsvoll und freundschaftlich dargeboten.*[75]

Mit Magda verbringt er eine intensive Zeit, gerade wie gerufen in seiner Krisenzeit um den 1. Weltkrieg. Sie spielt vor allen Dingen Beethoven. Dieses Erlebnis mit Beethoven durch Magda hat die Musikalität seiner Duineser Elegien maßgeblich beeinflusst.

Die Fürstin Marie, die „Antreiberin“ für die Duineser Elegien, die mehrere Frauen um Rilke bewirkten, wird ihre Freude daran haben, aber letztlich fertiggestellt hat er sie unter der Obhut der Schweizerin Nanny Wunderly-Volkart, die er Nike nennt, bei der er sterben wird im *Château Muzot*, seinem Turm im Wallis, wo er auf dem Friedhof von Raron, 25 Kilometer östlich vom Château Muzot, begraben liegt. Ohne ihre Unterstützung hätte er die *Elegien* nicht vollenden können.

Hier schreibt er gleich im Anschluss an die *Elegien* fast im Rausch die *Sonette an Orpheus* mit der Widmung *Geschrieben als ein Grab-Mal für Wera Ouckama Knoop.*

Die wunderbare Sonett-Form zwei mal 4 Verse (Quartette) und zwei mal 3 Verse (Terzette) konsequent durchgehalten. Wera Ouckama Knoop (geb. 1900 in Moskau, gest. 1919 in München) war die jüngere der beiden Töchter des 1913 verstorbenen Ingenieurs und Schriftstellers Gerhard Ouckama Knoop und seiner Frau Gertrud, mit denen Rilke bekannt war. Zum Jahreswechsel 1921/22 erhält er den ergreifenden Bericht der Mutter über Leiden und Tod Weras, die Tänzerin werden wollte, den Rilke, nachdem er die *Elegien* abgeschlossen hatte, also noch so richtig drin im Dichten war, zu den *Sonetten* inspirierte.

In Rilkes Dankbrief für die Übersendung der Aufzeichnungen schreibt er: ... *nun wars mit Einem die Einführung in ein mich so vielfältig Berührendes, Ergreifendes, Überwältigendes. Läse man dies, und es beträfe irgendein junges Mädchen, das man nicht gekannt hat, so wärs schon nahe genug. Und nun gehts Wera an, deren dunkler, seltsam zusammengefaßter Liebreiz mir so unsäglich unvergeßlich und so unerhört heraufrufbar ist, daß ich, im Augenblick, da ich dies schreibe, Angst hätte, die Augen zu schlie-*

ßen, um ihn nicht mit einem Male mich, in meinem Hier- und Gegenwärtigsein ganz übertroffen zu fühlen ... Mir ists wie eine ungeheure Verpflichtung zu meinen Innersten und Ernstesten ... [76]

Fast alle Frauen, die mit ihm geistig und physisch in Verbindung traten, vermochte er mit seiner Poesie an sich zu binden, seine Poesie war aphrodisierend. Er galt als nicht besonders gut aussehend, aber seine blauen Augen hypnotisierten, und wenn er dann vor den Frauen kniend oder auf einem Hocker sitzend seine Gedichte vortrug, war das reinste Erotik. Die erotischste Frau des Jahrhunderts, Marilyn Monroe, so erzählt es Hildegard Knef in ihrem Buch *Der geschenkte Gaul*, hatte den Rilke bei sich, als sie bei ihr zu Besuch war, sie war fasziniert und wollte mehr über ihn wissen.[77]

Zu dem eher mütterlichen Typus wie Lou Andreas-Salomé kommen weitere ältere, meist wohlhabende Damen, die seine Gönnerinnen und Förderinnen werden, neben Marie von Thurn und Taxis zählen auch die Duse dazu, Sidonie Nádherná von Borutin, spätere Geliebte von Karl Kraus, Ellen Key, schwedische Reformpädagogin und Schriftstellerin. Nach dem Krieg hatten sich oftmals Adlige und Industrielle in die sichere Schweiz zurückgezogen. Rilke, den Krieg über in München, hatte in Paris seine Wohnung verloren und jetzt Schwierigkeiten wegen der „unfreiwilligen Tschechisierung“ (als in Prag Geborener), wie Lou Andreas-Salomé in ihrem Rilke-Buch schreibt.[78] Da kommt eine Einladung in die Schweiz gerade richtig.

Hier lernt er Nanny, seine letzte große Mutter, kennen, ihre Familie besitzt das größte Handelshaus der Schweiz. Er nennt sie Nike. Sie wird ihn bis zu seinem Tod begleiten.

Auch seine Verlegerin des Insel Verlags, Katharina Kippenberg, mit der er ein sehr enges Verhältnis hatte, wird bei seiner Beerdigung am 2. Januar 1927 an der Kirchenmauer des Bergfriedhofs von Raron (Wallis, Schweiz) anwesend sein.

Der Insel Verlag hatte alle Rechte auf seine Bücher und unterstützte ihn zeitlebens. Auf seinem Grabstein steht der von Rilke selbst verfasste und für den Grabstein ausgewählte Spruch:

Rose, oh reiner Widerspruch, Lust,
Niemandes Schlaf zu sein unter soviel
Lidern.

Es wird oft herumgerätselt, warum ausgerechnet dieser Vers *Rose, oh reiner Widerspruch* von ihm ausgesucht wurde, auf seinem Grabstein zu stehen. Rilke war ein leidenschaftlicher und begnadeter Gärtner, besonders von Rosen. In Muzot hat er viele Stöcke, die er pflegt und täglich gießt. Ende September 1926 besuchen ihn zwei Damen, denen er Rosen schneidet zum Abschied, dabei dringt ihm ein Rosendorn tief ins Fleisch, das sich entzündet und weitere eitrige Wunden bildet. Sie wären vielleicht verheilt, hätte er nicht auch eine seltene Art von Leukämie. Dennoch: Letztlich stirbt er an Rosen. Welch ein literarischer Tod – ***Rose, oh reiner Widerspruch!***

Briefe und Übertragungen

Rilke war ein großartiger Briefeschreiber, er ist einfühlsam und mitteilsam, er zeigt seine ganze Empathie. Die Briefe sind wichtiger Teil seines Oeuvres. Er hat im Laufe seines relativ kurzen Lebens (51 Jahre) 20.000 Briefe verfasst. Johann Wolfgang von Goethe (83 Jahre), der auch ein begnadeter Briefeschreiber war, „nur“ 15.000 Briefe.

Das Ausdrucksmittel des Briefes entsprach seiner Veranlagung und seinem Weltbild der Innerlichkeit. Es ermöglichte ihm als einem einzelnen und Einsamen menschliche Kommunikation; es diente seiner künstlerischen Existenz in den Pariser Lehrjahren zur Übung ›täglicher Arbeit‹; es half ihm in den langen und notvollen Schweigezeiten zwischen 1912 und 1922, ›das Herz oben zu halten‹.[79]

Mir liegt von Rilke der Briefband im Insel Verlag in der Ausgabe von 1949 vor: *Briefe an eine junge Frau*, erstmals 1930 erschienen.

Diese junge Frau, mit der Rilke nach dem Krieg, ab 1919, einige Jahre korrespondiert hat, ist die Schriftstellerin Lisa Heise. Es ist ein schmaler Band im Insel Verlag mit 10 Briefen der Autorin, die Rilkes Schwiegersohn Carl Sieber (1897-1945) herausgibt, der den Namen aber nicht preisgibt. Erst als Lisa Heise auf Wunsch eines Kreises von Rilke-Freunden 1934 in der von Victor Otto Stomps (1897-1970) gegründeten Berliner *Rabenpresse* ihre eigenen 16 *Briefe an Rainer Maria Rilke* herausgibt, erfährt das Publikum, um wen es sich bei der „jungen Frau“ handelt.

Lisa Heise (1893-1969) war zunächst in Kassel als Klavierlehrerin ausgebildet, heiratete 1916 den Künstler Wilhelm Heise, von dem sie einen Sohn hatte, das Paar trennte sich bereits 1919 wieder. In dieser Zeit lernt sie Rilke kennen.

Sie hatte einige literarische Versuche, worüber sie Rilke informiert genauso wie über ihr schwieriges Leben als alleinerziehende Mutter. Sie hat in späteren Jahren Veröffentlichungen besonders über Eschwege, wo sie ihre Kindheit verbracht hatte, herausgegeben.

Die beiden Briefausgaben *Briefe an einen jungen Dichter* und an Lisa Heise hat der Schwiegersohn Carl Sieber initiiert. Er schreibt im Nachwort zu den *Briefen an eine junge Frau*: *Die Berechtigung, aus der Fülle der Brieffolgen, die wir gesammelt haben, Einzelausgaben ... auszuwählen, entnehmen wir der Entstehungsweise dieser Briefwechsel. Ein junger Mensch ist in seelischer Not, er sucht nach einem, bei dem er Verständnis voraussetzt ... von dem man weiß, daß er ähnliche Nöte durchgemacht hat, und bei dem deshalb Mitgefühl und die Kraft zu helfen zu erwarten ist ...* Das schreibt der Ehemann der Tochter Ruth Rilke, der Rilke als Vater zeitlebens kaum geholfen hat.

Die Briefe Rilkes an Frau G. Nölke sind bisher unveröffentlicht. Das schreibt in den umfassenden Anmerkungen der Herausgeber Paul Obermüller in der ersten Ausgabe im Insel Verlag von 1953, die ich auch besitze.

Ich besitze diesen wunderbaren Band, weil ich ihn in den 1960er-Jahren von dem Enkel von Gudi Nölke geschenkt bekam, weil er damals mein Freund und ich auf dem Weg war, eine Dichterin zu werden. Er schrieb aber immer, dem Zeitgeist entsprechend, wenn er mir schrieb „Geliebter Dichter“. Eine Dichterin gab es damals nicht, Ingeborg Bachmann war erst im Kommen und Else Lasker-Schüler noch in dem Buddelkasten der 1920er-Jahre verschollen. Ich entdeckte sie dort erst 1963 im Antiquariat.

Gudi Nölke lernte Rilke 1919 in Soglio/Graubünden/Schweiz kennen, zu der Rilke, wie auch zu ihren drei Kindern, zwei Söhne, eine Tochter, und der japanischen Erzieherin Asa, schnell ein freundschaftliches Verhältnis entwickelte. Sie half Rilke durch ihre persönlichen Beziehungen, z. B. die Aufenthaltsgenehmigung zu verlängern.

Auguste (Gudi) Nölke wurde am 15. Juni 1874 in Holle in Oldenburg als Tochter des Pastors August Senckel geboren, ihre Mutter war die Schweizerin Martha Ramsauer.

Gudi ist am 6. November 1947 zu Meran gestorben. Sie war seit 1905 verheiratet mit dem Ingenieur Hans Nölke, die Familie liebte von 1905 bis 1914 in Japan, der Erste Weltkrieg bringt sie nach Europa, wo Hans Nölke 1917 in Düsseldorf stirbt. Nach Kriegsende lebt Gudi Nölke aufgrund eines Lungenleidens in der Schweiz. Ihr Vermögen lag wegen der Kriegswirren irgendwo in Ägypten, die Inflation in Deutschland machte ihr zu schaffen, Rilke konnte auch ein Lied davon singen. Auf diesem Hintergrund kommen sich Nölke-Familie und Rilke näher. Er ist um die Familie sehr bemüht, wie er ja auch um die Familie von Lisa Heise bemüht war.

Das Einzigartige in der Freundschaft zwischen Rilke und Gudi Nölke ist das Vorhandensein einer japanischen Kinderfrau, an deren Schicksal Rilke großen Anteil hat, denn sie ist es, die ihm eine in Europa unbekannte Gedichtform beibringt: das Haiku.

Kleine Motten taumeln schaudernd quer aus dem Buchs;
sie sterben heute Abend und werden nie wissen,
daß es nicht Frühling war.[80]

Dies ist eins von insgesamt drei überlieferten Haiku Rilkes, sie gehören zu den frühen isolierten Einzelbeispielen, die beginnen, dem japanischen Dreizeiler im deutschsprachigen Raum Bahn zu brechen.

Auch der Briefwechsel mit der sehr wichtigen Förderin von Rilke ist 1986 in zwei Bänden im Insel Verlag erschienen: Rainer Maria Rilke, Marie von Thurn und Taxis, Briefwechsel.

Besorgt durch Ernst Zinn. Mit einem Geleitwort von Rudolf Kassner.

Claire Goll war eine schillernde Persönlichkeit ihrer Zeit. Sie war Schriftstellerin, 1890 in Nürnberg geboren und 1977 in Paris verstorben. Claire hatte an der Universität Leipzig Philosophie studiert, im Krieg 1916 emigrierte sie als Pazifistin in die Schweiz. Dort studierte sie an der Universität Genf, engagierte sich in der Friedensbewegung und begann journalistisch zu arbeiten. 1918 erschienen ihr erster Gedichtband *Mitwelt* und der Erzählungsband *Die Frauen erwachen*. Die Liebschaft mit Rilke beginnt, die Freundschaft hält bis zu seinem Tod. Sie hatten sich in München kennengelernt. Nach Wochen vertrauter Gemeinsamkeit reist Claire 1919 nach Berlin, hin- und hergerissen zwischen ihrer Liebe für Yvan, den sie im Jahr 1917 in Genf kennengelernt hatte, und ihrer Leidenschaft für Rilke. Anfang 1919 kehrt Claire in die Schweiz zurück, ohne Rilke noch einmal gesehen zu haben. Sie geht mit Ivan Goll nach Paris, wo beide 1921 heiraten. Bei ihnen verkehren unter anderem Chagall, Léger, Delaunay, Picasso, Jawlensky, Braque, Joyce, Malraux, Breton und Gide. 1926 veröffentlicht Claire Goll ihren ersten Roman *Der Neger Jupiter raubt Europa*. Ihre Erzählungen, Gedichte und Romane erscheinen auch in französischer Sprache, während sie einige Werke ihres Ehemanns ins Deutsche übersetzt.

1918 beginnt der Briefwechsel kurz nach der ersten Begegnung Claire Golls und Rilkes in München. Aus der frühen Zeit der Beziehung sind nur Rilkes Briefe erhalten. Sie tauschen sich über ihre Werke aus, spenden einander Trost und schreiben sich mit leidenschaftlicher Sehnsucht. Zu dieser Zeit heißt sie noch Claire Studer. Die Erstausgabe ist 2003 aus den im Deutschen Literaturarchiv in Marbach am Neckar befindlichen Originalhandschriften beim Insel Verlag erschienen: *Ich sehne mich sehr nach Deinen blauen Briefen. Rainer Maria Rilke – Claire Goll, Briefwechsel.*

Immer wieder sind es Frauen, die ihn beschäftigen, mit denen er sich dichterisch auseinandersetzt. Auch wenn er Clara geheiratet hatte, die Beziehung zu Paula Modersohn-Becker blieb bis zu deren frühem Tod bestehen. Als sie gleichzeitig in Paris waren, trafen sie sich häufig. Hier malte Paula auch das Portrait von Rilke.

Es drückt Rilkes höchste Wertschätzung für Paula aus, sich von ihr portraitieren zu lassen. Es gibt noch ein weiteres Bildnis von hohem künstlerischem Rang, das Rilke darstellt. Dabei handelt es sich um das 1916 in Wien von Lou Albert Lasard gemalte Porträt, seiner späteren Geliebten, mit der er eine Weile in München wohnt. 1952 veröffentlicht sie das Buch *Wege mit Rilke* bei S. Fischer, Frankfurt/M.

Rilke sah in Paulas Kunst das Besondere, das Neue, durch ihren Tod im Kindbett, drei Wochen nach der Geburt der Tochter von Modersohn, aus dem Schaffen gerissen. Sie war in der Lage, die Einfachheit darzustellen, die das menschliche Dasein in seiner Tiefe hat. Sie ist ähnlich wie van Gogh zu dieser Auffassung durchgestoßen und ihr treu geblieben. Das mag dem ähnlich sein, was Rilke Jahre zuvor in den russischen Menschen gesucht hatte, als er mit Lou Andreas-Salomé dort weilte. Obwohl sie ihm so viel bedeutet hat, erwähnt er weder Paula noch Clara Westhoff in seinem Buch über Worpswede, das 1903 erschienen ist.[81]

Ein Jahr nach dem Tod von Paula, 1908, dichtet Rilke ein Requiem für sie:

*... Denn Das verstandest du: die vollen Früchte.
Die legtest du auf Schalen vor dich hin
und wogst mit Farben ihre Schwere auf.
Und so wie Früchte sahst du auch die Fraun
und sahst die Kinder so, von innen her
getrieben in die Formen ihres Daseins.
Und sahst dich selbst zuletzt wie eine Frucht,
nahmst dich heraus aus deinen Kleidern, trugst
dich vor den Spiegel, ließest dich hinein
bis auf dein Schauen; das blieb groß davor
und sagte nicht: das bin ich; nein: dies ist.
So ohne Neugier war zuletzt dein Schaun
und so besitzlos, von so wahrer Armut,
dass es dich selbst nicht mehr begehrte: heilig.*

*So will ich dich behalten, wie du dich
hinstelltest in den Spiegel ...*[82]

Auch wenn Rilke von Schaffenspausen gebeutelt wurde, besonders in der Zeit nach seinem Malte-Buch, war er nicht unschöpferisch. Er hat immer wieder versucht, sich auch in die männliche Seele hineinzudenken, der Cornet, Malte, sein Buch über Rodin zeigen es, viele Briefe, auch von seinen Reisen, aber seine Seele war doch immer wieder bei den Frauen. Lou Andreas-Salomé schreibt dazu in ihrem Rilke-Buch: *Es war ja von jeher das Mysterium am weiblichen Schicksal, was ihm alle Mädchen zu Schwestern werden ließ ... Im Leibschöpferischen des Weibtums, in dem, wodurch das Weib zeugend nährend, schützend, führend wurde, steckt dessen gleichsam männlicher Einschlag, der eine verborgene Gemeinsamkeit um beide Geschlechter schlingt: die beide nach dem Geburtsakt verlangen als nach dem Ausdruck ihrer eigensten Wesentlichkeit, ihres Lebens über sich hinaus.*[83]

In dieser Zeit schreibt er vornehmlich Übertragungen, die Frauen zum Vorbild haben. *Die vierundzwanzig Sonette der Louize Labé*, die *Portugiesischen Briefe der Marianna Alcoforado, Die Liebe der Magdalena*.

Die letzte Geliebte war die Malerin „Baladine" Elisabeth Dorothea Kłossowska (1886-1969) aus Breslau, die zwei Söhne hatte, von denen der ältere von Gudi Nölke aufgenommen worden war.

Rilke schrieb seine (soweit bekannt) letzte Geliebte mit dem Kosenamen „Merline" an, den sie sich 1919 selbst gegeben hat. Ob und wie sie sich dabei auf die Artus-Sage bezog, ist nicht bekannt. Sie ließ sich in Paris aber auch zuweilen Mouky nennen. Nach ihrem überstürzten Aufbruch 1923 aus Muzot nach Berlin hat sie ihre eigenen Briefe an Rilke aus dieser Zeit vernichtet.

Rilkes Kommentar dazu dem Sinne nach an Gudi Nölke, dass von heute an die Bahntarife in Deutschland mehr als verdoppelt sein würden. Das meinte er offensichtlich ironisch. Fakt ist, dass Rilke Nähe nicht ertrug, und Baladine war schon eine verhältnismäßig lange Zeit bei Rilke, und er hatte sich auch väterlich um ihre Söhne gekümmert.

Ich kenne keinen Schriftsteller im deutschsprachigen Raum, da kommt selbst Bertolt Brecht nicht mit, der so sehr von Frauen inspiriert und letztlich so viel ihnen verdankt wie Rainer/René Maria Rilke.

Eine Reise mit Folgen

Rilke ist viel gereist, alle seine Reisen gingen in seine Werke ein. 1869 hatte der Brite Thomas Cook die Nilfahrt erfunden. Es folgte wie Generationen vorher durch die Italienreise Goethes u. a. nun eine Ägypten-Sehnsucht. Man baute Pyramiden als Grabstätten nach, schuf Sphinxe als Skulpturen, versuchte die Museen mit ägyptischer Kunst zu füllen.

Clara Rilke war 1907 in Ägypten, an einigen Eindrücken von ihr konnte Rilke sich orientieren, als er im Januar 1911 erst nach Afrika und dann nach Ägypten sich aufmachte. Er bleibt bis März 1911. Aber er wäre nicht Rilke, entstünde daraus nicht eine ganz eigene Schöpfung, wenn zunächst auch die Aufarbeitung schwierig war. Er schreibt: *... dass ich Sitz und Haltung verlor und schließlich nicht anders mitkam als einer, den ein durchgegangenes Pferd abgeworfen hat und auf und ab im Bügel mitreißt.*[84]

Und einige Monate später schreibt er: *... jenem Schweren gekommen, das ich im letzten Jahr durchzumachen hatte und von dem ich mir denken könnte, dass es mir in der Seele einen inneren Schaden getan hätte, nicht weil es schwer, sondern weil es falsch war, nicht weil es überanstrengte, sondern weil es verbog.*[85]

Was war passiert?
1910, in einer tiefen künstlerischen und existenziellen Schaffenskrise, lädt ihn Jenny Oltersdorf, eine wohlhabende sächsische Pelzhändlergattin, mit der ihn offenbar ein kurzzeitiges Liebesverhältnis verbunden hatte, auf ihre Kosten ein, sie und einige Bekannte von ihr auf einer ausgedehnten Orientreise zu begleiten. Rilke sagt zu. Aber die Reise beschert ihm, wie man aus bestimmten während und unmittelbar nach der Reise getanen Briefäußerungen schließen könnte, eher viele

Misslichkeiten denn begeisternde Erlebnisse. Jenny und Rainer sind, scheint's, im Bösen auseinandergegangen, ohne finanzielle Mittel fuhr er alleine weiter.

Eigentlich hatte Rilke diese Erlebnisse verdrängt, aber angeregt im Umfeld der Nofretete-Ausstellung, 1922, in Berlin, und ganz Deutschland ist begeistert, beginnt Rilke neu zu reflektieren. Mittlerweile ist sich die Forschung jedoch einig, dass die Ägyptenreise, auch durch die Sprachstudien des Arabischen wie der Hieroglyphen sein dichterisches Gestalten enorm erweitert hat.

In einer Elegie, kurz vor seinem Tod, vom 8.6.1926, an Marina Zwetajewa, schreibt er von seiner Nil-Reise:

... Loben, du Liebe, laß uns verschwenden mit Lob.
Nichts gehört uns. Wir legen ein wenig die Hand um die Hälse
ungebrochener Blumen. Ich sah es am Nil in Kôm-Ombo.
So, Marina, die Spende, selber verzichtend, opfern die Könige.
Wie die Engel gehen und die Türen bezeichnen jener zu Rettenden,
also rühren wir dieses und dies, scheinbar Zärtliche, an ...[86]

Aber auch die Duineser Elegien zeugen davon, so die 7. und die 10., und am Schluss der 9. Elegie:

Und höher, die Sterne. Neue. Die Sterne des Leidlands.
Langsam nennt sie die Klage: – Hier,
siehe: den Reiter, den Stab, und das vollere Sternbild
nennen sie: Fruchtkranz. Dann, weiter, dem Pol zu:
Wiege; Weg; Das Brennende Buch; Puppe; Fenster.
Aber im südlichen Himmel, rein wie im Innern
einer gesegneten Hand, das klar erglänzende „M",
das die Mütter bedeutet ...–[87]

Die Beziehung zwischen Zwetajewa und Rilke war eine Fernliebe, aber intensiv. Sie hatte schon im ersten Brief richtig erkannt: *Ich glaub nur an Muttersöhne. Sie sind auch ein Muttersohn. Ein Mann nach der weiblichen Linie – deshalb so reich.*[88]

Rilke und seine Mutter

Mit seiner Mutter Sophia (Phia) hatte Rilke ein ambivalentes Verhältnis. Sie verließ den Ehemann, ohne sich scheiden zu lassen. Auch Rainer und Clara werden sich trennen, aber nie geschieden.

Den Knaben René Maria hatten die Eltern in die Militär-Unterrealschule St. Pölten gegeben. Er sollte die Militärlaufbahn anstreben. Krankheitsbedingt unterbricht er aber diese Ausbildung. Rilke gilt als hochbegabt. Er wird später sein Abitur auf dem externen Weg nachholen. Die Eltern trifft er nur noch hin und wieder.

Mit der Mutter schreibt er sich ein Leben lang. Es sind 1134 Briefe Rilkes an seine Mutter erhalten, die 2009 im Insel Verlag als Buch erschienen sind.

Phia Rilke, katholisch religiös, aber für ihre Zeit emanzipiert, gebildet, sie war aus wohlhabendem Haus und reiste viel. Sie war ebenfalls Dichterin. Sie überlebt ihren Sohn und stirbt 1931 in Weimar. Der Vater war schon 1906 gestorben.

Phia hatte René Maria die ersten Jahre seines Lebens in Mädchenkleidung gesteckt, weil ihre Tochter als Kleinkind gestorben war ... vom Typ her war Rilke tatsächlich ein weiblicher Mann, wie bereits erwähnt die für einen Mann winzige Schuhgröße 38, er war fasziniert vom Weiblichen, oszillierend zwischen Anbetungs- und Fluchtgefühlen.

In dieser Ambivalenz führt er uns in das Ausgesetztsein auf den Gipfeln der Sprache, in die Entität der Engel, in eine

Erneuerung des Erzählens, wozu sicher auch seine enormen Sprachkenntnisse beigetragen haben; er ist ein großer europäischer Dichter.

Was ihm wohl fehlte an dieser Mutter, war das Schwesterliche, das Vertrautsein. Doch letztlich war er sich selbst Schwester, da sie ihn als Mädchen aufwachsen ließ und er dann in der Militärschule auch noch das Negative des Männlichen kennengelernt hat. So ist er in der Lage, die Frau aus sich heraus zu kennen und zu schätzen:

Rilke hatte stets seiner besonderen Neigung zu den Wesen, das die Welt des Mannes alte Jungfer nennt, Ausdruck gegeben. Nicht so sehr aus Mitleid im vagen Sinne, sondern weil er die Frau von der Frau aus empfand. Rilke war den Frauen ergeben wie vielleicht niemals ein Mann vor ihm. Rudolf Kassner.[89]

Wie die Engel gehen und die Türen bezeichnen jener zu Rettenden[90]

Zeit seines Lebens hatte Rilke nach Auskunft seiner Psychoanalytikerin Lou Andreas-Salomé Probleme mit seiner Körperlichkeit. *Ein starker Teil seiner, bald mehr hypochondrischen, bald mehr schmerzhaften, körperlichen Überempfindlichkeiten war das Ergebnis auf die Zurückgeworfenheit auf seinen eigenen Körper, er braucht immer die gleichen Ausdrücke dafür – für diese Sensation von „Schwellungen" und „Entspannungen", „Hochgeschwollenes" unter einem „Tropfen Säure", der sich gewaltsam zusammenzieht ... Aber jedes Mal, wenn eine Partnerschaft ihn vorübergehend vom leiblichen Einsinken in sich befreite, ist es wieder am gleichen Ende.*[91]

Mit den eigenen Worten von Rilke aus dem Jahr 1915, ... *die schmerzhafte Sicherheit, dass mir in jedem Zusammensein Gewalt geschieht, Schrecken, Flucht, Rückweg ins verfallene Alleinsein.*[92] Ob das an dem Katholizismus seiner doch recht katholischen Mutter lag, ist nicht verbürgt. Aber seine Liebe zu den Engeln ist aus diesem Umfeld entstanden. Und seine Enge wandeln sich, passen sich seiner Bedürftigkeit an. Werden immer mehr Sinnbild eines Geistseins im Gegensatz zu den Beschwernissen der Leiblichkeit.

Besonders in *Die Sonette an Orpheus* als auch in den *Duineser Elegien* sind bei Rilke Engel Vermittler zwischen Diesseits und Jenseits. Hier bringt er sie auch in den Zusammenhang mit seiner Ägyptenreise von 1911.

> *Preise dem Engel die Welt, nicht die unsägliche, ihm*
> *kannst du nicht großtun mit herrlich Erfühltem; im Weltall,*
> *wo er fühlender fühlt, bist du ein Neuling. Drum zeig*
> *ihm das Einfache, das, von Geschlecht zu Geschlechtern gestaltet,*
> *als ein Unsriges lebt, neben der Hand und im Blick.*
> *Sag ihm die Dinge. Er wird staunender stehn; wie du standest*
> *bei dem Seiler in Rom, oder beim Töpfer am Nil.*[93]

Über die Hermeneutik des Boten sind seine Engel trotz divergierender Ausgestaltung mit den Engeln Paul Klees vergleichbar, der immerhin circa 70 Engel-Bilder gemalt hat, die 2025 im Berliner Bode-Museum ausgestellt waren.

Rilke und Klee kannten sich aus München, sie waren Nachbarn in der Ainmillerstraße. In einem Brief Rilkes an Baladine Klossowska vom 28.2.1921 heißt es: *1915 brachte mir Klee etwa 60 seiner Blätter – farbige – ins Haus und ich durfte sie monatelang behalten: sie haben mich vielfach angezogen und beschäftigt.*[94]

Mit Baladine, sie war Malerin, in Breslau 1886 geboren, in Paris 1969 gestorben, hatte Rilke eine intensive, wahrscheinlich letzte, Beziehung.

Ich habe, schreibt er weiter, *während der Kriegsjahre oft genau dieses zu erleben gemeint, dieses Ausfallen des Gegenstandes (denn es ist ja eine Glaubensfrage, wie weit wir irgendeinen acceptieren –, und noch obendrein uns durch ihn ausdrücken wollen: zerbrochene Menschen finden sich dann bestenfalls durch Stücke und Scherben bedeutet –), aber jetzt, beim Lesen dieses geistreichen Hausenstein'schen Buches, entdeck ich eine immense Beruhigtheit in mir und begriff, wie heil doch alles für mich sei ... es gehört eine Obstination von Städtern dazu (zu denen auch H. gehört), zu behaupten, es existiere nichts mehr: ich kann mit Deinen kleinen Himmelsschlüsseln ganz von neuem anfangen, wirklich, nichts hindert mich, alles unerschöpflich und unverbraucht zu finden: wovon sollte je Kunst ausgehen, wenn nicht von dieser Freude und Spannung unendlichen Anbeginns!? ... René.*[95]

Hier deutet Rilke die unterschiedlichen ästhetischen sowie poetischen Probleme der Moderne an, welche sich im Werk Rilkes und Klees spiegeln.

Vielleicht ist der Engel für Rilke die Urmutter, die kein Geschlecht nötig hat:

... Schmeckt denn der Weltraum,
in den wir uns lösen, nach uns? Fangen die Engel
wirklich nur Ihriges auf, ihnen Entströmtes.
Oder ist manchmal, wie aus Versehen, ein wenig
unseres Wesens dabei? Sind wir in ihre

Züge soviel nur gemischt wie das Wage in die Gesichter Schwangerer Frauen? Sie merken es nicht in dem Wirbel ihrer Rückkehr zu sich ...[96]

Auf der Suche nach dem ungeheuren Ungeziefer ...

Zum 100. Todestag von Franz Kafka

*(*1883 in Prag, †1924 in Kierling, Österreich)*

Ein Stilmittel Kafkas ist es, schon im ersten Satz des Werkes die ganze künftige verstörende Problematik konzentriert offenzulegen, wie etwa in „Die Verwandlung“[97]: *... fand er sich in seinem Bett zu einem ungeheuren Ungeziefer verwandelt ...*

Aber auch in nicht so berühmten Erzählungen wie *Eine kleine Frau*[98]: *Es ist eine kleine Frau von Natur aus recht schlank ...*

Nachdem er mit der Beschreibung der Frau zu Ende ist, kommt er auf das eigentliche Thema, das er mantrahaft durch den Text jagt. *Diese kleine Frau ist nun mit mir unzufrieden ... ich **ärgere** sie auf Schritt und Tritt ... und so sehr die einzige Beziehung, die zwischen uns besteht, der **Ärger** ist ...* und bleibt.

Er scheucht den Leser mit dem Wort „Ärger“ der Frau hinterher, die eigentlich nicht viel mehr macht, als sich über ihn zu **ärgern**.

Eine ganze Geschichte um dieses Wort, das nicht aus der Welt zu schaffen ist, egal, wie man es dreht und wendet, beide brauchen den **Ärger**, die Frau, aber auch der Erzähler, sonst wär es obsolet. Kafka hat das Wort **Ärger** eigentlich nur fünfzehn Mal verwandt, aber es kommt einem vor, als lauere es in jedem zweiten Satz. Was allerdings die Ursache dafür ist, erfahren wir nicht. Diese Erzählung, ohne eine eigentliche Handlung und nur zur Präsentation des Tatbestandes, dass sich jemand grundlos **ärgert**, kann, nach meiner Kenntnis, Kafka nur in Berlin eingefallen sein. Wahrscheinlich war Kafka in Berlin kaum mit „echten“ Berlinern zusammen, er hätte sonst über das Wort „Meckern“ stolpern müssen, „der

Berliner meckert immer" ist ein fester Bestandteil bis heute in der Charakteristik Berlins. Kafka nahm stattdessen das Wort „**Ärgern**", ihm ist unterbewusst der Tatbestand in der Stadt Berlin aufgefallen. Der Glücksforscher Bernd Raffelhüschen schreibt: „Der Berliner ist ein Grummelkopf. Er kann nicht anders: Er muss schimpfen und das gehört zu seinem Leben dazu."

Und das alles grundlos, einfach so, wie sich ja die „Kleine Frau" auch grundlos **ärgert** nach Auskunft des Ich-Erzählers alias Franz Kafka.

Wir haben allerdings auch nicht erfahren, warum Gregor Samsa ausgerechnet zu einem „ungeheuren Ungeziefer" transformiert. Was beide Erzählungen grundlegend unterscheidet, ist die Aussichtslosigkeit. Die Verwandlung des Gregor Samsa ist nicht zu ändern, aber die Beziehung zu der „Kleinen Frau" könnte sofort abgebrochen werden, wird aber nicht. Um die Geschichte als eine der wenigen von ihm positiv ausgehen zu lassen, lernt er, sich zu arrangieren.

In beiden Erzählungen ist die Kommunikation gestört.

Die Wirklichkeit wird zwar durch Gregor in der „Verwandlung" reflektiert dargestellt und der Leser weiß sich durch die Erzählweise auf einer Ebene mit Gregor, also mit großer Nähe zu ihm, aber es gibt den auktorialen Erzähler, der sich am Ende der Erzählung löst und nach dem Tode Gregors hervortritt.

In der „kleinen Frau" gibt es einen Ich-Erzähler, sodass die Distanz des Lesers, die es ihm ermöglichen könnte, die Behauptungen des Erzählers zu überprüfen, nicht gegeben ist. Es fallen seine Widersprüche auf, seine unglückliche Wortwahl, er spricht von Peinlichkeit, Scham, Frauenschlauheit, ohne das näher zu erläutern.

In beiden Erzählungen schafft Kafka eine eigene Welt, die nach eigenen Gesetzen funktioniert. Es hat als Leser keinen Zweck, diesen Gesetzen zu widersprechen.

Mit dieser Suggestionskraft drückt er aus, wie sehr die Protagonisten, letztlich er, in die Verhältnisse verstrickt sind, ohne sie wirklich verändern zu können. Da hilft auch keine intellektuelle Analyse. Das Resümee in der „Kleinen Frau“ ist letztlich, man arrangiert sich, es bleibt, wie es ist. Sie meckert, wie halt eben der Berliner bis heute meckert, und er hält es aus. In Kafkas Kreisen wurde vermutet, er behandle in der Erzählung den Konflikt mit seiner geldgierigen Vermieterin in Steglitz, dazu sind aber einige zu intime Mutmaßungen enthalten.

Ein besonderer Aspekt bei der Erzählung „Die Verwandlung“ ist die Verwandlung selbst. Kafka hat in Prag der Minderheitensprachgruppe des Deutschen angehört, und er verwendet das extrem starke Wort „Ungeziefer“, das er noch steigert durch das Attribut „ungeheures“. Im Umgang mit diesem Text ist aber der größte Teil der Interpreten nicht bei dem Originalwort geblieben, sondern macht daraus einen Käfer, obwohl Kafka in einem Brief an den Verlag Kurt Wolff vom 25. Oktober 1915 dringend abgeraten hat, auf dem Titelblatt der Textausgabe Gregor als Insekt abzubilden.

Also „Ungeziefer“ nur metaphorisch?

Das Besondere am Deutschen ist die unglaubliche Vielfalt an Möglichkeiten von Wortneuschöpfungen u. a. durch Hinzufügung von Prä- und Suffixen und anderem.

Das zusammengesetzte Wort „Ungeziefer" erkennen wir im Deutschen sofort als ein extrem bösartiges Wort. Es stammt aus dem Mittelhochdeutschen und setzt sich aus den Wörtern „ungezibere" und „zeber" zusammen.

„Zeber" bedeutete „Opfertier", während „ungezibere" „zum Opfern ungeeignetes Tier" bedeutete. Im Laufe der Zeit wurde das Wort „Ungeziefer" jedoch als Synonym für tierische Schädlinge wie Läuse, Wanzen, Milben, Ratten und Mäuse verwendet.

Das ist natürlich interessant: „zum Opfern ungeeignetes Tier". Für die Gottheiten geopfert zu werden, war ja in vielen Kulturen das Höchste. Wie letztlich im Christentum auch Jesus geopfert wird für uns Menschen.

Menschenopfer wurden besonders ausgesucht, und wenn die Gottheit das Opfer nicht annahm, war das ein böses Zeichen.

Gregor Samsa ist also nicht würdig. Seine Verwandlung in ein Ungeziefer macht ihn zum „ungeeigneten Tier", das seiner Familie geopfert wird.

Ob das Kafka wusste. Ob er deshalb bewusst Ungeziefer benutzte. Letztlich ist die Aussage die, der Vater ist gestraft mit diesem unwürdigen Sohn. Das scheint auch in dem langen „Brief an den Vater"[99] durch. Dass er ein ungeheures Ungeziefer ist, könnte auch die geheime Rache Kafkas an seinem ungeliebten Vater sein.

Jedenfalls ist, wie meist übersetzt, Käfer, was ja ein harmloses oder schönes Tier sein kann, wie z. B. der Marienkäfer, falsch und auch ungeeignet für die vielschichtigen Ebenen dieser Erzählung.

Auch Insekt trifft nicht die Bedeutung von „Ungeziefer", auch das kann ein schönes Wesen wie die Libelle sein. Kafka hat mit Sicherheit absichtlich „ungeheures Ungeziefer" verwendet, wie er ja auch in „Eine kleine Frau" mit dem Wort „Ärger" spielt, um im Leser eine unterschwellige Wut auf die „kleine Frau" zu erzeugen.

Ich hab mir mal englische Übersetzungen vorgenommen aus einem Artikel von 2015.[100]
Deutsches Original:
Als Gregor Samsa eines Morgens aus unruhigen Träumen erwachte, fand er sich in seinem Bett zu einem ***ungeheueren Ungeziefer*** *verwandelt*

Englische Übersetzung 1933: As Gregor Samsa awoke one morning from uneasy dreams he found himself transformed in his bed into a **gigantic insect**.
1972: When Gregor Samsa woke up one morning from unsettling dreams, he found himself changed in his bed into a **monstrous vermin**.
1993: One morning, upon awakening from agitated dreams, Gregor Samsa found himself, in his bed, transformed into a **monstrous vermin**.
2007: When Gregor Samsa awoke one morning from troubled dreams, he found himself changed into a **monstrous cockroach** in his bed.
2009: As Gregor Samsa woke one morning from uneasy dreams, he found himself transformed into some kind of **monstrous vermin**.
2014: One morning, as Gregor Samsa woke from a fitful, dream-filled sleep, he found that he had changed into an **enormous bedbug**.

2014: When Gregor Samsa woke one morning from troubled dreams, he found himself transformed right there in his bed into some sort of **monstrous insect**.
2014: One morning Gregor Samsa woke in his bed from uneasy dreams and found he had turned into a large **verminous insect**.

monstrous vermin kommt dem deutschen Original am nächsten. **Vermin** stammt vom Lateinischen **vermis** ab und bedeutet Wurm, wird aber im Englischen auch als das Pack, als Schädling und Ungeziefer angesehen, also negativer als Käfer, der im Englischen **beetle** heißt, was nirgendwo verwendet wurde.

Auch wenn Kafka noch im alten Österreich geboren wurde, im Königreich Böhmen, lebte er doch in einer Stadt, in der überwiegend Tschechisch gesprochen wurde und er konnte auch Tschechisch.

Ich begann in Tschechien in den frühen 1990er-Jahren zu forschen, da meine mütterliche Familie auch aus dem Königreich Böhmen stammte. Wenn ich nach deutschsprachiger Literatur fragte, eben auch nach Rilke oder Kafka, großes Schweigen, haben wir nicht, ist in Deutsch geschrieben.

Ich hab in Westdeutschland als Erstes seiner Werke „Die Verwandlung“ gelesen, das war 1959, da war ich 16 Jahre alt und ging in die Lehre bei einem Steuerberater. Also mit keinem intellektuellen Hintergrund, aber Kafka war der Geheimtipp bei uns jungen Leuten, die wir an Literatur interessiert waren, und tatsächlich, er ist auch in Westdeutschland erst in dieser Zeit populär geworden, auch Anne Frank konnten wir erst 1958 lesen, weil es erst da eine deutsche Übersetzung in einer preiswerten Taschenbuchausgabe gab. Die Biografie von Kafkas Freund Max Brod erschien 1962.[101]

Im Mai 1963 hielt der tschechoslowakische Schriftstellerverband zum 80. Geburtstag Kafkas auf Initiative von Eduard Goldstücker eine internationale Kafka-Konferenz im Schloss Liblice bei Prag ab, die sich mit dem damals im Ostblock, also auch in der DDR, weitgehend abgelehnten Schriftsteller sowie mit dem thematischen Schwerpunkt Entfremdung beschäftigte. Er wurde von vielen Rednern gewürdigt. Diese Konferenz gilt als ein Ausgangspunkt des Prager Frühlings von 1967/68. Nach der Niederschlagung des Prager Frühlings im August 1968 wurden Kafkas Werke wieder verboten.

Durch die Verbote in der Nazizeit konnte auch bei uns erst seit den 1950er-Jahren Kafka der Schriftsteller werden, der in die Weltliteratur einging.

Zum Beispiel verfilmte Orson Welles 1962 Franz Kafkas Roman *Der Process*.

Ich hab auch in tschechischen Kreisen rumgefragt, wie „ungeheures Ungeziefer" übersetzt worden ist.

Im Tschechischen heißt es hmyz/Insekt, ist negativer als brouk/Käfer, wird aber nicht als Schimpfwort gebraucht.

Auch das Goethe-Institut in Prag verwendet „Käfer" in seiner virtuellen Bearbeitung:
Und so ist es wirklich: In „VRwandlung" bin ich Gregor Samsa. Ich bin ein ekliger, verwirrter Käfer. Mit wachsender Faszination und leichtem Grauen betrachte ich meine neuen Gliedmaßen: Sie sind lang, schmal, behaart und überhaupt sind es irgendwie ziemlich viele. Statt des Bauchs habe ich einen harten Panzer, in meinem Blickfeld zappeln meine eigenen Fühler. Und als ich mich zum ers-

ten Mal im Spiegel erblicke, erschrecke ich. Hinter der Tür fängt mein Vater an zu schimpfen: „Gregor ... Gregor, mach jetzt endlich die Tür auf. („VRwandlung" ist kein Tippfehler).

Ich habe auch mein Chinesisch bzw. das meiner chinesischen Freunde befragt, auch sie übersetzen lieber mit "甲虫" Jiachong = Käfer, obwohl „害虫" – Hài chong – Schädling geeigneter wäre.
Im Französischen ist es ähnlich: *En se réveillant un matin après des rêves agités, Gregor Samsa se retrouva, dans son lit, métamorphosé en un monstrueux insecte.*

Auch andere Autoren haben die Insektenwelt bemüht, um bestimmte unzumutbare Zustände darzustellen. Z. B. Sartre hat symbolhaft während der Nazi-Besetzung 1943 sein Stück „Die Fliegen" genannt.[102] Fliegen und Spinnen sind auch bevorzugte Insekten in Horrorfilmen.

Das monströse Insekt muss kein Ungeziefer sein, es gibt auch lustige Insektenfilme über Ameisen, Heuschrecken, Bienen, obwohl viele dieser Insekten in Großaufnahmen angsteinflößend aussehen.

Über ein monströses Insekt kann man lachen, bei einem ungeheuren Ungeziefer vergeht uns das Lachen. Zum Lachen ist einem nicht bei seinen Erzählungen, oder doch?

Kafka aber selbst soll über manche seiner Geschichten gelacht haben.

Seiner zweimaligen Verlobten Felice Bauer bekannte er, er lese höllisch gerne vor und sei „als großer Lacher" bekannt. Nicht nur in der ARD-Serie „Kafka" im Mai 2024 kommt die gesellige humoristische Seite Kafkas zum Tragen, auch Klaus Wagenbach, der Kafka-Kenner seit den 1960iger-Jahren hat immer wieder darauf hingewiesen. 2018 brachte er ein Lesebuch mit Kafkas witzigsten Texten heraus. Das gehört eben auch dazu, die eigene Düsternheit (s. Brief an den Vater), das Ungeziefer in einem, zu überwinden, wenn es sein muss, eben kafkaesk.

Die Erzählung *Die Verwandlung* hat es in sich, sie zählt nicht umsonst zu den bekanntesten Geschichten deutschsprachiger Literatur und hat wie fast alle seiner Geschichten mit seinem Leben zu, mit seiner Auseinandersetzung mit dem Vater.

Der Vater schickte Franz Kafka in den Puff, das war nicht unüblich in der damaligen Zeit. Und Kafka nutzte es reichlich. Er machte wie viele Männer seiner Zeit den Unterschied zwischen *Hure* oder *Heilige*. Dieses Problem hatte zum Beispiel Rainer Maria Rilke nicht, er gesteht seiner ehemaligen Geliebten und späteren Psychoanalytikerin Lou Andreas-Salomé, dass er onaniert.

Kafka selbst schwebte trotz aller negativen Beispiele in seinem Umfeld eine gute bürgerliche Ehe mit Kindern vor. Er fand jedoch zwischen Bindungs-Begehren und Bindungs-Angst keinen gangbaren Weg. Am Ende seines Lebens fand er während seiner letzten Ostsee-Kur endlich eine Frau, Dora Diamant, die alles besaß, was er bisher bei Frauen vermisste: Eine fröhliche, unkomplizierte Natur, die ihm zuhörte und vor allem Kenntnis hatte vom Chassidismus Osteuropas, dem ihr Vater entstammte, den sie aber selbst nicht praktizierte. Sie konnte Hebräisch und brachte es Kafka bei. Den Heiratsantrag, mit dem Kafka sich an den Vater wandte, lehnte dieser allerdings ab, eben weil ihm Kafka als zu weltlich galt.

Schöner Käfer: Moschusbock *Foto: Jenny Schon*

Die Frau an sich ist aber in Kafkas Literatur eher nebensächlich. Da spielen Frauen kaum eine Rolle. Ausnahmen sind die letzten Erzählungen, *Eine kleine Frau*, *Josefine, die Sängerin oder Das Volk der Mäuse* und vor allem *Die Verwandlung*.

Man geht immer bei dem Titel davon aus, dass Kafka seine bzw. Gregors Verwandlung in ein ungeheuerliches Ungeziefer meint. Man könnte aber auch die Schwester Grete als die sich „Verwandelnde“ in der Hauptrolle der Erzählung sehen. In Franz Kafkas *Die Verwandlung* bringt seine Schwester ihm das Essen. Sie ist die Einzige, die sich um ihn kümmert und ihn versorgt, obwohl auch sie vor seinem Anblick zunächst zurückschreckt. Im Laufe der Geschichte beginnt jedoch auch sie, ihn zu vernachlässigen.

Seine Familie ist dann erleichtert, als sie seinen Tod feststellen; sie wenden sich der Tochter Grete zu und merken jetzt, dass sie zu einem *schönen üppigen Mädchen aufgeblüht war*, für das die Eltern einen Partner suchen wollen. Diese Verwandlung von einem Mädchen zur Frau könnte das Hauptthema dieser Erzählung sein.

Ich – NichtIch – Du

Reflexionen über Identität – Malina und andere Männer
Zum 100. Geburtstag von Ingeborg Bachmann
(1926 in Klagenfurt, † 1973 in Rom)*

In der Lebenszeit, in der ich Buchhändlerin war oder in einer Buchhandlung arbeitete, 1961-1974, war Ingeborg Bachmann die Starautorin des deutschsprachigen Raums. Sie verkaufte sich nicht gewinnbringend, das vollbrachten die unzähligen Folgen von *Angelique*[103], aber man sprach über sie in intellektuellen Kreisen, sie war präsent in der bildungsbürgerlichen Presse.

Malina ist der einzige Roman von ihr, wie auch *Malte Laurids Brigge* der einzige Roman von Rainer Maria Rilke ist. Beide Autoren haben 2026 ein Jubiläumsjahr, Ingeborg Bachmann wird hundert Jahre, Rainer Maria Rilke verstarb vor 100 Jahren.

Auch wenn ich beide Romane nicht wirklich verstehe, fühle ich ihre Ähnlichkeit in der Ich-Reflexion, vereinfacht ausgedrückt, das Ich im Jetzt, das Ich in der Zeitgeschichte.

Während Malte noch nicht den 1. Weltkrieg erlebt hat, hat das namenlose Ich bei Bachmann einen Riesenpacken Geschichte abzuarbeiten, den ihres Vaters aus dem 2. Weltkrieg und ihren eigenen in Bezug auf Männer.

Die Aufteilung des Romans in drei Kapitel mit den drei Personen *Ivan – Malina – Ich*, wobei sich das Geschlecht des „Ich" erst im Laufe der Geschichte als weiblich präsentiert, entspräche meiner fiktiven Überschrift „Ich – NichtIch – Du", wobei ich dabei zunächst nur an Rilke dachte, der in sich eine weibliche Identität spürte, der den Engeln nahe war und seine Mutter überwinden wollte. Welch ein Widerspruch.

Bei Bachmanns *Malina* finde ich aber das Bild der Dreiheit (um nicht den christlich gefärbten Begriff „Trinität“ zu benutzen) treffend, denn auch ihre drei Personen verschmelzen im Laufe der Geschichte, eigentlichen Bestand hat nur der Vater, der nicht zu den handelnden Personen gehört, aber als Über-Ich, geprägt durch den Nationalsozialismus, mehr als präsent ist.

Im 2. Kapitel ist sie mit ihrem Vater an einem See, der von Friedhöfen gesäumt ist. Der Totengräber steht zunächst stumm bei ihnen, bis sie seine Worte hört: *Das ist der Friedhof der ermordeten Töchter.*[104]

Diese Generation der ermordeten Töchter wollen wie alle Frauen in allen Generationen lieben, auch ihren Vater. Das scheint unmöglich. Denn auch den Töchtern mutet die Geschichte der Väter im Nationalsozialismus Unmögliches zu.

Das sagt zumindest mir der Roman. Tatsächlich ist Ingeborg Bachmann eine große Liebende und für diese Nachkriegszeit, zumindest was die Erotik betrifft, ziemlich freizügig und selbstbestimmt, auch wenn sie immer wieder daran zweifelt und verzweifelt.

In ihrer Zeit nach Max Frisch lebt sie mit einem Ford-Stipendium in Berlin, sie wohnt in Grunewald, der Komponist Hans Werner Henze wohnt in der Nähe. Sie treffen sich oft an der Brücke am Hasensprung und schauen auf den Dianasee, wo sich Bachmanns Wohnung befindet.

Kennengelernt haben sich die beiden, als sie 26 Jahre alt waren, auf einer Tagung der Gruppe 47, vom 31.10. bis 2.11.1952 auf Burg Berlepsch zwischen Göttingen und Kassel. Sie beschlossen, nach Ischia zu fahren, wo sie von August bis

Oktober 1953 gemeinsam arbeiteten, es entstanden ihr Gedichtzyklus *Von einer Insel* und das Hörspiel *Die Zikaden*, zu dem Henze die Musik lieferte. Er hatte ihr einen Heiratsantrag gemacht, wovon er sich aber dann distanzierte und entschuldigte, weil er sein Schwulsein damals noch nicht offenbaren (konnte). Es war noch der § 175 gültig, der Homosexualität unter Strafe stellte. Bis in die Sechziger-/Siebzigerjahre sind viele schwule Männer Scheinehen eingegangen.

Auch in Berlin-Grunewald arbeiten sie zusammen, Bachmann schreibt Libretti für Henze, so für die Opern *Der Prinz von Homburg* (Uraufführung 1960, Hamburg) und *Der junge Lord* (Uraufführung 1965, Berlin), aber auch eine *Chorfantasie* sowie einige *Nachtstücke und Arien*. Henze und Bachmann bleiben ein Leben lang Freunde. Der Briefwechsel der beiden ist 2004 erschienen.[105]

In der Zeit in Berlin-Grunewald hatte Ingeborg Bachmann mehrere hocherotische Beziehungen, unter ihnen eine lange geheim gehaltene Liaison mit dem Österreicher Adolf Opel (1935-2018), Schriftsteller und Filmemacher. Gemeinsam sind sie nach Prag, Ägypten und in den Sudan gereist, worüber er 2001 ein Buch veröffentlicht hat.[106]

Ingeborg war ihrerseits ebenfalls davon inspiriert, wofür ihr Romanfragment *Der Fall Franza* und das Gedicht *Böhmen liegt am Meer* relevant sind.

Und hier muss ich eine persönliche Geschichte einschieben, die mich mit Ingeborg Bachmann verbindet. Abgesehen davon, dass sie Kundin in dem Antiquariat am Kurfürstendamm war, in dem ich damals arbeitete, was aber für eine Kudamm-Buchhandlung normal war, dass dort Prominenz verkehrte, kam ich nach meinem Sinologiestudium für einige Jahre an das Institut für Hermeneutik der Freien Universität, das Jacob Taubes, ein schillernder jüdischer Philosoph, Judaist und Hermeneutiker, geboren 1926 in Wien, promoviert 1947 in Zürich, innehatte.[107] Ab 1961 war er als Gastprofessor an der Freien Universität in Westberlin, bis er 1966 einen festen Lehrstuhl am Institut für Judaistik mit der neu eingerichteten Abteilung für Hermeneutik bekam. Hier arbeitete ich von 1983 bis kurz vor seinem Tod 1987 mehr oder minder als Mädchen für alles.[108] Gleichzeitig hatte er in Paris am Maison de Sciences de l'Hommes eine ständige Gastdozentur, was für mich bedeutete, dass wir viel postalisch oder telefonisch kommunizierten. Den Schriftwechsel mit den hübschen Postkarten aus Paris, oft aus den Museen, habe ich 2023 dem Archiv der Freien Universität vermacht. Hier ist auch das lange gehütete, trotzdem in die Öffentlichkeit gedrungene Liebesverhältnis zwischen Ingeborg Bachmann und Jacob Taubes dokumentiert.

Eine nicht zu lösende Problematik umspannt sich um die Prag-Reise von Ingeborg Bachmann. Taubes behauptet, er sei mit ihr in Prag gewesen. Die Korrespondenz und Veröffentlichungen von Adolf Opel lagen Taubes bis zu seinem Tod 1987 nicht vor.

Eine Traum-Liebesbeziehung? Wer ist Ich? Du? Nicht-Ich …

Ich
Sklaverei ertrag ich nicht
Ich bin immer ich
Will mich irgend etwas beugen
Lieber breche ich.

Kommt des Schicksals Härte
oder Menschenmacht
Hier, so bin ich und so bleib ich
Und so bleib ich bis zur letzten Kraft.

Darum bin ich stets nur eines
Ich bin immer ich
Steige ich, so steig ich hoch
Falle ich, so fall ich ganz.[109]

Dies ist ein ganz frühes Gedicht von Ingeborg Bachmann und das erste in dem Band „Sämtliche Gedichte“ von 1978. Es zählt zu den Jugendgedichten. Für wie viele junge Leute ist die Frage nach dem ICH existenziell. Ich habe auch mit zwanzig das Gedicht geschrieben „Ich bin immer noch Ich“. Junge Menschen fühlen sich oft nicht ernst genommen, fühlen sich von fremden Händen geformt.
Bachmann schreibt mit diesen Worten:

Kommt des Schicksals Härte
oder Menschenmacht
Hier, so bin ich und so bleib ich
Und so bleib ich bis zur letzten Kraft.

Das ist ihr Credo, das versucht sie auch gegenüber Männern durchzusetzen. Was ihr nicht immer gelingt und zu großen Konflikten führt, siehe ihr Verhältnis zu Max Frisch.

Sklaverei ertrag ich nicht, so der starke Anfang, könnte darauf hindeuten, dass Bachmann das Gedicht vielleicht noch im Krieg oder unter dem direkten Einfluss der Kriegswirren geschrieben hat. Ihre Generation muss die Massaker an den Juden aufarbeiten.

Ein im Jahr 1981 geschriebener und 2005 posthum veröffentlichter Brief von Jacob Taubes zu Ingeborg Bachmann erwähnt ein längeres Liebesverhältnis der beiden. Der Brief ist abgedruckt in: Trajekte Nr. 10.[110] Diese Beziehung wird auch durch meine Korrespondenz bestätigt.

Interessant ist die Deutung von Sigrid Weigel: *Ingeborg Bachmanns Geist trifft die Geister der Kabbala Jacob Taubes' Liebesmystik.*[111]

Es bleibt aber weiter rätselhaft, wann Taubes mit Bachmann liiert war. Weigel kommt zu dem Schluss: Dass sie sich 1963 begegnet sein müssen und die Beziehung bis 1966 gedauert haben muss, wenn nicht bis zu ihrem Tod.

In dem Brief an mich aus Chantilly vom 30. Juli 1985 geht Taubes auf das Johannes-Evangelium ein. Bachmann soll, nach Jan Assmann[112], die Vorlesung Taubes dazu gehört haben. In diesem Brief überstürzt sich sein Assoziationsvermögen geradezu, auch Ingeborg Bachmanns erotische Fantasie kommt zur Sprache. *Es gibt Gedichte von ihr, geschrieben „situationistisch", da steht mir noch heut' der Pimmel preussisch steif, wenn sie mir über die Lippen kommen.* Das würde in das Bild passen, denn auch Weigel[113] erwähnt einige nicht zur Veröffentlichung vorgesehene erotische gedichtförmige Aufzeichnungen: *Auf deiner Brust habe/ ich die Messe gelesen,/ in deinen Augen habe/ ich mich verwandelt, eine/ Taube, bin ich einfach/ hineingeflogen,/ die Hostie war ein/ steifes Glied ...*

Ein paar Tage später kommt Taubes in einem der an mich gerichteten Briefe wieder auf Bachmann zu sprechen:

Loch/roch, Schwanz/Tanz in einem noch viele Minen enthaltende Ode an J. T.//[114]

Eine merkwürdige Geschichte bleibt aber weiterhin die Fahrt mit Ingeborg Bachmann nach Prag. Denn wie Taubes mir schreibt, war er auf dem Grab von Kafka mit ihr, es war kalt und sie wärmten sich aneinander: *Ich bin mit Ingeborg einmal nach Prag und wir haben den ganzen Tag damit verbracht das Grab Kafkas zu finden auf das Ingeborg eine Rose auf sein Grab legen konnte. Am Abend waren wir durchnässt und durchfroren und mussten uns aneinander wärmen. Unvergesslich auch der Geruch J. T.*[115]

Vom 21. bis 23. Oktober 1963 hielt Ingeborg Bachmann sich in München auf, um sich mit dem Verleger Piper zu treffen, danach kann sie tatsächlich mit Taubes in Prag gewesen sein: *wir waren durchnässt und durchfroren und mussten einander wärmen ...*

Vielleicht wollte sie diesen Zustand der Wärme im neuen Jahr 1964 wieder haben. Denn als am 5.1.1964 der junge österreichische Autor Adolf Opel sie in Berlin besuchte, war ziemlich schnell klar, dass beide nach Prag fahren. Adolf Opel schreibt in seinem Buch: *Wo mir das Lachen zurückgekommen ist,*[116] dass er sich mit ihr von Westberlin aus mit dem Auto nach Prag aufgemacht hat, es existiert auch ein Visum dieser Reise für Adolf Opel vom 14. Januar 1964, das er mir in Kopie geschickt hat.

Weil es so kalt war und sie eigentlich lieber im Hotel bleiben wollte, schreibt Opel auf Seite 40: *Trotzdem bestand sie darauf, Blumen auf Kafkas Grab zu legen, in großer Hast, wie über Eisschollen laufend, während am Tor des weit vom Zentrum entfernten Friedhofes unser Taxi wartete, um uns sofort wieder zurückzubringen auf sicheren Boden.*

Während es hier so dargestellt wird, dass sie wussten, wo Kafkas Grab ist, schreibt Taubes, dass sie das Grab von Kafka erst suchen mussten, was bezeugen würde, dass sie mit Taubes zuerst in Prag war.

Jedenfalls, wer immer mit ihr in Prag war, es bekam ihr sehr gut:

> *Prag Jänner 1964*
>
> *Seit jener Nacht*
> *gehe und spreche ich wieder,*
> *böhmisch klingt es,*
> *als wär ich wieder zuhause ...*[117]

Diese Art von Euphorie im Wechsel mit Melancholie hält an. In dem Brief an Aharon Agus erwähnt Taubes ... *we went down to hells and up to heavens in Berlin, in Klagenfurt, in Prague and three months in Rome.*

Auch die Beziehung zu Opel hat ihr gut getan, er schreibt, dass im Frühjahr 1964 beide, Bachmann und Opel, nach Athen (Sie waren zur gleichen Zeit in Athen wie ich. Damals gab es nur wenige Touristen.) und weiter nach Ägypten reisen. Sie haben mit Unterbrechungen über drei Jahre eine intensive Beziehung. Da Bachmann mit Opel im Januar 1964 in Prag war, wie sein Visum beweist, bezieht sich ihr Gedicht „Prag Jänner 1964“ doch wohl eher auf Adolf Opel.

Auf der Berlinale 2016 wurde der Film gezeigt „Die Geträumten“ über die Beziehung von Ingeborg Bachmann und Paul Celan aufgrund des Briefwechsels der beiden. Eine der Filmemacherinnen, Ina Hartwig, sagt im Interview mit der FAZ[118], dass Bachmann neben Paul Celan noch andere jüdische Freunde und Liebhaber hatte: *Das kann kein Zufall sein, dass sie sich von jüdischen Männern so angezogen fühlte.* Einer davon war der Oberrabbinersohn aus Wien und Philosoph Jacob Taubes, deren Korrespondenz bis 1969 nachgewiesen ist. Da, wie Sigrid Weigel schreibt, Ingeborg Bachmann es verstand, jedem ihrer Geliebten seine Einzigartigkeit zu lassen, mag es ihr gelungen sein, zeitgleiche Beziehungen voreinander zu verbergen.

In ihrem Roman *Malina* klagt sie ihren Vater an. Will sie durch ihre Liebe zu jüdischen Männern die Schuld des Vaters sühnen?

Wie das Bachmann-Archiv in Salzburg mir mitteilte, gibt es einen Brief (ein einzelnes Blatt) von ihr vom 11.10.1966 an Jacob Taubes, Via Bocca di Leone, Rom. Das muss zu der Zeit sein, die er Aharon Agus gegenüber erwähnt: three months in Rome.

Dann gibt es noch einen Bachmann-Brief an Taubes vom 2.4.1969, wahrscheinlich als Antwort auf den langen und letzten erhaltenen Brief von Jacob Taubes vom 24.2./3.3.1969, den er offensichtlich mit Unterbrechung schrieb.

Diese Briefe von Taubes an sie sind erhalten:
17.9.1965, 21.10.1965, 8.12.1965; eine Ansichtskarte undatiert (Adresse von Bachmann: Königsallee 35, Berlin), 24.2./3.3.1969 (7 Seiten, ein langer Brief).

Andrea Stoll schreibt in ihrem Bachmann Buch[119]: *Als Bachmann im April 1963 endlich ihr einjähriges Arbeitsstipendium der Ford Foundation antreten konnte, bezog sie zunächst ein kleines Gästeapartment in der Akademie der Künste in Berlin-Tiergarten.* Dann zog sie nach Berlin-Grunewald, Königsallee 35, wo sie mit Unterbrechungen bis 1965 wohnte.

Hierhin mache ich Führungen.

Insgesamt schrieb Ingeborg Bachmann im Umfeld der Prag-Reise im Januar 1964 sieben Gedichte. Der Zyklus trägt den Titel *Winterreise* und beinhaltet folgende Gedichte:

Enigma, Prag Jänner 64, Böhmen liegt am Meer, Wenzelsplatz, Jüdischer Friedhof, Poliklinik Prag und *Heimkehr über Prag.*

Veronika Hofeneder schreibt in einer Rezension zu diesen Gedichten:
Sie weisen in ihren Textgenesen den Weg heraus aus dem Trauma in den Raum eines befreienden literarischen Erinnerns und dokumentieren als einzigartige historische Dokumente die „Geschichte im *Ich" nach 1945. Im nachdenklichen Angrenzen und Aneinandergrenzen sowie im Bewusstsein der in ihrem Erzählband* Simultan *entworfenen Poetik, dass Sprachen „sich nie ganz begegnen", liegt Bachmanns Ethik des Schreibens im Postholocaust begründet: Im Hinblick auf ein neues Gefühl für Differenz und im Bewusstsein auf die Unterschiede des Erlebten drängt sie mit dem Wissen um die Ka-*

tastrophe und deren Folgen auf die Notwendigkeit hin, einen anderen sozialen und politischen Ort zu schaffen, der frei von Macht und Besitz ist und bei Bachmann „Böhmen" heißt, das „am Meer" liegt: „Grenzt hier ein Wort an mich, so lass ich's grenzen. / Liegt Böhmen noch am Meer, glaub ich den Meeren wieder. / Und glaub ich noch ans Meer, so hoffe ich auf Land."[120]

Böhmen, mein Geburtsland, Geburtsstätte meiner Traumata, wer hätte das gedacht, für andere Offenbarung einer neuen Ichwerdung …

Die drei Božena

Jahrelang war der slawische Namen *Božena* für mich das Synonym für Marie von Ebner-Eschenbach. Ich hatte ihre gleichnamige Erzählung gelesen, die 1876 das erste Mal erschienen war.

Die schöne Božena hätte sich an Größe und Stärke kühnlich mit einem Flügelmanne des Garderegiments Friedrich Wilhelms I. messen können. Dabei besaß sie ein ausdrucksvolles und gescheites Gesicht, in dem ein Paar rabenschwarze Augen funkelten, die auch der mutigste Mann nicht ohne leises Grauen in Ungnaden auf sich gerichtet sah.

Friedrich Wilhelm I. war der sogenannte Soldatenkönig der Preußen und berühmt durch seine Armee der *Langen Kerls*. Die Beschreibung der Dichterin lässt frühe emanzipatorische Tendenzen ahnen. Eine Frau des 19. Jahrhunderts hat nicht so zu sein, dass Männer, gar Soldaten, vor ihr Furcht haben.

Die Komtesse Dubský wird am 13. September 1830 auf Schloß Zdislawitz bei Kremsier (Kromeríz) in Mähren geboren und heiratet mit achtzehn Jahren ihren Vetter, den österreichischen Feldmarschall und Physiker Leutnant Moritz Freiherrn von Ebner-Eschenbach. Sie leben in Wien oder sommers auf ihrem mährischen Gut. Die Ehe ist glücklich, aber kinderlos. Marie versucht sich als Lyrikerin und Dramatikerin, findet in reiferen Jahren in den Erzählungen ihre optimale Ausdrucksform.

Božena zählt zu ihren ersten Erzählungen und wird gleich ein großer Wurf.

Božena könnte die Enkelin der *Babička* sein. Die Erzählung *Großmütterchen*, die 1855 in Prag erschienen ist, ist das Meisterwerk meiner zweiten *Božena*, die ich ins Herz geschlossen habe, die tschechische Dichterin Božena Nemcova. Während Nemcova tschechisch schreibt, hat Marie von Ebner-Eschenbach auf Deutsch geschrieben, obwohl auch ihre Figuren vielfach tschechisch/mährischer Herkunft sind.

Božena Nemcova, 1820, wie ich im Aupatal geboren, stirbt viel zu früh mit zweiundvierzig Jahren. Ihre Erzählung ist der Beginn einer modernen Epik in der tschechischen Sprache. Marie von Ebner-Eschenbach wird die *Babička* gekannt haben. Zu sehr ähneln die Charaktere der beiden Frauen, *Großmutter* und *Božena*, einander. Beide haben die ungebändigte Kraft der tschechischen Landfrauen, beide kommen aus der untersten Klasse. Bei beiden Erzählungen spielen Adlige eine Rolle, aber eben nur eine Nebenrolle. Sie werden von der Klarsicht der bäuerlichen Akteurinnen gelenkt. Der Adel beginnt seine Führungsrolle abzugeben.

Eine weitere Božena ist mir viele Jahre später begegnet. Merkwürdig, auch der in Mähren aufgewachsene deutsche Schriftsteller Peter Härtling hat seine 1994 erschienene Novelle *Božena* genannt. Welchen Geist wollte der Schriftsteller mit der Namensgebung herbeizaubern? Für mich ganz naheliegend, den der beiden vorgenannten.

Auch seine Božena hat ein Durchsetzungsvermögen, das am besten mit Dickschädel zu beschreiben wäre, wäre da nicht die subtile Ebene, dieses Zwischendenzeilenstehende, das uns neben dem äußeren Geschehen ganz tief die Seele der Božena offenlegt. Zunächst scheint sie eine Versagerin, eine, die sich mit einem Deutschen eingelassen hat und ein

Leben lang büßen muss. Härtling beginnt die Novelle mit dem Ende der Handlung:
Sie tritt an die Tür und wartet auf den Hund, dem sie einen deutschen Namen gab, Moritz, wie seinen vier Vorgängern auch. Es könnte ihr letztes Hündchen sein. Das hat sie vor ein paar Tagen zu Václav gesagt, ohne groß nachzudenken, und er hat sich wie immer mit einem raschen Trost davongemacht: sie werde mindestens auf ein Dutzend Hunde kommen ...

Ob sie das Dutzend schaffen wird, lässt der Autor offen.

Alle drei Božena sind starke Frauen und ich verstehe sie als eine Liebeserklärung an die böhmische Frau.[121]

Gemeinsame Pflaumenbäume

Zum Gedenken an Libuše Monikova
*(*1945 in Prag; †1998 in Berlin)*

Mein erster Sommer war heiß. Es könnte 500 n. Chr. gewesen sein.

Ich war im Tross von Väterchen Tschech. Sein kleines Volk hatte vor asiatischen Reiterhorden fliehen müssen. Er fand ein Land am Meer und nannte es Böhmen. Meine Großmutter ist eine geborene Kosek.

Mein zweiter Sommer war wahrscheinlich nicht mehr so heiß. Inseln versanken im Nordmeer bei Sturmfluten. Seitdem liegt Böhmen nicht mehr am Meer. Das Land war entvölkert worden. Ottokar II. hatte meinen Großvater aus dem Tirolischen geholt. Er heißt Schwantner.

Mein dritter Sommer war wunderschön. Meine Erinnerung ist schon besser. Ich habe laufen gelernt. Ich spiele im Sandkasten. Ich kenne Rübezahl, der hinter mir, bei der Schneekoppe, grollt. Wieder mal hat ihn seine Angebetete nicht erhört.

Ein Blitz entlädt sich. Erschrocken stürze ich ins Haus. Da greift meine Mutter grob meine Hand. Ich wehre mich heftig. *Wir müssen nach Deutschland,* keucht sie, *die Tschechen wollen uns nicht mehr.*

Sie hatte das Nötigste in den Kinderwagen gestopft. Wir hasten zur Eisenbahn. Wir werden in Viehwaggons gepfercht. Rübezahl schimpft hinter uns her. Er hat uns nicht mehr einholen können. Vielleicht ist er schon zu alt. Oma und Opa sind auch nicht in unserem Treck. Ich werde sie alle ein Leben lang vermissen.

Mein vierter Sommer war dufte, wie der Berliner sagt. Mittlerweile bin ich halbwegs erwachsen und als Studentin zu der aufmüpfigen Jugend in der geteilten Stadt gestoßen. Ich habe den Tschechen recht gegeben, uns Deutsche vertrieben zu haben, weil unsere Väter Nazischweine waren. Wir spucken auf alle, die älter als dreißig sind.

Wir singen love, love, love und lieben uns im Hyde-Park, weil Swinging London in ist. Im Corner erzählt jemand zum hundertsten Mal, er habe Jesus gesehen. Er kann uns nicht überzeugen.

Vor der chinesischen Botschaft hatten Bobbies mit Rotgardisten einen Fight. Wir sind da, wo was los ist. Am liebsten was Revolutionäres! Ich lerne den chinesischen Weg des Kommunismus kennen bei Zigaretten aus Shanghai und Jasmintee aus Südchina. Das scheint doch ein gangbarer Weg für die Menschheit. Die Chinesen warnen mich vor der Sowjetunion. Die sei revisionistisch. *Wir kämpfen für einen neuen Menschen*. Der alte ist wirklich verbraucht.

Ich habe Jiri kennengelernt auf dem Markt in der Portobello Road. Er ist Sohn eines Beamten der Tschechischen Botschaft in London. *Der chinesische Weg ist kein Weg für die Menschheit,* ereifert er sich, *die wollen Ameisen aus uns machen. Unsere Brüder sind die Sowjets, die werden uns helfen, gemeinsam den Imperialismus zu besiegen.* Auch die chinesischen Abtrünnigen zählt er zu den Verbündeten der Imperialisten.

Zunächst erst mal ziehen wir gemeinsam durch die Pubs. Jiri verträgt mit seinen einundzwanzig Jahren eine ganze Menge. Das muss an Böhmen liegen. Dort sei das Bier erfunden worden, flunkert er. Da ich Bier eklig finde, bin ich froh, dass ich nichts mehr mit Böhmen zu tun habe.

Jiri hat vor, in Prag zu studieren, wo seine Großeltern leben. Auch er hat seine Babicka am liebsten von allen Menschen. So wundert es mich nicht, dass er im Zug ist, mit dem ich wieder zurück nach Berlin will. Die Bänke liegen voll mit meinen in London erstandenen Hippie-Klamotten. *Wohin des Weges?*, frag ich.

Nach Prag, murmelt er, während er meine Pakete in das Gepäcknetz hievt.

Gänsefleisch de Goffer öffnen, lästere ich, *so werden wir an der DDR-Grenze begrüßt werden.*

Das sind Genossen wie ich, blökt er.

Ein Schwarzer setzt sich mir gegenüber. *Ladies and gentlemen*, strahlt er, *my name ist Black Percy.* Ein Sikh kommt hinzu. Black Percy will nach Paris, der Inder nach Frankfurt, Jiri nach Prag und ich in die geteilte, ehemalige deutsche Hauptstadt, wo ich das Germanistikstudium schmeißen und Sinologie studieren werde.

Im Zug erfahren wir von Jan, einem Holländer, dass die Russen in Prag einmarschiert sind.

Eine Lüge, brüllt Jiri. *Die Holländer arbeiten mit dem CIA zusammen. Sie sind die atlantische Front.*

Da ist sie wieder, diese Trauer der Böhmen um das verlorene Meer.

Nun mal sachte! Jan setzt sich erst gar nicht. Auch er ist von beachtlicher Größe. Und er ist kein Biertrinker. Buddhist sei er, erzählt er später.

Eine Weile sehen sich die jungen Männer in die blauen Augen. Satte Bären stehen so herum.

Russen in Prag würde ja heißen, dass es diesmal keine Deutschen sind. Doch meine Schadenfreude bleibt auf der

Strecke, denn ich muss einsehen, dass die Schuld unserer Väter damit noch lange nicht abgetragen ist.

In Rotterdam verlassen uns Percy und Jan. *Next year in Paris.* Der Farbige küsst mich auf die Wange und steckt mir einen Joint in die Jeansjacke. Es besteht kein Zweifel mehr, dass Panzer der Warschauer-Pakt-Staaten durch Prag rollen. Es ist der 21. August 1968.

In Münster schreitet Singh mit seinem Turban durch den Gang. *May-be next year in China. Good-bye!* Ein älteres Paar steigt zu. Jiri und ich sitzen schweigend nebeneinander. Wir scheinen uns kaum von den Alten zu unterscheiden. Alle jugendliche Frische, der internationale Flair ist seit Münster aus dem Abteil verschwunden. Da sitzen zwei böhmische Kinder, die vorzeitig vergreist sind.

Wenn unsere Väter sich nicht bekriegt hätten, könnte er wirklich mein Bruder sein. Wir sind uns nicht unähnlich. Wir tragen beide schwer an unserer Jugend. Aber ich vermag nicht, ihm meine Schwesternschaft anzubieten, weil ich mich als Täterkind mitschuldig fühle.

Das, was ich mal wegen der Nazis gesagt habe, musst du mir nicht übel nehmen, höre ich Jiri leise sprechen. Ich habe Mühe, ihn bei dem Geratter zu verstehen.

Ich bin so erzogen worden. Ich weiß, es gibt gute Deutsche. Ich wollte dir das gesagt haben, denn ich steige in Hannover aus. Nach Prag kann ich der Umstände wegen nicht. Zu meinem Vater nach London auch nicht. Er ist Dubcek-Anhänger und wird selber Schwierigkeiten haben. Eigentlich war das alles vorauszusehen, aber damit bin ich noch lange kein Maoist.

Jiri ist jetzt wirklich ein alter Mann. Wenn wir nicht über Politik stritten, war ich schon ein bisschen in ihn verknallt.

Jetzt ist das bisschen auch noch verflogen, ich habe nur noch Mitleid mit ihm.

Die Räder quietschen. Der Zug stoppt.

Jiri, flüstere ich und stecke ihm einen Joint zu, *der hilft, mich zu vergessen.* Ich schreib ihm dennoch meine Berliner Adresse auf einen Zettel. Wir liebkosen uns.

Ich sehe ganz deutlich Rübezahls schützende Hand über uns allen.

Im Frühjahr 1945 rettet sich meine Mutter vor Soldaten der Sowjetarmee auf das Dach der Waschküche. Ich döse derweil im Waschkorb.

Ich sehe Ottokar II., der meinem Opa Land schenkt und dafür Dutzende von Enkeln erwartet, weil sein Land menschenleer ist. Das erste Enkelkind bekommt seinen Namen.

Ich begleite eine Weile Väterchen Tschech, der Omas Hand nimmt und sie in ein Land führt, das am Meer liegt und in dem Pflaumenbäume wachsen, von denen die Pflaumenknödel fix und fertig herunterpurzeln ...

Ich bin geküsst worden von all ihren Unzulänglichkeiten, von ihrer Güte und ihren Musen, die mit den Steinen in der Moldau von einem Vaterland singen, das mein Mutterland ist.

Jiri hab ich noch einmal wiedergesehen in Hamburg, wo er politisches Asyl bekommen hat. Unsere Liebe war eine Jugendliebe, die Opfer und Täter nicht kennt. Sie währte einen Sommer und es war ein europäischer Sommer ...

Doch ich kann mich nicht herausstehlen aus den Sommern, die der Jugend gehören, tun, als seien sie damit erledigt. In der Erinnerung holen sie mich ein, in den Begegnungen mit Menschen, die Auseinandersetzungen erwarten.

Letzten Sommer wurde ich aufmerksam auf eine tschechische Schriftstellerin. Sie schreibt über Brillen und orthopädische Hilfsmittel, deren sie mehr als bei anderen Europäern in Deutschland sichtig geworden war. Demzufolge müssten wir besonders häufig behindert oder aber besonders fürsorglich zu unseren Behinderten sein.

Durch sie erscheinen mir auf einmal die Deutschen als rücksichtsvolle Menschen. So was fällt Ausländern eher auf als Einheimischen. Mir kommen Tränen in die Augen, dass erst eine Fremde mir Deutschland näherbringen muss.

Ich versuche, die Autorin, Libuše Monikova, zu umwerben. Sie lebt in Berlin, nur zehn Jahre weniger als ich, aber auch das ist schon eine Generation. Sie ist Deutsche geworden. Der Sommer mit Jiri hatte es nötig gemacht. Libuše musste aus Prag fliehen.

Sie ist eine gute Beobachterin. Herb in ihrem Urteil, ruppig in ihrer Einschätzung, aber liebevoll in ihrem Angebot, sich mit mir zu versöhnen.

Wir haben gemeinsame Pflaumenbäume, sagt sie. Das Recht auf die Landschaft der Kindheit, die einen Menschen geprägt hat, ist unveräußerlich, und niemand darf daran gehindert werden, dorthin zurückzukehren, hat sie 1991 in ihrem Essay über Deutschland geschrieben. Sie hat ihn *Zwetschgen* betitelt. Damals hatte ich weder von ihr gehört noch daran gedacht, mich jemals wieder mit Böhmen zu beschäftigen. Das taten nur Ewiggestrige in Bayern.

Dann kam mein fünfzigster Geburtstag und ich fahre hin, nach Böhmen. Und ich werde wieder hineingerissen in den Strudel der Sommer mit seinen Gewittern und seinen strahlend blauen Tagen. Hineingesogen in die Nadelteppiche der Riesengebirgswälder, in die chinesisch kaisergelbe Pfifferlinge wie Butterblümchen gewoben sind, da Bäche prasseln unter dem Blaubeergestrüpp, als brodele das Beerensüppchen auf dem Herd. Ich werde kitschig bis zur Unerträglichkeit und doch wieder echt, weil ich Böhmin sein darf.

Inzwischen kenne ich hier, schreibt Libuše in ihrem Essay, verwirrend viele Menschen, die in meinem Land geboren sind oder deren Familien aus Böhmen oder Mähren stammen.

Wie schön, denke ich. Doch halt ein, ist die noch zu retten! Wenn ich einem Türken in der dritten Generation sagen würde, du bist in meinem Land geboren, er würde sagen, wieso in deinem Land, ich bin hier geboren, meine Mutter ist hier geboren, mein Opa ist hier als junger Mann hergezogen …

Die ehemaligen tschechoslowakischen Bürger deutscher Zunge wirken auf sie weicher, sagt Libuše Monikova, spontaner, auch heftiger als die anderen, in gewisser Hinsicht seien sie ihr näher.

Ich komme mir vor wie ein Insekt, das unter die Lupe genommen wird. Sie ist die Forscherin, ich bin der Exot, gerade gut genug, mit ihr verwandt zu sein. Die übrigen Deutschen sind noch weniger beliebt, obschon unter Libušes Bekannten ihr die wichtigsten und nächsten Menschen Deutsche sind.

Ich hatte tatsächlich angenommen, wenn ich in die Schwärmereien über Rübezahl falle und ihn tschechisch Krakonosch aussprechen lerne, werde ich geliebt. Ich hatte geglaubt, wenn ich weiß, dass Pflaumenknödel nicht von den Bäumen fallen, sondern erst mal kräftige Arme zum Pflücken der Pflaumen, zum Teigmachen und Teigausrollen benötigen, dass ein großer Bottich dampfendes Wasser dazu auf den Herd gehört, zerlassene Butter, Semmelbrösel oder Mohnsamen, Zucker und Zimt – dass ich als Einheimische akzeptiert werde.

Als ich mich anschickte, von einem entfernten, nach 1945 in Tschechien geborenen Verwandten in meiner Geburtsstadt ein Haus zu kaufen, schenkte er mir sogleich einen irdenen Napf zum Zerlassen der Butter, den jeder Böhme besitzt. Seine Frau fügte ein Tischtuch hinzu, denn das slawische Gebot *Gast ins Haus, Gott ins Haus* sollte einen festlichen Rahmen bekommen. Ich ließ mich täuschen. Das Haus sollte niemals meins werden. Ich darf an dem Ort, an dem ich geboren bin, kein Haus besitzen.

Der Sommer war zu Ende. Libuše hatte mir noch angeboten, wenigstens gemeinsam die letzten Zwetschgenbäume entlang der Grenze zu schützen. Sie verstarb Anfang 1998.

Heuer habe ich noch keine Zwetschgen gegessen …[122]

II. Das Jungfernhäutchen im Museum – alte neue Zeiten

Das Museum schließt oder *Das Jungfernhäutchen*

An der Kasse zeige ich ein Foto von einer andächtigen Frau im blauen Mantel. Ich zeige zudem meine Pressekarte. Wissen Sie, in welchem Raum sich das Gemälde befindet? Die Kassiererin verneint. Ich gehe zu den Türstehern.

Ja, bei den Madonnen, links.

Ich bin auf der Suche nach der Begründbarkeit von der gottgewollten Verfügung über die Frau; und tatsächlich, unter dem harmlosen Titel, Mariä Verkündigung ...

Davon soll es einige geben.

Ich suche ein besonderes, sage ich.

Ob ich das Jahrhundert wüsste.

Der Maler ist unbekannt, den ich suche, sage ich.

Auch davon gibt es einige.

Welch ein Paradox, unbekannter Maler. Man sieht ja was. Das Bild ist bekannt. Waren früher nicht alle Maler unbekannt, wie ja auch die Höhlenmaler unbekannt sind? Heute weiß man, dass es auch Höhlenmalerinnen gab. Das ist eine neue Erkenntnis. Wie Interpreten immer wieder von ihren eigenen Vorstellungen und gesellschaftlichen Gegebenheiten ausgehen, wenn sie was Neues entdecken. Zu Zeiten der Höhlenmalerei gab es wahrscheinlich noch kein Patriarchat, das sich in alle Interpretationen hineinzwängt.

Möglich, dass Unbekanntes, wenn nicht von der Frau, vielleicht vom lieben Gott gemalt wurde. Die noch immer nicht ganz geklärten zweitausend Jahre alten Zeichen der Nacza-Kultur in der Wüste der Anden sind nur von oben, vom Himmel her, vollständig zu sehen und immer noch nicht ganz entziffert. Sind sie von Gott oder einer Göttin in den Wüstensand getrieben worden? Sind sie der Kalender Gottes, die Ordnung der Welt herzustellen?

Mir gefällt das Bild, wo Gottvater mit dem Wallebart, der Gütige, aus einer Wolke guckt. Er sieht nicht die Nacza-Zeichen, sondern beobachtet seinen Gesandten, ob er alles richtig macht. Es ist sein Lieblingsengel, Erzengel wird er genannt, Gabriel.

Erzengel, auch so ein Wort, Erzbischof, in Erz gehauen ...?

Wenn ich recht erinnere, ist dieses doppelbödige Wort gar nicht miteinander verwandt. Könnte aber, beständig, dominant wie sie sind, Erz-Ikonen des Patriarchats.

Gottvater in der Wolke sendet eine weiße Taube. Damals schon Friedenstaube, um Maria zu besänftigen? Warum eigentlich? Schon Noah sandte Gott eine Taube nach der Sintflut. Ich bin dir wieder gut, will er sagen, gehe in Frieden und vermehre dich. Dich hab ich auserwählt.

Auch Maria wurde auserwählt. Die Kriterien sind nicht bekannt, war sie eine besonders gute Gebärerin? Von den Pazifikvölkern ist bekannt, dass sie nur fruchtbare Frauen mitnahmen, um neue Inseln zu besiedeln, jene, die schon gut und gesunde Kinder geboren hatten. Sicher ist sicher.

Maria soll befruchtet werden und ein Kind, Jesus, Gottes Sohn, bekommen. Sie weiß von keinem Manne. Wie das?

Heute wär das kein Problem, in vitro. 1982 das erste Mal, seither viele Male. Meist weiß man von keinem Manne, aber es war einer beteiligt, zumindest sein Samen.

Auf einem anderen Bild überreicht der Erzengel Maria eine Lilie, der lange Stiel zeigt auf ihren Bauch. Ist er vielleicht im Stengel, der Samen Gottes? Man sieht nur über allem Geschehen zwei Hände, die offensichtlich die weiße Taube losgeschickt haben, die auf Maria zufliegt. Maria ahnt noch nicht, was auf sie zukommt, so wie sie in sich verschlossen dasitzt.

Es soll ja in frühen Zeiten der Mensch gar nicht gewusst haben, wie der Mensch entsteht. Man wusste nur, die Frau gebiert und verehrte sie, weil sie die Sippe dadurch erhielt. Dann aber, irgendwann, durch irgendwas kam der Mensch, in diesem Fall der Mann, was ja in dem Wort „Mensch" impliziert ist, dem Ganzen auf die Schliche, aus war es mit der Frauenverehrung, der Mann war beteiligt am Ganzen, das sah man am Kalender, der mittlerweile erfunden war, er schenkt ihr den Samen und das an bestimmten Tagen, wie der Kalender zeigt, und in der Folge kam ein kleines Menschlein auf die Welt.

Jetzt wollte natürlich, ja richtig, natürlich wollte der Mann was dafür haben: das Kind. Das konnte er aber nicht ernähren, also brauchte er auch noch die Frau dazu, das war die Stunde der eigentlichen Menschwerdung: Die Geburt des Patriarchats und des Geldes.

Als Lutheranerin war mir die Maria abhandengekommen, wenngleich Luther Maria und ihre Mutter, die Annaselbdritt, sie stand in seinem Arbeitszimmer, auch in den Kirchen hängen ließ, anders als die Reformierten, die Bildersturm machten.

Anna hatte noch das Privileg, ihre Männer selbst auszusuchen, drei sind bekannt, einer hieß Joachim und war der Vater von Maria. In dem Museum St. Annen in Lübeck hängen wunderbare Altarbilder der mittelalterlichen Bürger der reichen Hansestadt, auf denen die ganze Großfamilie von Jesus, Heilige Sippe genannt, aufgeführt ist, seine Nichten und Neffen, Tanten und Onkel. Man hatte noch ein sehr enges Verhältnis zu der menschlichen Herkunft von Jesus.[123]

Aber auch noch im Barock wusste man von diesen Familienbeziehungen.[124]

Manche Altäre erscheinen fast matrilinear. Zum Beispiel beim Gertraudenaltar aus der Burgkirche, 1509. Im Mittelpunkt Anna mit ihrem Mann aus erster Ehe, Joachim, darunter Maria, als Tochter der Anna aus dieser Ehe, mit dem Jesuskind und Joseph.

Rechts von Anna aus ihrer zweiten Ehe mit Kleophas die Familie der Tochter Maria Kleophas und ihrem Ehemann Alphäus mit den Kindern Jakobus, Judas Thaddäus, Simon Zelotes und Joseph Justus.

Links von Anna die Tochter aus der dritten Ehe mit Salomas, Maria Salomas mit Ehemann Zebedäus und den Kindern Jakobus und dem Evangelisten Johannes.

Manche Kinder der Halbschwestern von Maria, der Mutter von Jesus, sind später in seinem Umfeld als Aposteln zu finden.

Es wird noch vertrackter. Nach dieser Natürlichkeit des Mittelalters gebiert die Neuzeit die „Unbefleckte Empfängnis" der Maria mit einem Dogma von 1854.

Was ist passiert. Damit Jesus von einer reinen Mutter geboren werden konnte, so viel menschliche Deszendenz muss sein, müssen Anna und Joachim, ihre Eltern, ihre Tochter ohne Erbsünde gezeugt haben.

Wie das geht, habe ich nicht gefunden, denn die Erbsünde hat ja schon Eva am Anbeginn von allem verursacht.

Mit der unbefleckten Empfängnis habe Gott Maria vom ersten Augenblick ihres Daseins an vor jeder Sünde bewahrt, weil sie die Mutter Gottes werden sollte. Maria wird als „Immaculata", die Unbefleckte, in die Kirchengeschichte eingehen.

Du bist gebenedeit unter den Weibern, haben die Katholiken in meiner rheinischen Heimat immer gebetet bei der Prozession durch unsere Straßen. Ich wusste von nichts. Doch! Kinder kamen vom Klapperstorch. Aber ihr Gemurmel und lateinisches Gebet hat mich fasziniert. Ich konnte kein Latein, und wollte es unbedingt lernen, um endlich zu wissen, was sie murmeln. Viel später, da lernte ich auch, dass gebenedeit eine sehr interessante deutsche Anpassung an das lateinische Wort benedictus, gesegnet, ist.

Also wieder zu den Bildern. Wie der Engel so vor Maria kniet ...

Aber sie hält den blauen Umhang zu, dahinter ihr Kostbarstes, woran Gott interessiert ist, ihr Uterus mit dem Jungfernhäutchen, damit er sehen kann – Gott sieht alles, wurde mir beigebracht und ich habe mich auch meist daran gehalten –, sie hat noch mit keinem, weil er ja der Vater vom Sohn sein will und nicht ein anderer. Der Erzengel kann es ja nicht, er hat kein Geschlecht, wie im Orient die Eunuchen, sie sind vielleicht verwandt.

Warum Maria aber einen Joseph braucht? Wahrscheinlich nur, um den gesellschaftlichen Schein zu wahren, denn die Menschen waren auch damals nicht besonders fromm und rücksichtsvoll zueinander, und eine unverheiratete Mutter wäre ihrem Spott und ihrer Verachtung ausgesetzt gewesen.

Der Joseph ist übrigens erst spät den Bildern zugefügt worden, und wenn, dann als alter Mann.
Auf den Marienbildern ist der Erzengel ist Übermittler, bringt ihn nur, den Samen Gottes, wie wissen wir nicht, vielleicht ist der Samen im Heiligtum, wovon sie manchmal reden? Für eine protestantisch Erzogene wie mich – alles Rätsel über Rätsel.

Maria hält den blauen Mantel – immer ist ihr Mantel blau, himmelblau – mit beiden Händen zusammen, offensichtlich will sie nicht. Auch auf anderen Bildern der Zeit macht sie mit den Händen eine ablehnende Bewegung, komm meinem Körper nicht zu nahe, interpretiert wird es aber als Scheu und als Zuneigung. Das wird ja heute noch gesagt, die Frau wollte es. Nein ist Nein, ist ein neuer Satz, der sehr alt zu sein scheint und immer wieder in Vergessenheit gerät, und in Kriegen, wie alle Regeln, total außer Kraft gesetzt ist.

Der preußische König Friedrich Wilhelm III., der Ehemann der verstorbenen Luise, soll das aus dem späten 15. Jahrhundert stammende Bild eines unbekannten Malers aus Venedig 1821 für sein neues Museum erworben haben. Vielleicht hat es ihn an Luise erinnert, die zeit ihres kurzen Lebens ständig schwanger war, sie gebar elf Kinder, manche starben früh, sie wurde 34 Jahre alt.

Sie waren evangelisch. Luise war die Mutter des späteren ersten deutsch-preußischen Kaisers Wilhelm I. und als solche mitunter abgöttisch verehrt.

Diese Funktionalität der Frauen, die Verfügbarkeit ihres Leibes, gebenedeit sei die Frucht deines Leibes, ist das Thema. Ich muss mich immer daran erinnern, wenn ich abschweife, es sind aber auch wunderbare Bilder.

In den Räumen vom neunzehnten Jahrhundert sind antike Themen. Zeus, der Taugenichts der Griechen, man sieht ihn nur herumtollen, mal als Stier mit der Europa, mal als Schwan bei Leda, immerhin war sie Gemahlin des spartanischen Königs Tyndareos, das machte gar nichts. Den tollsten Streich in der Menschheitsgeschichte vollbrachte er nicht mit seinem Penis, sondern mit seinem Kopf, der wurde Gebärmutter und dem Kopfuterus entstieg Athene, seine Tochter, ohne Mutter geboren.

Bei den Christen weiß Maria nichts von einem Manne, hier weiß Athene nichts von einer Mutter. In der Konstruktion des Patriarchats kann der Mann-Gott Zeus nicht wirklich empfangen und gebären, er muss die von ihm schwangere Metis verschlingen und die Tochter über die Kopfgeburt gebären, während der Sohn in der Mutter, also in ihm, Zeus, verbleibt, als Mann wäre er ein Konkurrent. Sind auch hier noch Reste des Matriarchats?

In beiden Fällen der Geburt spielt offensichtlich der Penis keine Rolle, wie konnte er aber so eine Macht bekommen, wenn die Mythologien eine andere Sprache sprechen? Und dann auch noch das Märchen vom Jungfernhäutchen, das der Penis durchdringt und es beim ersten Mal blutet. Das nicht vorhandene Jungfernhäutchen ist dem Patriarchat so wichtig, dass man im Orient das Betttuch nach der Hochzeit aus dem Fenster hängen muss. Wo es nicht (mehr) vorhanden war, muss ein Rotweinfleck seine Symbolkraft übernehmen.

Was kann ein Museum mir über die Symbolkraft und Macht des Patriarchats sagen?

Ich suche weiter nach Spuren.

Im Raum der Neuzeit ist die Bewegung, „Nein ist Nein" mit Plakaten präsent.

Der Schweizer Nationalrat beschäftigt sich derzeit mit einer noch eindeutigeren Entscheidung für die Frauen, nämlich „Nur Ja heißt Ja", was die Frauen sehr erhoffen, dass es angenommen wird. Das Fehlen der Zustimmung und nicht der Widerstand des Opfers – durch ein Nein ausgedrückt – sollte im Mittelpunkt des Straftatbestands der Vergewaltigung stehen.

Im nächsten Raum, dem der modernen digitalen Medien, halte ich den Atem an. Hier ist die Antwort auf „Nein ist Nein". Die Bildschirme flimmern. Sie formen ein „Ja".

Ja im Sinne der angeblichen Natur. Wozu wurde das alles geschaffen? Das Internet gibt Antwort. Hier zieht die Frau keinen Mantel enger, hier wird gezeigt, was sie hat, wozu es da ist. Für ihn, den Herrn der Schöpfung.

Eine Berliner Forschungsgruppe hat in einer Studie misogyne Online-Milieus im Netz untersucht. Diese Online-Gruppen liefern die ideologische Basis für Hass und Gewalt gegen Frauen.

Der Penis will sein Recht. Die Verfügbarkeit der Frauen muss nicht verhandelt werden. Eine weltweite Bewegung der Männer insistiert auf ein Recht auf Sexualität, macht sich die Geschlechtsorgane der Frauen zu eigen, wozu sonst, letztlich gottgemacht, sind sie da. Sie sollen den Männern zur Verfügung stehen, damit es ihnen gut geht. Die Vagina gehört ihnen.

Es gibt aber auch Gruppen, die verzichten ganz auf Sexualität, zwangsläufig, weil die Gesellschaft so geartet ist, dass Frauen sich (attraktive und reiche) Männer aussuchen können. Incels nennen sie sich (Involuntary Celibates – Unfreiwillige Enthaltsamkeit), sie sind besonders in den USA frauenfeindlich unterwegs.[125]

Ich zucke zusammen, jemand hat mich an der Schulter berührt.

Wir schließen, flüstert die Aufseherin.

Ich war auf der Bank unter der Last zusammengesunken. Ich quäle mich hoch. Gott sei Dank schließt das Museum, sage ich. Ich gehe an die frische Luft.

Einige Zeit später schreckt mich ein Artikel im Tagesspiegel erneut auf:

Es geht ihnen um den Zugriff auf Frauenkörper

ist der zweiseitige Artikel überschrieben. Eine Ärztin kämpft um die reproduktiven Rechte, die Frauen gestohlen werden.[126]

Anlass zu dem Artikel ist der bigotte Umgang mit der Juristin, die als Verfassungsrichterin vorgeschlagen wurde. Die Ärztin hatte seinerzeit erkämpft, dass der § 219 a StGB, der das öffentliche Informieren von Schwangerschaftsabbrüchen unter Strafe stellte, abgeschafft wurde. Ein Teilerfolg auf dem Weg, den § 218 StGB ganz abzuschaffen, damit endlich unsere damalige Forderung „Mein Bauch gehört mir" durchgesetzt werden kann. Denn keinem Mann ist es in irgendeinem Gesetz genommen, über seinen eigenen Körper zu verfügen, nur den Frauen wird von Staats wegen die Verfügungsgewalt über ihre Gebärfähigkeit genommen.

Dies hatte die Juristin ähnlich formuliert, was zu einem Shitstorm geführt hat, der so weit ging, dass die Wahl im Bundestag abgebrochen werden musste.

Mittlerweile sind 75 % der Bevölkerung, auch Männer, für die Legalisierung der Schwangerschaftsabbrüche, aber die Gegenbewegung, die sich hauptsächlich im Netz tummelt, wird von russischen Oligarchen und fundamentalistischen US-Organisationen unterstützt, die eben die Autonomie der Frauen über ihren eigenen Körper bekämpfen. Das Jungfernhäutchen ist ein gefälliges Gespinst patriarchaler Handhabe …

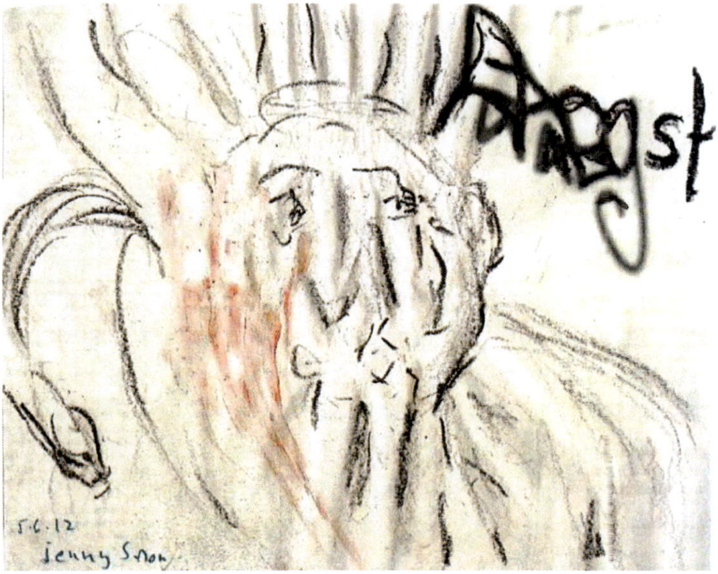

Zeichnung zu sexualisierter Gewalt 2012 *Jenny Schon*

Heinrich, mir graut's (nicht) vor dir …

Heinrich von Kleist und die Frauen

(1777 in Frankfurt/Oder, † 1811 in Stolper Loch/Wannsee)*

Wie Rilke war Kleist ein begnadeter Briefeschreiber und der Briefwechsel gehört bei beiden zum Werk.

Schon als Fünfzehnjähriger schreibt Kleist seitenlang seine Gedanken und Ereignisse mitten im Krieg gegen die Franzosen in einem Brief in der Zeit vom 13.-18. März 1793 an seine Tante Helene Auguste von Massow geb. von Pannwitz, Schwester von Kleists Mutter, die 1793 verstarb.

Er zeigt schon sein großes Talent der genauen Beobachtung und Beschreibung und auch der Hinwendung zu Frauen als Briefpartnerinnen.

„*Wärst Du ein Mann gewesen – o Gott, wie innig habe ich dies gewünscht! Wärst Du ein Mann gewesen – denn eine Frau konnte meine Vertraute nicht werden*, schreibt er am 14. August 1800 an seine Halbschwester Ulrike, eine der Hauptadressatinnen seiner Briefe. 58 Briefe zwischen 1795 und 1811 sind von Heinrich an sie überliefert.

Wie sehr sich sein Verhältnis zu Frauen ändern wird in seinem Leben, zeigt sein Verhältnis zu der letzten Frau seines Lebens, Henriette Vogel, mit der – wie fast alles in seinem Leben in einer großen Inszenierung arrangiert – gemeinsam stirbt.

Aber erst mal will er wie die meisten Männer seiner Zeit Frauen erziehen, allen voran seine Verlobte Wilhelmine von Zenge, die er 1800 noch mit Worten einfängt: *Edler u besser sollen wir durch die Liebe werden*, die aber irgendwann die Lust verliert und schon gar nicht als Bäuerin mit ihm in die

Schweiz will, weil Kleist, dem Zeitgeist entsprechend, zurück zur Natur will.

In diesem Zwiespalt befindet sich auch die Thematik seiner Literatur. Seine Theaterstücke und Erzählungen tragen starke Frauen, die Marquise von O, im *Erdbeben in Chili* die Figur der Josephe Asteron, und die weniger bekannten wie die *Heilige Cäcilie* und *Die Verlobung von Santa Domingo*, die die mysteriösesten seiner Frauen überhaupt enthalten.

Aufgrund der helleren Hautfarbe Babekans, einer Mulattin, und ihrer Tochter mit einem Weißen, Tonis, bezieht Kleist sich nicht nur auf die Kolonialkriege Frankreichs und Spaniens, sondern deren Folgen, der gemischten Bevölkerung: Der weiße Schweizer, der in diese exorbitanten Gesetzmäßigkeiten der Karibik eintritt, wird schwer getäuscht, wenn er davon ausgeht: *Euch kann ich mich anvertrauen; aus der Farbe Eures Gesichts schimmert mir ein Strahl von der meinigen entgegen.*

Dieses Vertrauen in die Hautfarbe trügt jedoch, da Babekan und Toni als Mulattin bzw. Mestizin zwischen den beiden „Rassen" stehen.

Diese Erzählung ist mir nach Penthesilea die blutrünstigste, aber eben sehr modern und expressiv, denn Kleist ist auch ein moderner Sprachkünstler, Sätze wie ... *als ob einem die Augenlider weggeschnitten wären*, was er über Caspar David Friedrichs *Mönch am Meer* schreibt, hätte auch aus der Zeit des Expressionismus stammen können, hundert Jahre später.

Auch in seinen theatralischen Werken spielen Frauen die Hauptrollen und sie können unterschiedlicher nicht sein, wie das Gegensatzpaar des Käthchen und der Penthesilea in den beiden Theaterstücken.

Sie entstanden in etwa zeitgleich. Es geht letztlich um die Partnerwahl, die in der jeweiligen Gesellschaft nach deren Gesetzen determiniert ist, aber unterschiedlicher nicht dargestellt werden kann, und zwar aus der Sicht der Frau, das scheint Kleist interessanter zu sein. Aus dieser Sicht gelingt es Kleist eher, den Gegensatz von Anpassung und Widerstand, von Kampf und Lust aufzubauen, das bürgerliche Konzept ‚Liebe' zu demontieren.

Prothoe, die engste und treueste Freundin Penthesileas, erwidert: *Sie sank, weil sie zu stolz und kräftig blühte.* Dem Vorwurf der Schwäche hält sie entgegen, dass nur die abgestorbene Eiche dem Sturm standhalte, die gesunde jedoch falle leicht, *weil er in ihre Krone greifen* könne.

Dass Penthesilea gerade aufgrund der Lebendigkeit des Gefühls, ihrer Fähigkeit zu lieben, Stärke bewiesen habe, ist für die Zeit neu, in der man aus Schwäche stirbt.

Wie Michael Kohlhaas wollte Penthesilea sich nicht den starren Buchstaben des Gesetzes beugen.

Jetzt bin ich neugierig, was Sie zu dem Käthchen von Heilbronn sagen werden, denn das ist die Kehrseite der Penthesilea, ihr andrer Pol, ein Wesen, das ebenso mächtig ist durch gänzliche Hingebung, als jene durch Handeln, schreibt Heinrich von Kleist im Herbst 1807 aus Dresden an Marie von Kleist, Ehefrau seines Cousins, mit der er auch einen regen Briefwechsel hat.

Kleist versucht in den beiden Dramen eine Konzeption des Weiblichen auf zwei völlig gegensätzliche Gestalten zu gründen, auf der positiven und der negativen Bestimmung des Weiblichen, wie sie um 1800 gängig war, Hingabe und Tatendrang, Letzteres noch stark eingeschränkt, zum Beispiel Frauen reisen allein nicht. Und dennoch, wenn auch seine Schwester Ulrike mit ihm in Europa unterwegs war, nach seinem Tod fährt sie, die ein Leben lang unverheiratet und selbstständig bleibt, allein durch die Welt.[127]

Natürlich spielt auch immer noch die im Brief an seine Verlobte 1800 getane Äußerung: *Edler u besser sollen wir durch die Liebe werden,* die Kleist ein Leben lang umtreibt, eine Rolle.

Edler u besser sollen wir durch die Liebe werden

Das schrieb Heinrich von Kleist 1800 an seine Verlobte Wilhelmine von Zenge. Die Verlobung hielt nicht lange, wie alles in seinem Leben, Unbeständigkeit war sein Begleiter. Das war nicht nur der Zeit geschuldet, in der er geboren, in der gelebt hat.

Große Umbrüche begleiten ihn: Die Französische Revolution, der beginnende Untergang des Feudalismus, seine Familie gehörte zu einem der ältesten Adelsgeschlechter der Mark, das Aufkommen von Großindustrie und Kapitalismus, Goethe und Schiller, Kant in Königsberg, die Romantik.

Kleist war von innen her ein flammendes Feuer, das sich mit jedem Luftzug veränderte. *Ach, es ist meine angebohrne Unart, nie den Augenblick ergreifen zu können, u immer an einem Orte zu leben, an welchem ich nicht bin, und in einer Zeit, die vorbei ist, oder noch nicht da ist,* schreibt er am 29. Juni 1801 aus Paris an seine Jugendfreundin Adolphine von Werdeck geb. von Klitzing. Von Juli bis Ende November 1801 hält Kleist sich in Paris auf. Er hatte sein Studium in Frankfurt/Oder aufgegeben, nachdem er sich mit den Philosophien Immanuel Kants und Jean Jacques Rousseaus auseinandergesetzt hatte.

Ende Dezember reist er nach Basel, bis Oktober 1802 weilt Kleist in der Schweiz. In diese Zeit fällt der Beginn seiner schriftstellerischen Arbeit. Im Mai löst er die Verlobung mit Wilhelmine von Zenge.

Anfang 1800 hatte er sich mit der Frankfurter Nachbarstochter Wilhelmine von Zenge (1780-1852) inoffiziell verlobt und von ihr schier Unmögliches erwartet. Sie wollte natürlich, dass er ein Amt übernimmt ... *ich darf kein Amt wählen, weil ich das ganze Glück, das es gewähren kann, verachte,* (Berlin, 13. November 1800), antwortet er ihr. Als er dann in Paris ist, schreibt er, sie hinhaltend: ... *o wie unbegreiflich ist der Wille, der über uns waltet! – Aber Geduld! – Geduld – ? Kann der Himmel die von seinen Menschen verlangen, da er ihnen selbst ein Herz voll Sehnsucht gab?* (Paris, 21. Juli 1801) Schon bevor er in der Schweiz ist, zieht sie sich zurück und verlobt sich 1803 mit dem Philosophen und Theologen Wilhelm Traugott Krug, sie gebar sechs Kinder. Die Familie zog nach Königsberg, wo er Nachfolger von Immanuel Kant wurde. Das war ein für sie als adliges Fräulein adäquates Leben.

Dass Kleist durch seine Rousseau-Lektüre, zurück zur Natur, ein bäuerliches Leben führen wollte: *Ein Feld zu bebauen, einen Baum zu pflanzen, und ein Kind zu zeugen,* (in einem Brief vom 10. Oktober 1801 an Wilhelmine), war ein Affront für sie. Die adlige Tochter aus einer Universitätsstadt soll Bäuerin werden!

Aber auch er hat durch die Trennung gewonnen. Er lebt das ganze Jahr 1802 auf der Scherzliginsel in der Aare in Thun in der Schweiz. Hier hat er seinen literarischen Durchbruch, er schreibt das Theaterstück *Die Familie Schroffenstein,* schreibt weiter an seinem Trauerspiel *Robert Guiskard, Herzog der Normänner* und beginnt mit dem Lustspiel *Der zerbrochne Krug*.

An seine Jugendfreundin Adolphine hatte er am 29. Juli 1801 aus Paris geschrieben: *Bei den Küssen seines Weibes denkt ein ächter Chemiker nichts, als daß ihr Athem Stickgas u Kohlenstoffgas ist.*

Einer weiteren Freundin schreibt er: *Ach, es muß öde und leer und traurig sein, später zu sterben als das Herz.*

Hier nimmt er schon das Thema auf, das ihn immer wieder beschäftigen wird und das der Prinz von Homburg im Angesicht seines Todesurteils sagt und zu hoher Literatur gemacht hat: *Nun, O Unsterblichkeit bist du ganz mein.*

Bis zu seinem Tod 1811 wird nun seine Begleiterin als auch große Briefpartnerin seine Halbschwester Ulrike werden, diesem Briefwechsel verdanken wir die schönsten Kleist-Briefe, die eine eigene hochrangige literarische Stufe erreicht haben.

1804/05 soll er sich in Königsberg in Kameralistik ohne festes Gehalt ausbilden lassen, was natürlich auch wieder missglückt, aber er ist literarisch aktiv. Kleist vollendet den *Zerbrochnen Krug* und arbeitet an dem Lustspiel *Amphitryon*, dem Trauerspiel *Penthesilea* und an den Erzählungen *Michael Kohlhaas* und *Das Erdbeben in Chili*. Der *Zerbrochene Krug* wird von Goethe in Weimar zerrissen, auch diese Hoffnung stirbt.

In Dresden gibt Kleist zusammen mit dem Staats- und Geschichtsphilosophen Adam Heinrich Müller ab Januar 1808 das *Journal für die Kunst* (so der Untertitel) *Phöbus* heraus. Das erste Heft mit dem Beitrag *Fragment aus dem Trauerspiel: Penthesilea* sandte er unter anderem Goethe zu, der in einem Antwortschreiben seine Verwunderung und sein Unverständnis bekundete

In all diesen Jahren wütete immer wieder Napoleon in deutschen Landen und Kleist gehörte zeitweilig dem Widerstand an. Seit 1809 bis zu seinem Tod lebt er in Berlin. In der Mauerstraße in Mitte ist eine Gedenktafel angebracht.

Der entfernten Verwandten, Marie von Kleist, die eng mit der 1810 verstorbenen Königin Louise in Kontakt war, der Kleist seinen *Prinzen von Homburg* gewidmet hatte, vertraut er sich an: *Meine Seele ist so wund, daß mir, ich mögte fast sagen, wenn ich die Nase aus dem Fenster stecke, das Tageslicht wehe thut, das mir darauf schimmert.*

Das schreibt er am 10.11.1811, einige Tage vor seinem Freitod, an seine Schwester:

Ich kann nicht sterben, ohne mich, zufrieden und heiter, wie ich bin, mit der ganzen Welt, uns somit auch, vor allen anderen, meine teuerste Ulrike, mit Dir versöhnt zu haben. Lass sie mich, die strenge Äußerung, die in dem Briefe an die Kleisten enthalten ist, lass sie mich zurücknehmen; wirklich, Du hast an mir getan, ich sage nicht, was in Kräften einer Schwester, sondern in Kräften eines Menschen stand, um mich zu retten: die Wahrheit ist, dass mir auf Erden nicht zu helfen war. Und nun lebe wohl; möge Dir der Himmel einen Tod schenken, nur halb an Freude und unaussprechlicher Heiterkeit, dem meinigen gleich: dass ist der herrlichste und innigste Wunsch, den ich für Dich aufzubringen weiß.
Stimmings bei Potsdam, am Morgen meines Todes
Dein Heinrich.

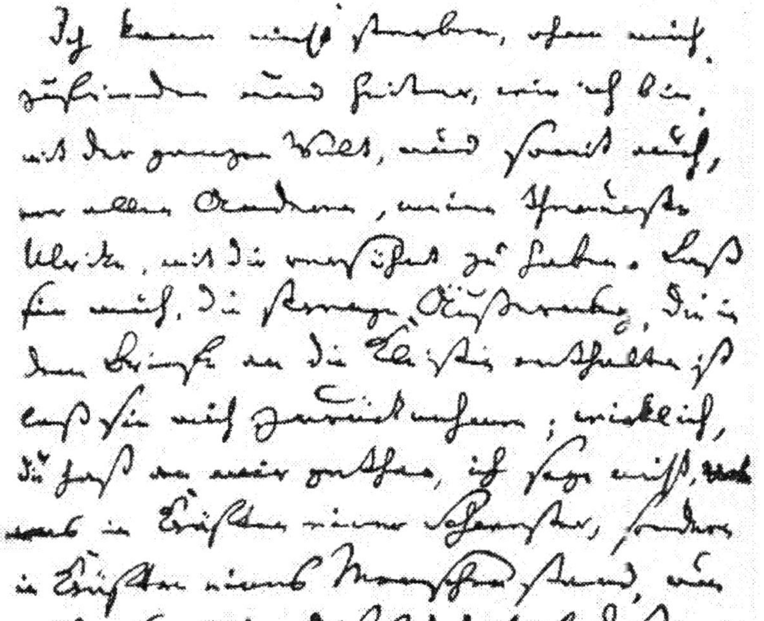

Ich kann nicht sterben, ohne mich,
zufrieden und heiter, wie ich bin,
mit der ganzen Welt, und somit auch,
vor allen Anderen, meine theuerste
Ulrike, mit Dir versöhnt zu haben. Laß
sie mich, die starke Äußerung, die in
dem Briefe an die Kleisten enthalten ist,
laß sie mich zurücknehmen; wirklich,
du hast an mir gethan, ich sage nicht,
in Kräften einer Schwester, sondern
in Kräften eines Menschen stand, um
mich zu retten: die Wahrheit ist, daß mir
auf Erden nicht zu helfen war. Und nun
lebe wohl; möge dir der Himmel einen
Tod schenken, nur halb an Freude und
unaussprechlicher Heiterkeit, dem meinigen
gleich: das ist der herzlichste und innigste
Wunsch, den ich für dich aufzubringen weiß.

Stimmings bei Potsdam d.
– am Morgen meines Todes.

Dein
Heinrich.

Abschiedsbrief an seine Schwester Ulrike von Kleist am 10.11.1811

In den Berliner Salons um den Gendarmenmarkt hatte Heinrich von Kleist Henriette Vogel kennengelernt, eine verheiratete Frau mit einer Tochter, die auch schriftstellerische Ambitionen hatte. Es war Liebe auf den ersten Blick im Sinne einer tiefen Seelenverwandtschaft, endlich hatte er den liebenden Menschen gefunden, der mit ihm sterben wollte. Es heißt, sie sei krebskrank gewesen. Aber die von beiden aus dem November 1811 stammenden Prosahymnen sprechen die Sprache der Herzen – ohne Wenn und Aber:

Mein Jettchen, mein Herzchen, mein Liebes, mein Täubchen, mein Leben, mein liebes süßes Leben, mein Lebenslicht, mein Alles, mein Hab und Gut ... meine Vergangenheit und Zukunft, meine Braut, mein Mädchen ... meine Fürspecherin und Fürbitterin, mein Schutzengel, mein Cherubin und Seraph, wie lieb ich Dich! –

Und Henriette:

Mein Heinrich, mein Süßtönender, mein Hyazinthenbeet ... meine Äolsharfe, mein Tau, mein Friedensbogen, mein Schoßkindchen, mein liebstes Herz ...

Henriette geht aber auch in ihrem Hymnus auf die literarischen Vorgaben aus Kleists Werk ein:

Mein Tasso (ein Werk von Goethe) ... *mein Graf Wetter* (aus dem *Käthchen von Heilbronn*) ... *mein Werther* (Jugendroman von Goethe, in dem der Werther in den Freitod geht) ... *mein Lehrer und Schüler, wie über alles Gedachte und zu Erdenkende lieb ich Dich. – Meine Seele sollst Du haben.*
Henriette.

In der Nacht vom 20. auf den 21. November 1811 hatten sie in dem Landgasthof Stimmings Krug an der Wannsee-Brücke, wo heute der Potsdamer Jacht-Club ist, übernachtet, Briefe geschrieben und ordentlich gebechert, was sich am Nachmittag des 21. November 1811 fortsetzt, denn sie lassen sich auf einen Hügel auf der Seite des Kleinen Wannsee, damals Stolper Loch, Tisch und Stuhl, Kaffee und alkoholische Getränke bringen und sind guter Laune, wie die Bediensteten der Polizei erzählen. Kleist hatte einen Korb mit drei Pistolen dabei. Kleist hatte eine Ausbildung bei der Preußischen Armee, Kleist war ein Perfektionist, Kleist inszenierte den gemeinsamen Tod. Henriette solle sich in eine Sandkuhle knien, er kniete vor ihr. Er hatte das Gemälde vor Augen, das er in Frankreich gesehen: Maria Magdalena rückwärts dahingesunken[128]. Nur so konnte er Henriette direkt ins Herz schießen, sich selbst schoss er in die Mundhöhle. Er war perfekt. Die beiden Schüsse trafen, die Ersatzpistole im Korb lag unbenutzt. Nach den polizeilichen Ermittlungen und der Obduktion wurden sie am Ort des Geschehens begraben. Selbstmörder bekamen damals kein christliches Begräbnis.

Erst fünfzig Jahre später begann seine Wiedererweckung, seine Stücke wurden endlich aufgeführt, seine Erzählungen gelesen. Fontane beschreibt, wie Touristen aus Berlin die neu errichtete Gedenkstätte am Kleinen Wannsee besuchen. Es gab jetzt sogar schon eine Eisenbahn.

Als junger Mensch hatte ich im fernen Rheinland den *Michael Kohlhaas* gelesen und fand Bestätigung im Kampf gegen die Ungerechtigkeit, die ich ertragen musste.

In den zehn Jahren meines Refugiums in Wannsee verbrachte ich oft meinen Feierabend auf der Bank an seiner Gedenkstätte, manchmal genoss auch ich einen Buddel, wie Kleist dem Bediensteten Riebisch vom Stimmings Krug auftrug: *Alter Vater! sage Er doch dem Herrn, dass er mir diesen Buddel … noch halb voll Rum herschicke!*

Seit vielen Jahren mache ich Führungen zu seiner Gedenkstätte, ob er und Henriette, die jetzt endlich auch auf dem Gedenkstein erwähnt ist, wirklich dort liegen, ist eines der großen und vielen Geheimnisse zum Leben und Wirken von Heinrich von Kleist.

Henriette Vogel jedoch ist eine Überraschung, ihr erwähnter Hymnus auf Kleist ist ein Text voller Kenntnis seines Lebens und seines Werks. Sie soll ihre übrigen Texte vor ihrem bewussten Tod vernichtet haben. Schade.

Grabstein am (angeblichen) Kleist-Grab am Kleinen Wannsee
Foto: Jenny Schon

Bis vor Kurzem war für Henriette Vogel kein Platz. Mittlerweile ist die Anlage neu gestaltet, auch ihr Name ist erwähnt.

Zu Beginn der winterlichen Macht, am 21. November 1811, erschießt er erst sie, dann sich durch einen Mundschuss. Seine Augen haben die Unsterblichkeit gesehen, er lässt es Prinz Friedrich von Homburg sagen:

Nun, o Unsterblichkeit, bist du ganz mein!
Du strahlst mir, durch die Binde meiner Augen,
Mit Glanz der tausendfachen Sonne zu!
Es wachsen Flügel mir an beiden Schultern,
Durch stille Ätherräume schwingt mein Geist,
Und wie ein Schiff, vom Hauch des Winds entführt,
Die muntre Hafenstadt versinken sieht,
So geht mir dämmernd alles Leben unter:
Jetzt unterscheid ich Farben noch und Formen,
Und jetzt liegt Nebel alles unter mir.

Bei mir sind es allerdings nicht seine Frauen, die mich seit meinem fünfzehnten Lebensjahr in Heinrich von Kleist meine (erste) große literarische Liebe erblicken ließen, es war sein *Michael Kohlhaas*, an dem ich meinen Widerstandsgeist schulte – im Verbunde mit Luthers *Hier stehe ich, ich kann nicht anders* – sicherlich berechtigt, wenn man als Kind nach dem Zweiten Weltkrieg aufwächst.

Wär ich ein Mann doch mindestens nur …

Annette von Droste-Hülshoff *(* 1797 Burg Hülshoff bei Münster, † 1848 Burg Meersburg in Meersburg)*

Das, was ich seit meiner Kindheit ersehnt hatte, eine Eins in Deutsch, war eingetreten dank Annette von Droste-Hülshoff in einem Aufsatz über ihr Gedicht *Am Turme*. Ich war in der 10. Klasse auf einem Abendgymnasium in West-Berlin, damals waren die Einsen noch selten.

Am Turme

Ich steh' auf hohem Balkone am Turm,
Umstrichen vom schreienden Stare,
Und laß' gleich einer Mänade den Sturm
Mir wühlen im flatternden Haare;
O wilder Geselle, o toller Fant,
Ich möchte dich kräftig umschlingen,
Und, Sehne an Sehne, zwei Schritte vom Rand
Auf Tod und Leben dann ringen!

Als im Jahre 1797 Annette von Droste-Hülshoff geboren wurde, ahnte noch niemand, dass die Wiege, in der Annette schlummerte, Deutschlands größte Dichterin barg. Schon mit sieben Jahren machte sich das außergewöhnliche Talent bei dem kränkelnden Kind bemerkbar. Doch nicht nur die Dichtkunst, sondern auch eine musikalische Begabung ließen das Kind sehr früh mit der Muse Freundschaft schließen.

In den dunklen Gemäuern der Burg Hülshoff im Münsterländischen wuchs sie heran unter der strengen Aufsicht ihrer aristokratischen Umwelt. Sie jedoch lebte am Rande ihrer Zeit und hielt sich fern von der Welt. Obwohl sie ein Kind ihrer Zeit war, nannte sie Schücking, der treueste und liebste ihrer wenigen Freunde, „keine Aristokratin, sondern eine Monokratin". Er fürwahr war der Einzige, der in ihre Seele schauen durfte und sie erkannt hat.

Ihre nachgelassenen Werke können uns nur einen Einblick in die Größe ihres Lebens und Denkens geben, denn viele einsame und kranke Tage haben sie gehindert daran, dass sie ihre gegebenen Möglichkeiten völlig ausschöpfen konnte.

Das Gedicht *Am Turme* zeigt im besonderen Maße, wie gerne sie anders gewollt hätte, wenn sie nicht durch die Etiketten der Gesellschaft gezwungen worden wäre, ihr Gesicht zu wahren.

Gleich einer, der es verboten wurde zu tanzen, klingen diese Worte

Und laß gleich einer Mänade den Sturm
mir wühlen im flatternden Haare …

Und sie ließ sich im Zuge ihrer Hingabe während des Schreibens des Gedichtes das Eingeständnis entreißen, das wie eine Aufforderung scheint:

O wilder Geselle, o toller Fant,
Ich möchte dich kräftig umschlingen …

Sie brannte danach, tatkräftig zu werden an dem Leben. Aber sie erkannte sehr früh, dass sie nie daran teilhaben kann; vielleicht weil ihre Natur eine andere ist, vielleicht auch aus dem

Bewusstsein heraus, dass nur die Sehnsucht nach dem Leben es vollbrachte, sie zum Schaffen zu zwingen.

Und drunten seh' ich am Strand, so frisch
Wie spielende Doggen, die Wellen
Sich tummeln rings mit Geklaff und Gezisch,
Und glänzende Flocken schnellen.
O, springen möcht' ich hinein alsbald,
Recht in die tobende Meute,
Und jagen durch den korallenen Wald
Das Walroß, die lustige Beute!

Nur ihr Eremitenleben allein, wie sie es selbst so schön nannte, konnte ihr es ermöglichen, so zu sehen, wie sie sah. Ihre Größe bezeugt sie in ihrer Lyrik. Nur verborgen lassen die obigen Verse ahnen, wie die große Seherin alle Bereiche des Irdischen durchforscht hat. In dem kleinsten Käfer, in der geringsten Bewegung der Welle sah sie die Größe des Alls, die diese einsame Frau eins werden ließ mit den Dingen, die sie beschreibt. Wenn sie im Moos lag und die Ameisen belauschte und über ihr die Halme, bewegt durch den sanften Sommerwind, zusammenschlugen, dann waren es Stunden des Glücks. Nicht nur ihres Glücks, sondern auch unsres, denn diese Augenblicke machten Annette vertraut dem Vergangenen, Jetzigen und Zukünftigen. Dieses der Natur Nahesein und den Menschen Fernsein inspirierte sie zu dem, was ihre Hand uns schuf.

Die letzten Geheimnisse entschleierten sich ihr, und sie verließ Erde und Menschen und flüchtete in andere Sphären. Ob sie Gott dann näher war? Wir wissen es nicht. Vielleicht war sie ihm immer gleich nah, denn sie lebte in den Gesetzen ihres Glaubens, aus dem sie auch auszubrechen vermochte. „Für die Großmutter ist und bleibt es" (ihr „Geistliches Jahr") „völlig unbrauchbar, sowie für alle sehr frommen Menschen, denn ich habe ihm die Spuren gepreßten und geteilten Gemütes mitgeben müssen, und kindliches in Einfalt frommes würde es nicht einmal verstehen..."

So kehrte sie auch dem, was einen großen Teil ihres Lebens ausmachte, den Rücken, wenn sie erkannte, dass ihre Welt durch das falsche Sich-Aufzwingen der anderen verstört und gefährdet wurde.

Und drüben seh' ich ein Wimpel wehn
So keck wie eine Standarte,
Seh auf und nieder den Kiel sich drehn
Von meiner luftigen Warte;
O, sitzen möcht' ich im kämpfenden Schiff,
Das Steuerruder ergreifen,
Und zischend über das brandende Riff
Wie eine Seemöwe streifen.

Von den zeitpolitischen Geschehnissen hat sie kaum Notiz genommen.

Sie lebte dahin zwischen Traum und Wirklichkeit und dennoch enthalten viele Erzählungen und Briefe einen Realismus und eine Nüchternheit, die für eine Frau damaliger Zeit und aus ihren gesellschaftlichen Reihen selten war. Über Dinge, die, wenn sie im Grase gelegen oder von ihrem „Schneckenhäuschen" aus die Blicke hätte streifen lassen, von ihr zur Lyrik verarbeitet worden wären, sprach Annette mit ruhiger, überlegter und gelassener Stimme. Auch wenn sie mit Gleichmut die Politik der damaligen Herrscher verfolgte und sich erst nach einigen Unruhen entrüstete über den von Napoleon eingesetzten Jerome, so ergriff sie doch mit dem gesamten westfälischen Adel die Initiative, wenn es darum ging, das dem Adel zum Schutz anvertraute Volk zu behüten.

Wär ich ein Jäger auf freier Flur,
Ein Stück nur von einem Soldaten,
Wär ich ein Mann doch mindestens nur,
So würde der Himmel mir raten;
Nun muß ich sitzen so fein und klar
Gleich einem artigen Kinde,
Und darf nur heimlich lösen mein Haar,
Und lassen es flattern im Winde!

Wie groß ihre Sehnsucht war, wie sehr sich Annette wünschte auszubrechen aus der Konvention, obwohl sie ein Leben lang der Tradition des Adels treu blieb, treu bleiben musste, um nicht ganz unterzugehen in dem Leben, das sie nur streifte, dies alles konzentriert sich in den letzten Strophen des Gedichtes.

Jedoch am Ende ihres Daseins, geschwächt von den Strapazen ihrer Krankheit, hatte sich ihr Geist schon ganz losgelöst von dieser Welt. Dieses Loslösen wurde beschleunigt durch das Forteilen ihres Freundes, des einzigen Menschen, der sie verstand, mit dem sie sich verstand und der sich dessen bewusst sein durfte, dass ihre Liebe zu ihm im tiefsten Grunde ihrer Seele verankert war. Die Zeit, die Annette mit Levin Schücking verbringen durfte, war die fruchtbarste für ihre Gedichte, und als er sie verließ, blieb zurück eine einsame, alt gewordene Frau, die jetzt noch viel stärker als früher den Tod hinter sich sah. Doch dieses Gesicht war ihr schon lange vertraut, sie schmeckte nicht die Bitternis des Todes, denn der romantische Mensch war von jeher dem Tode nahe. Annette war nun bereit zu sterben, das sprechen ihre letzten Zeilen, die aus dieser kummervollen Epoche zurückgeblieben sind; schon oft hatte sie hinübergeschaut in das Dunkel, doch immer war Hoffnung in ihrem Leben, genährt aus der eigenen inneren Kraft; diese Kraft war nun geschwunden, und ich glaube, sie hat sich gerne hinüberschiffen lassen, ja – doch nicht von dem Totenschiffer Charon, sondern von dem ihr gebührenden Engel.

Für sie war das Paradies, wie für uns alle, verschlossen, doch ist Annette eine der wenigen, die es erreicht und den Punkt gefunden haben, wo die beiden Enden der ringförmigen Welt ineinandergreifen, und somit, nachdem die qualvolle Reise um die Welt, um ihre Welt, gelungen und beendet war, von hinten Einlass in das Paradies zu erhalten.

Sie verdankt ihren Ruhm nicht der Zeitnähe, jedoch vermochte die Zeitlosigkeit ihres Werkes, von dem sie selbst an ihre Mutter schrieb,

„mein Werk ist jetzt ein betrübendes, aber vollständiges Ganzes, nur schwankend in sich selbst, wie mein Gemüt in seinen wechselnden Stimmungen",

dass wir die Möglichkeit haben, uns hineinzufinden in ihr Geschaffenes, ohne ihre Zeit zu kennen.[129]

... den Kern der Dichtung und ihren Geist in wenigen markanten Bildern widerzuspiegeln[130]

Käthe Kollwitz – Ein Weberaufstand – Über die Wertschätzung weiblicher Kunst

(1867 in Königsberg/Preußen, † 1945 in Moritzburg/Dresden)*

Im Februar 1893 erlebt Käthe Kollwitz (1867-1945) die Uraufführung des umstrittenen Dramas *Die Weber* von Gerhart Hauptmann in einer privaten Inszenierung für die Mitglieder des Theatervereins „Freie Bühne" im Neuen Theater Berlin (dem heutigen Theater am Schiffbauerdamm). Der Erfolg ist sensationell, die Ergriffenheit der Besucher beispiellos. Das Drama wird von staatlicher Seite als Aufruf zum Klassenhass empfunden. Prozesse um die Aufführungserlaubnis folgen und machen das Stück damals zu einem der bekanntesten und meistdiskutierten naturalistischen Werk Deutschlands.

Noch im selben Jahr beginnt Käthe Kollwitz mit der Arbeit an ihrem Zyklus *Ein Weberaufstand*. Sie bricht ihre begonnene Arbeit zu Émile Zolas Roman *Germinal*[131] ab.

Bei Kollwitz' Zyklus handelt es sich nicht um Illustrationen des Dramas, sie schildert nicht die historische Weberrevolte von 1844, die dem Stück zugrunde liegt. Sie zeigt einen fiktiven Weberaufstand der Gegenwart. Die Künstlerin verzichtet auf historische Stilisierung, sie zeigt die Weber in der Arbeiterkleidung, die in Preußen im Zuge der Industrialisierung Verbreitung gefunden hat, es geht ihr um aktuelle Probleme.

Eine Hungersnot unter den schlesischen Webern 1891/92 hatte im gesamten Kaiserreich die Thematik aktuell gemacht. Vor diesem Hintergrund wird verständlich, warum

Käthe Kollwitz' Weber-Zyklus für die Obrigkeit ebenso subversiv ist wie Hauptmanns Drama und weshalb Kaiser Wilhelm II. Käthe Kollwitz für diesen Zyklus auf der Großen Berliner Kunstausstellung 1898 eine Medaille verweigert. Den künstlerischen Durchbruch, der Käthe Kollwitz mit dem Zyklus auf Anhieb gelingt, kann er aber nicht verhindern.

Ursprünglich hatte Käthe Kollwitz die ganze Folge als Radierungen geplant. Aufgrund technischer Unsicherheiten lithografiert sie schließlich die ersten drei Blätter und führt nur die letzten drei als Radierungen aus. Die beiden einleitenden Blätter schildern die Ursachen des Aufstandes, das dritte hat die Planung der Revolte zum Inhalt und die weiteren thematisieren Ausbruch, Höhepunkt und Zusammenbruch des Aufstandes.

Nach einer Selbsteinschätzung der Künstlerin von 1941 ist der Weber-Zyklus zeitlebens ihr bekanntestes Werk.

Die Bedeutung dieser sechs Grafiken für die moderne Kunst um die Jahrhundertwende und wie dieses Werk die Bedeutung der Künstlerin Käthe Kollwitz, eben auch als weiblicher Künstler, steigert, zeigt der Briefwechsel zwischen Käthe Kollwitz und Max Lehrs (1898-1938)[132], dem Direktor des Dresdner Kupferstichkabinetts, der als erster Museumsmann beginnt, die druckgrafischen Werke von Käthe Kollwitz anzukaufen und zu sammeln.

Dresden,
24. Juni 1898.
Hochgeehrte Frau!
Ihre freundlichen Zeilen vom 13. d. M. habe ich erhalten, ebenso wie die Radierungen und Lithographien zu Hauptmanns „Webern", die

gestern eintrafen. Obgleich ich sonst gewohnt bin, mit jedem kritischen Urtheil über die mir für unser Kabinet eingesandten Arbeiten zurückzuhalten, kann ich nicht umhin Ihnen zu sagen, daß ich Ihre Lösung einer so schwierigen Aufgabe ganz ausgezeichnet finde. Sie haben es verstanden den Kern der Dichtung und ihren Geist in wenigen markanten Bildern wiederzuspiegeln [!], ohne daß man an ein „Illustrieren" im gewöhnlichen Sinne des Wortes, noch gar an das Theater erinnert wird. Es ist ein herber, männlicher Geist in diesen Blättern, der Alles, was wir sonst leider an Schwächen bei „Damenarbeiten" zu finden gewohnt sind, weit hinter sich läßt. Man kann Ihnen zu dieser That nur aufrichtigen Herzens gratulieren.

Da ist es wieder, das Kategorisieren von Arbeiten einer Künstlerin als *männlicher Geist*, wenn die Arbeit als gut empfunden wird und das Abtun von weiblicher Kunst als *„Damenarbeiten"*. Das zieht sich durch die gesamte Kunstgeschichte, wie ich in meinem Artikel *Ich dachte mich männlich* ausführlicher behandle.[133]

Max Lehrs fährt in seinem Brief fort:
Mit dem Preis von 200 Mk. bin ich ganz einverstanden und danke Ihnen für das freundliche Entgegenkommen. Da unser Etat aber momentan ganz erschöpft ist, bitte ich Sie, sich nur noch einige Tage zu gedulden. Ich möchte erst mit Herrn Geheimrath [Woldemar] v. Seidlitz, der augenblicklich in London weilt, sprechen, ob er uns die Summe vorschießen will. Jedenfalls wäre ich Ihnen sehr dankbar, wenn Sie mir ein zweites Exemplar der Folge für die 1899ger Ausstellung zur Verfügung stellen wollten.
Haben Sie vor dieser Arbeit Versuche auf graphischem Gebiet gemacht, so senden Sie mir dieselben bitte zur Ansicht ein (mit Angabe der Preise). Zu ganz besonderem Dank würden Sie mich aber

verpflichten, wenn Sie mir unfertige Probedrucke, wie sie wohl in jeder Künstlerwerkstatt unter den Tisch fallen, für unser Kabinet geschenkweise überlassen wollten.
In größter Hochschätzung
Ihr ergebenster
M. Lehrs.

Käthe Kollwitz antwortet ihm am 5. Juli 1898:
Sehr geehrter Herr.
Fürs Erste sage ich Ihnen meinen Dank für die 200 Mk, welche vorgestern in meine Hände kamen. Über Ihre anerkennenden Worte meiner Arbeit gegenüber habe ich mich außerordentlich gefreut, wenn ich auch, als ich dieselbe ausstellte, hoffte, daß sie nicht unbeachtet bei Kritik und Publikum bleiben würde, so hat mich doch die Anerkennung, die sie in der That gefunden hat, überrascht und selbstverständlich aufs Höchste erfreut.
Ihrer freundlichen Aufforderung Folge leistend, schicke ich Ihnen hiermit erstens 2 Probedrucke, die ich mit Vergnügen dem Kupferstichkabinet überlasse. Es sind das die beiden einzigen, die ich habe, von der dritten Platte, dem Zuge, habe ich keinen, weil die Arbeit mit der ersten Ätzung gelang. Die drei ersten Blätter, welche ich zuguterletzt als Lithographie umarbeitete, mißlangen als Radierung.
Die übrigen Blätter erlaube ich mir ansichtsweise Ihnen beizulegen. Sie sind fast durchweg so sehr mangelhaft und technisch unvollkommen – die kleine Arbeiterscene vielleicht ausgenommen – daß ich nicht glaube, daß Sie etwas davon des Ankaufs für werth halten werden. Es sind dies Versuche, die ich zum großen Theil bedeutend früher machte. Durch häusliche Umstände verhindert, kann ich mich erst in letzter Zeit mehr der Arbeit widmen, hoffe aber jetzt, zugleich mit den Webern Ihnen mindestens noch eine

neue Arbeit zur Lithographie-Ausstellung einsenden zu können, für welche ich Ihren Beifall erhoffe.
Sollten Sie, sehr geehrter Herr, eines [!] der mitgeschickten Sachen doch des Ankaufs werth halten, so lasse ich von dem betreffenden Blatte einen guten Abzug machen, da ich die Platte noch habe. Was den Preis betrifft, so rechnen wir vielleicht für das Blatt 30 Mk.
Hochachtungsvoll
Frau Käthe Kollwitz

In dem Briefwechsel mit Lehrs zeichnet sich sehr schön der steigende Wert der Arbeiten von Käthe Kollwitz ab. Am Anfang werden ihre Werke noch relativ gering eingestuft, sie steigen mit dem Bekanntheitsgrad.

Auch dass berühmte Kollegen sie anerkennen, steigert ihren Wert.[134]

Dresden
22./4. [18]99.
Sehr geehrte Frau!
Bitte um freundliche Vollziehung beigehender Quittung, damit Ihnen der Betrag sofort zugehen kann. Ihr Aquarell ist als erstes Blatt auf der vorgestern eröffneten Ausstellung verkauft worden. Wir haben täglich Jury-Sitzungen. [Max] Klinger, der mit mir die Graphik jurort [!], ist von Ihrem Weberaufstand ganz entzückt. Hoffentlich erringen Sie eine Medaille. In großer Eile, da ich übermorgen verreise
Ihr ergebenster
M. Lehrs
Frau Käthe Kollwitz
Berlin N
Weißenburgerstr. 25.

Käthe Kollwitz hatte durch die kunsttheoretische Schrift *Malerei und Zeichnung* von Max Klinger einen entscheidenden Impuls für ihre Hinwendung zur Grafik und die Beschäftigung auch mit den negativen Seiten des Lebens erhalten. Die Schrift – sie erschien erstmals 1891 – bestärkt Kollwitz, sich mit den grafischen Künsten zu befassen. Demzufolge ist bei ihrer ersten Arbeit zu dem *Weberaufstand* noch ein starker Einfluss von Max Klinger zu sehen, der ganz im Sinne des Jugendstils verfasst ist.

Tatsächlich schaffen es Lehrs und Klinger, dass Kollwitz auf der *Deutschen Kunstausstellung* in Dresden eine silberne Plakette verliehen wird.

Käthe Kollwitz hat von 1898 bis 1903 einen Lehrauftrag an der Zeichen- und Malschule des Vereins Berliner Künstlerinnen, unterrichtet in Radieren und Zeichnen nach lebenden Modellen, was ja noch nichts sagt, denn Aktstudien, die Meisterdisziplin, waren für Frauen verboten, dafür müssen Kollwitz, aber auch Paula Modersehn-Becker u. a. Künstlerinnen nach Paris gehen.

Seit 1901 ist Käthe Kollwitz Mitglied in der Berliner Sezession, die 1898 von Max Liebermann mitbegründet wurde und dessen erster Präsident er war.

Dresden 29. 4. 1901.
Sehr geehrte Frau!
Unsere Ausstellung ist eröffnet und die graf. Abteilung ist so umfangreich, daß ich Ihnen den Besuch nur dringend empfehlen kann. Ihre Beiträge wurden von den ... [1 Wort unleserlich] Künstlern, die als Delegierte oder zur Eröffnung hier waren, sehr bewundert. [Leopold Karl Walter] Graf [von] Kalckreuth hat den „Aufruhr" ge-

kauft und hätte gern auch die „Carmagnole" erworben, wenn er sich nicht in der Auswahl hätte beschränken müssen, weil es doch eben recht viel des Guten und Vordenkenden gab.
Ich möchte Sie heut bitten, mir die „Carmagnole" mit dem Probedruck Hintergrund den „Aufruhr" und das „Selbstbildniß" in guten ausgewählten Drucken [zuzuschicken und] dabei auf die Preise der Blätter mir auch des Fragmentes der „Zertretenen" zu normieren. Die Studie zu Letzteren möchte ich ebenfalls erwerben. Ich kaufe sie auf der Ausstellung, da Sie sie nicht als „unverkäuflich" angemeldet haben, wie das Fragment der Radierung.
[Théophile-Alexandre] Steinlen hat mich leider im Stich gelassen.
Mit besten Grüßen
Ihr ergebenster
M. Lehrs.
Frau Dr. Käthe Kollwitz
Berlin N
Weißenburgerstr. 25.
Postskriptum links seitlich: Graf Herterich bat mich, Sie herzlich zu grüßen und Ihnen seine Hochachtung als Ihr ehemaliger Lehrer auszusprechen ... die Zeichnung gefiel ihm ungemein.

Käthe Kollwitz' Ehemann ist Arzt und hat einen Doktortitel, diesen überträgt Max Lehrs auf Käthe Kollwitz und nennt sie von 1901 an gelegentlich Frau Doctor, was dem Ehrenkodex der Zeit entspricht.

2. Mai 1901
Berlin N. Weißenburger Str. 25
Sehr geehrter Herr Professor!
Haben Sie wieder Dank für Ihren Brief, der so gute Nachrichten brachte. Daß [Leopold Karl Walter Graf von] Kal[c]kreuth den

Aufruhr kauft, ist mir besonders lieb, weil ich ihn als Künstler ungemein verehre. Seine beiden greisen Frauen – ich glaube das Alter nennt er es – haben einen mächtigen Eindruck auf mich gemacht. Vor längeren Jahren hatte er das Bild hierin Berlin ausgestellt und später sah ich es in der Dresdener Gallerie wieder. Das ist das Schönste, was ich von ihm kenne.
Daß Sie, Herr Professor, die Zeichnung des Kinderkopfes auch für das Kabinet zu kaufen gedenken, freut mich außerordentlich. Die Drucke schicke ich heute ab und zwar lege ich von der Carmagnole zwei Abzüge ein, damit Sie sich den, welcher Ihnen besser scheint, wählen.
Die Preise hatten wir nach damaliger Übereinkunft so festgesetzt
Carmagnole 100 M.
Aufruhr 50
Selbstbildniß 20
Fragment zu den
Zertretenen 30
Die Bleistiftzeichnung ist meiner Erinnerung nach im Katalog mit 150 M. angesetzt.
Ich hoffe, bald nach Dresden fahren zu können und Sie dann dort sprechen zu können.
Mit besten Grüßen
Käthe Kollwitz

Noch ein schöner Briefwechsel, wie sich Lehrs und Kollwitz annähern und vertrauter werden:

Dresden 23. 9. 1901.
Sehr verehrte Frau!
Erfreuliches und Peinliches habe ich Ihnen heute mitzuteilen. Beginnen wir mit dem Letzteren:

Ich würde die 3 Zeichnungen gerne für das Kabinet behalten, wenn Sie sie mir für zusammen 200 Mk. lassen wollten. Es entspricht dies ziemlich genau den Preisen, die wir für ähnliche Studien von [Max] Klinger und [Karl] Stauffer[-Bern] bezahlt haben, und ich glaube daher dies Angebot als nicht zu niedrig verantworten zu können.
Der Bremer Sammler [Hermann Henrich Meier] hat leider nur ein Blatt[,] die lachende Frau (50 Mk.) ausgewählt und will Ihnen den Betrag direct senden. Die Zeichnung behielt ich natürlich hier, weil Sie sie ja noch brauchen.
Am Sonnabend hatte ich Gelegenheit Ihre Radierungen und Zeichnungen zwei kunstsinnigen Damen vorzuzeigen, denen sie außerordentlich gefielen. Die eine davon ist die Herzogin von Marlborough [Consuelo Vanderbilt] und diese hat einen meiner Freunde Mr. Charles Loeser beauftragt, da er nächste Woche nach Berlin geht, Sie dort aufzusuchen und ihr bis zum Betrage von 25 £ (500 Mk.) von Ihren Radierungen und Studien auszusuchen. Ich bitte Sie daher ein schönes Exemplar des Weberaufstandes, des Bauernkrieges und was Sie an interessanten Studien noch haben zusammenzulegen und Mr. [Charles] Loeser, der übrigens fließend Deutsch spricht, bei seinem Besuch zu zeigen. Ich schreibe Ihnen noch, wann er kommt und wo er absteigt, damit Sie ihn per Karte benachrichtigen können, zu welcher Zeit er Sie am besten trifft.
Die Freundin der Herzogin, eine in Paris lebende Amerikanerin, Miss [Gladys Marie] Deacon, war so ergriffen von Ihrer Kunst, daß sie mich bat, meinen Zukunfts-Artikel in's Französische übersetzen zu dürfen um Ihnen auch dort Freunde zu gewinnen.
Vielleicht noch mehr wird Sie freuen zu hören, daß Constantin Meunier Ihre Arbeiten bei mir sah und sehr bewunderte. Er erklärte geradezu, daß er Sie für eines der stärksten Talente in Deutschland halte und bittet Sie durch mich, Ihre Sachen unter Bezugnahme

auf ihn zur Ausstellung bei der Libre Esthétique in Brüssel anzumelden und ihn jedenfalls aufzusuchen, wenn Sie der Weg nach Brüssel führt.
Nun möchte ich zum Schluß noch den Preis der farbigen Bauernkrieg-Studie wissen und den der kleinen Skizze mit der ein Kind auf dem Rücken tragenden Frau.
Sehr verbunden wäre ich Ihnen ferner, wenn Sie mir für die Ausstellung einen gewählten Druck des „Bauernkrieges" schicken wollten. Das dortige Exemplar gehört [Leopold Karl Walter Graf von] Kalckreuth und ein mir befreundeter Wiener [?] Sammler: Dr. Julius Hofmann hat es ebenfalls dort gekauft. Das Sekretariat besitzt jedoch keinen Reserve-Druck.
Persönlich möchte ich Sie noch bitten, mir, wenn Sie noch einen Druck der Kneip-[Scene ?] aus den Webern, und zwar der Radierung, nicht der Lithographie, besitzen, diesen käuflich zu überlassen. Ich will ihn nicht für mich, sondern möchte ihn Miss [Gladys Marie] Deacon schenken, die von der Radierung besonders entzückt war. Für recht baldige Antwort und
Sendung der Blätter wäre ich Ihnen sehr verbunden.
Mit besten Grüßen
Ihr ergebenster
M. Lehrs.

25\. *September 1901*
Sehr geehrter Herr Professor!
Haben Sie besten Dank für Ihren Brief. Sie sind wirklich so sehr liebenswürdig zu mir, daß ich Ihnen sehr dankbar bin. Fürs erste also muß ich sagen, daß ich beschämt bin, höhere Preise für meine Machwerke angesetzt zu haben, als [Max] Klinger und [Karl] Stauffer[-Bern]. Es liegt nur daran, daß ich nicht wußte, wie man Handzeichnungen bewerthet.

Selbstverständlich gehe ich auf den von Ihnen genannten Preis ein. Wie sehr ich mich über [Constantin] Meuniers Urteil gefreut habe, können Sie sich denken.
Das ist das Beste, was man sich wünschen kann, wenn Künstler von solcher Bedeutung einen nicht für unwerth halten. Ich hoffe, ich kann von seiner Erlaubnis, ihn in Brüssel aufzusuchen, bald einmal Gebrauch machen. Auch freu ich mich sehr, durch ihn die Ausstellung in Brüssel beschicken zu können. – Für den Besuch des Herrn Dr. [Charles] Löser [eigentl.: Loeser] suche ich die besten Drucke aus. Das ist ja famos, daß die Dame [Consuelo Vanderbilt, Herzogin von Marlborough] soviel von mir mitnehmen will und Ihre Freundin [Gladys Marie Deacon] Ihren Artikel ins Französische zu übersetzen gedenkt! Die Platte aus den Webern – Kneipe – von der Sie sprachen und welche ihr gut gefällt, habe ich noch, ich glaubte, ich hätte sie bereits abgeschliffen. Ich schicke Ihnen sobald es geht, einen möglichst guten Abzug, bitte Sie aber, diesen Abzug mir nicht ersetzen zu wollen. Sie thäten mir einen Gefallen, wenn Sie ihn als einen kleinen Dank für all die Liebenswürdigkeit annehmen wollten.
Das 2.te Exemplar des Bauernkrieges – für Herrn Dr. [Julius] Hofmann – schicke ich in diesen Tagen ab. Sie fragen, wie ich die Bauernkrieg-Studie und die Skizze der das Kind tragenden Frau – ansetze. Letztere wollte ich mit 30 M. ansetzen, die Bauernkriegsstücke möchte ich eigentlich noch nicht aus der Hand geben. In dieser Studie ist manches, was auf der Radierung nicht gut herausgekommen ist und ich wollte denselben Gegenstand noch einmal in farbiger Lithogr. umarbeiten und als Schlußblatt zu einem diesem geplanten Cyklus setzen, welcher die Bauernkriege behandelt. Später aber geb ich diese Studie – falls es sich um das Kabinet handelt – gerne ohne Entgelt ab. Einem Privatmann freilich würde ich sie

nicht gern unter 100 M. verkaufen. [Unterstreichung mit roter Tinte]
Indem ich Ihnen nochmals bestens danke
bestens grüßend Käthe Kollwitz

Auch das Berliner Kupferstichkabinett beginnt ab 1902 mit dem Ankauf von Druckgrafiken von Käthe Kollwitz. Zu Lebzeiten der Künstlerin legen die Kupferstichkabinette in Berlin und Dresden die größten öffentlichen Kollwitz-Sammlungen in Deutschland an. Die New Yorker *Public Library* erwirbt als erste öffentliche Sammlung in den USA ihre Druckgrafiken.

Bereits 1903 veröffentlicht Max Lehrs das erste Verzeichnis mit 50 gelisteten Druckgrafiken von Käthe Kollwitz aus der Sammlung des Dresdener Kupferstichkabinetts in der Zeitschrift *Die graphischen Künste*.

Ab ihrer 2. Parisreise 1904 beginnt sie sich in der Plastik auszubilden.

Käthe Kollwitz besucht für zwei Monate die Klasse für Bildhauerei an der *Académie Julian*, vermutlich bei Raoul Verlet (1857-1923), und erlernt die Grundlagen des plastischen Arbeitens. Mit einem Empfehlungsschreiben Hugo von Tschudis, Direktor der Nationalgalerie Berlin, besucht sie die Ateliers von Auguste Rodin (1840-1917) in Paris und Meudon.

Aufgrund der überzeugenden Bildlösungen, zu denen die Künstlerin gelangt, wird ihr 1906 als erster Frau und Grafikerin noch vor Fertigstellung ihres Zyklus' *Bauernkrieg*, der 1908 in einer hohen Auflage gedruckt wird, der von Max Klinger initiierte *Villa-Romana-Preis* verliehen, der erste deutsche

Kunstpreis überhaupt. Der Villa Romana-Preis wird seit 1905 vergeben und gilt als ältester Kunstpreis Deutschlands.

Ziel der Gründer um Max Klinger war es, eine staatlich unabhängige Stätte für deutsche Künstler in Florenz als eines der bedeutendsten Zentren der abendländischen Kunst zu schaffen. „Von Künstlern für Künstler" war dabei das erklärte Motto. Seit 1905 wurden jährlich drei, nach dem Zweiten Weltkrieg vier Künstler mit dem Villa Romana-Preis ausgezeichnet. Bis heute gilt er als einer der renommiertesten Preise für zeitgenössische Kunst in Deutschland und ist verbunden mit einem Studienaufenthalt von zehn Monaten in Florenz, einem freien Atelier sowie einem monatlichen Stipendium.

Die Briefe mit Lehrs werden persönlicher, seine Frau lässt grüßen, Kollwitz erzählt von ihrem Sohn Peter, der zur Kur in die Schweiz ist. Auch sie erwähnt die Söhne von Lehrs.

Dresden, den 19. Dezember 1913
Verehrte Frau Doctor!
... Auch dass es Ihren Söhnen [Hans und Peter Kollwitz] gut geht, hat mich sehr erfreut zu hören, Sie haben da alle Vorbedingungen für ein frohes Weihnachtsfest, das ich Ihnen von Herzen wünsche. Wir haben augenblicklich eine Tanzausstellung, deren Katalog ich Ihnen schicke, da auch Ihr Name darin vertreten ist.
Mit den besten Grüssen, auch von meiner Frau, bin ich
Ihr sehr ergebener
gez. Lehrs

Das ist vorerst der letzte Brief vor dem 1. Weltkrieg. Warum es in diesem Zeitraum keinen Briefwechsel gibt, ist nicht ersichtlich. Am 28. Juli 1914 ist Kriegsausbruch. Käthe Kollwitz kann nicht verhindern, dass ihr Sohn Peter wie viele junge Männer sich freiwillig in den Krieg meldet.

Bereits am 23. Oktober 1914 fällt Peter bei Esen in Flandern durch einen Geschosseinschuss auf der Landstraße.

Der nächste katalogisierte Brief zwischen Kollwitz und Lehrs ist fast zwei Jahre später.

19. Oktober [19]15
Verehrter Herr Geheimrat
Hier ist der Steindruck, von welchem ich Ihnen schrieb. Bevor die Auflage gemacht wurde, wurden 6 Vor-Abzüge gemacht – es ist dies einer von ihnen.
In der Auflage hatte die Redaktion dann das „Warten" abgeändert in Bangen.
Daß Sie über Ihren Sohn [Philipp Lehrs] ganz beruhigt sein können, ist sehr schön. Wer weiß, ob die Balkanvorgänge nicht den ganzen Kriegslauf schneller zur Abwickelung bringen.
Sehnsucht nach Frieden ist ja wohl auf allen Seiten.
Ich würde mich sehr freuen, wenn ich Sie im Winter hier sehn könnte. Ich selbst denke einstweilen an Fortgehn garnicht. Mein Mann [Karl Kollwitz] ist so kolossal überlastet, hat aber keine Möglichkeit auszuspannen, weil es an vertretenden Ärzten fehlt. Vor Kriegsschluß kann sich darin auch nichts ändern. Dann wollen wir jedenfalls beide fort. Solange aber will ich auch nicht ausspannen weil ich es weniger brauche als er. Ich fühle mich ziemlich frisch und mit der Arbeit geht es langsam voran.
Indem ich Sie und Frau Geheimrat herzlich grüße
Ihre
Käthe Kollwitz

Kollwitz und ihr Mann gehen nach dem Krieg nicht weg. 1919 engagiert sich Dr. Karl Kollwitz als Stadtverordneter der SPD in der Berliner Kommunalpolitik und als Mitglied des Internationalen Sozialistischen Kampfbundes.

Die Preise der künstlerischen Arbeiten von Kollwitz werden der beginnenden Inflation angepasst.

Als Krönung ihrer künstlerischen Arbeit wird Käthe Kollwitz am 24. Januar 1919 der Professorentitel der Preußischen Akademie der Künste verliehen. Sie ist die erste Frau, der eine Mitgliedschaft angeboten wurde. Auf eigenen Wunsch ist ihre Berufung nicht mit einer Lehrtätigkeit verbunden, sie nimmt diese erst 1928 auf.

Hier sind noch zwei interessante Briefe zu diesem Thema, Lehrs titelt sie das erste Mal:

Dresden, den 27. Juli 1920
Liebe Frau Professor!
Ich erfahre eben von Ihrem Plakat für die hungernden Kinder Wiens, das leider nicht zur Ausgabe gelangt sein soll. Sie haben doch gewiss ein Exemplar für uns zurückgelegt und sind vielleicht so freundlich es mir zu schicken? Ebenso würde es mich interessieren, über Ihren Kriegscyklus Näheres zu hören? Man sagt mir, dass Sie sich entschlossen hätten, ihn nicht in Steindrucken zu vollenden sondern in Holz zu schneiden. Könnten Sie mir davon Probedrucke mitschicken, ebenso was etwa sonst noch im Atelier von uns fehlenden „neueren" Blättern vorhanden wäre?
Es tat mir neulich so sehr leid, nicht zu [Max] Klingers Begräbnis kommen zu können. So hätten wir uns nach langer Zeit einmal wieder sehen können, wenn auch aus betrüblichem Anlass. Professor [Robert] Sterl erzählte mir, dass er mit Ihnen in Naumburg zu-

sammen gewesen sei und dass Sie dort die herrlichen Domskulpturen zum ersten Male sahen. Das ist ein Eindruck fürs Leben, dem sich in Deutschland nichts vergleichen lässt, nicht einmal Bamberg. Ich hätte ihn gern noch einmal mit Ihnen geteilt.
Ich werde wahrscheinlich erst im Herbst eine umfangreiche Klinger-Ausstellung veranstalten können und Sie dann bitten herüber zu kommen. Wir haben gegen 125 Zeichnungen und mehr als 500 graphische Blätter mit vielen Probedrucken. Für heute nur dies.
Mit den herzlichsten Grüssen von Haus zu Haus
Ihr
gez. M. Lehrs

Brief von Käthe Kollwitz an Max Lehrs

3. August [19]20
Lieber Herr Geheimrat
Auch mir tut es so sehr leid, Sie bei [Max] Klingers Begräbnis nicht sprechen zu können – ich hatte gehofft Sie dort anzutreffen. Aber zu Ihrer Klinger-Ausstellung im Herbst will ich sicher kommen.
Daß ich jetzt Holz schneide stimmt und auch, daß ich den ganzen Kriegscyklus so umarbeiten will. Ich hoffe nur, daß meine jetzigen hochgestimmten Erwartungen nicht alle in sich zusammensinken. Noch hoffe ich, daß ich im Holzschnitt da fortsetzen werde, wo ich in der Radierung aufgehört habe. Ich glaubte es ja freilich auch vom Steindruck u. einige Steindrucke sind mir auch gut geglückt, aber der Steindruck hatte doch vieles, was immer hemmend blieb. Wenigstens der Umdruck, auf den ich so ziemlich angewiesen war, da Steine einem garnicht mehr ins Haus gebracht wurden.

Daß das Wiener Plakat ganz umsonst gemacht ist, ist schade. Ich schicke Ihnen im Herbst eine ganze Reihe Sachen, denn durch

das viele Umarbeiten von einer Technik in die andere giebt es natürlich viele Probedrucke.
Ich habe rechte Sehnsucht danach im Holzschnitt nun endlich mal zur Ruhe zu kommen und ihn als das Gegebene für mich zu wissen. Noch ist es ja immer frommer Wunsch.
Mein Mann u. ich werden in der 2. Augusthälfte noch etwas verreisen, wohin wissen wir noch immer nicht. Jedenfalls in diesem Jahr nicht nach Bayern.
Seien Sie und Ihre Gattin recht herzlich gegrüßt von meinem Mann und mir
Ihre
Käthe Kollwitz
Ja, die Skulpturen im Naumburger Dom sind herrlich.

1929 erhielt sie ebenfalls als erste Frau den preußischen Orden Pour le Mérite für Wissenschaften und Künste.

Der Briefwechsel endet mit Käthe Kollwitz' Brief:

Berlin den 7. Juni [19]29
Lieber Herr Geheimrat
Mit ihrem freundlichen Brief haben Sie mir große Freude gemacht. Ja – es ist wirklich ein Umschwung zum lachen, damals die von S. M. [Kaiser Wilhelm II.] verweigerte kl. Medaille, jetzt der Pour le mérite! Der alte [Ernst] v. Harnack brachte ihn mir selbst ins Atelier. [Max] Liebermann hat sich ganz dafür eingesetzt, daß er mir zufallen sollte, im Falle, daß ich nicht die nötigen Stimmen bekäme, schlug er [Ernst] Barlach vor, von anderer Seite ist Th[omas]. Th[eodor]. Heine vorgeschlagen.

Ja, über die Bewertung meiner Arbeit, die darin liegt, freue ich mich natürlich sehr. Aber daß ich ihn mal anlege, kann ich mir einstweilen nicht denken.
Heut möchte ich Ihnen noch von einer andern Sache schreiben. „Rudolf Krauss [Kraus]" Ein junger Radierer, lungenkrank, lebt jetzt infolge seines Leidens bei seinen Eltern, die Webersleute sind u. natürlich arm in Rossbach [heute Hranice u Aše] in Böhmen nahe der deutschen Grenze. Dieser Rudolf Krauss [Rudolf Kraus] schickt mir 4 Radierungen zur Begutachtung u. ich muß sagen, ich finde den Mann sehr begabt. Da sind zwei Blätter, ein kleines, eine ihr Kind säugende Frau u. ein anderes „der Kranke". Es ist eine ungewöhnlich zupackende Art in beiden Blättern. Sie sind wesentlich, einfach, sehr ernst.
Könnten Sie nicht Herrn [Kurt Zoege] v. Manteuffel nahe legen, daß er sich etwas von der Graphik dieses jungen Mannes zuschicken läßt u. etwas erwirbt? Daß die jungen Künstler in Not sind, ist ja leider etwas alltägliches. Hier aber liegt es noch besonders bitter, weil ein Lungenleiden dazu kommt. Ich hätte nicht deswegen geschrieben, hätten mir nicht die Sachen einen so starken Eindruck gemacht.
Ich hoffe auf einen stillen Julimonat, wo hier in Berlin wenig los ist, die Akademie u. die Musikhochschule (die verfluchten [?] Nachbarn) Ferien hat u. wo auch die Maurer mit einem dem Neubau eines Ateliers für [Hugo Lederer] unmittelbar vor, unter meinem Atelierfenster fertig sein werden. Jetzt ist hier schauderhaft viel los u. man ist genötigt sein bischen [!] von Kräften in Nebensächlichem zu verpulvern. Aber dann hoff ich auf stille ungestörte Arbeitszeit.

Leben Sie wohl! Ihnen und den Ihrigen herzlichen Dank für Ihren lieben Brief, der mich u. meinen Mann innig freute! Ihre dankbare Käthe Kollwitz.

Der Werdegang von Käthe Kollwitz ist ungewöhnlich. Sie war zutiefst von ihrer Kunst und den Inhalten durchdrungen.

Sie schreibt im November 1922 in ihr Tagebuch: *Ich bin einverstanden damit, dass meine Kunst Zwecke hat. Ich will wirken in dieser Zeit, in der die Menschen so ratlos und hilfsbedürftig sind.*[135]

Helles Schlafen – dunkles Wachen …

Else Lasker-Schüler *(* 1869 in Elberfeld, † 1945 in Jerusalem)*

Else Lasker-Schüler wohnte in den Gründungsjahren des Luna-Parks[136] in Halensee, sie muss die Feuerwerke gesehen und die Musik gehört haben, wenn sie von der Katharinenstraße in Richtung Gedächtniskirche ging oder fuhr. Zu ihrer Zeit war die Straßenbahn schon elektrifiziert, wenigstens der Lärm und Gestank der Dampfstraßenbahn war nicht mehr.

Als ich Anfang der 1960er ein Buch in die Hand nahm in dem Antiquariat am Kudamm, wo ich arbeitete, fiel mir sofort der Titel auf: Helles Schlafen – dunkles Wachen. Ein Antagonismus. Ich dichtete auch seit meinem 12. Lebensjahr und war begierig auf ausgefallene Sprachbilder.

Else Lasker-Schüler – noch nie gehört. In der Grundschule nicht, auf der Berufsschule für Buchhandel, die damals in der Joachim-Friedrich-Straße in Halensee war (um die Ecke, wo Else Lasker-Schüler von 1909-1911 wohnte), nicht, auf dem Abendgymnasium nicht, das ich nach Abschluss meiner Lehre besuchte.

Aber ich konnte mit ihr punkten, dass ich sie kannte, jüdische Schriftstellerin, durch die Bücherverbrennung der Nazis aus unserem kollektiven Gedächtnis gelöscht, jetzt langsam wie die anderen Expressionisten wiederentdeckt.

Ich konnte ihre Freunde streicheln. Denn wir hatten auch ihre expressionistischen Freunde in unserer Galerie: Franz Marc, den sie „Mein lieber blauer Reiter" oder „Ruben" nennt. Wir hatten einige signierte Tierholzschnitte von ihm, die damals noch erschwinglich waren, sodass ich mir auch einen kaufte und lange liebkosen durfte, bis ich ihn, als ich in eine chaotische WG der Studentenbewegung einzog, wieder (aus Sorge um ihn) verkaufte, ohne finanziellen Gewinn.

Oder „Der Sturm", die expressionistische Zeitschrift schlechthin, von Elses Mann Herwarth Walden seit 1910 herausgegeben, der in Wirklichkeit Georg Levin hieß, den sie aber wie fast alle umtaufte und der unter ihrem Fantasienamen berühmt wurde.

Im „Sturm" veröffentlichte Else auch die „Briefe nach Norwegen", wohin ihr Mann gefahren war, seine Schwester, dort verheiratet, zu besuchen. Die Briefe werden im Café des Westens[137], wo Else quasi ihre Schreibstube hatte, nicht nur von ihr geschrieben, sondern auch von den anderen neugierig beäugt und – kaum erschienen – im Sturm erobert.

Da sie immer in Geldnot war, ging sie wahrscheinlich zu Fuß zu ihren Arbeitsplatz ins Café am östlichen Ende des Kudamms. Den Kudamm rauf und den Kudamm runter, der damals 4,5 Kilometer lang war, die heutige Budapester Straße war damals auch noch Kudamm.

Else und Herwarth wohnten in der Katharinenstraße 5, ein Neubaugebiet damals, Gartenhaus, Parterre. Als Walden aus Norwegen zurückgekehrt war, gab er die Gemeinsamkeit auf. Er hatte eine Schwedin mitgebracht und Else nahm es einfach nicht zur Kenntnis und schrieb weiter im Café des Westens, als wär Walden noch bei den Seinen in Norwegen.

Liebe Jungens! schreibt sie. *Ich habe vor, regierender Prinz zu werden. Müßten mir nicht alle Menschen Tribut zahlen?* Sie nennt sich Prinz von Theben. Jussuf.

Walden heiratet seine blonde Schwedin Nell Roslund, die Wohnung in der Katharinenstraße wird aufgelöst. Else Lasker-Schüler, die einen in der Malerei begabten Sohn Paul hatte, niemand weiß bis heute, wer der Vater ist, wird danach nur noch in Provisorien leben.

Ich werde Jahrzehnte später für 15 Jahre ihre Nachbarin in der Katharinenstraße. Ich hatte die Wohnung ausgesucht, um in ihrer Nähe, dem genius loci, zu sein.

Else Lasker-Schüler, am 11.2.1869 in Elberfeld geboren; ihr Vater, der Bankier Aaron Schüler, wird die Hauptfigur für ihr Schauspiel *Die Wupper*, 1909 veröffentlicht, aber erst nach dem 1. Weltkrieg im Deutschen Theater Berlin, 1919, uraufgeführt.

1894 Heirat mit dem Arzt Dr. Jonathan Berthold Lasker, Umzug nach Berlin, 1899 Geburt ihres Sohnes Paul, dessen Tod, 1927, sie in eine große Krise stürzt. 1903 Scheidung, Heirat mit Georg Lewin (Herwath Walden), dem Herausgeber der expressionistischen Zeitschrift „Der Sturm", 1912 Scheidung von Walden.

1902 erscheint ihr erster Gedichtband *Styx*. 1906, nach dem Tod des Schriftstellers Peter Hille, das erste Prosawerk *Das Peter-Hille-Buch*; 1907 die Prosasammlung *Die Nächte der Tino von Bagdad*. Mit dem Gedichtband *Meine Wunder*, 1911, wird sie die führende deutsche Expressionistin.

Ihre kreativste Zeit ist vor dem 1. Weltkrieg. Intensive Freundschaften mit Karl Kraus, Peter Hille, Gottfried Benn, Franz Marc. Zunehmend wird auch das zeichnerische Werk von Else Lasker-Schüler gewürdigt, so 2011 im Hamburger Bahnhof Berlin die im *Sturm* veröffentlichten Zeichnungen.

1933, nach tätlichen Angriffen und angesichts der Bedrohung ihres Lebens, emigrierte sie nach Zürich, 1934 und 1937 machte sie zwei Reisen nach Palästina, ihrem bedichteten *Hebräerland*. 1939 reiste sie zum dritten Mal nach Palästina. Der Kriegsausbruch hinderte sie an einer Rückkehr in die

Schweiz. Zudem hatten ihr die Schweizer Behörden das Rückreisevisum verweigert.

Nach einem Herzanfall starb Else Lasker-Schüler am 22. Januar 1945. Sie wurde auf dem Ölberg in Jerusalem begraben.

Eins ihr liebsten Gedichte:

Weltende
Es ist ein Weinen in der Welt,
Als ob der liebe Gott gestorben wär,
Und der bleierne Schatten, der niederfällt,
Lastet grabesschwer.

Als ich mit Françoise schwimmen ging

Françoise Sagan zur Erinnerung *(* 1935 in Cajarc, Département Lot, † 2004 Honfleur, Département Calvados)*

Ich kam in die Lehre, mit vierzehn, nach acht Volksschuljahren. Ich konnte gut rechnen, deshalb bekam ich eine Lehrstelle beim Steuerberater.

Das war trocken. Zahlen über Zahlen. Das war langweilig. Von meinem Lehrlingsgehalt konnte ich endlich Dinge kaufen, für die es vorher kein Geld gab. Bücher zum Beispiel. Meine Kollegin warb mich für den Bertelsmann Leseclub. Wir hatten keine Buchhandlung im Ort. Auch wenn ich noch nicht die Bücher für über Sechzehnjährige bestellen durfte, was es gab, war schon abenteuerlich genug für mich Landei, das bisher nur *Heidi* und *Rosenresli* gelesen hatte. Während der langweiligen Zahlenschreiberei, z. B. die Bleistiftzahlen in Tinte schreiben, wenn die Bilanz astrein aufgefrischt war und ans Finanzamt ging, stellte ich mir vor, wie er mich küsst. Oftmals konnte man auch die Verfilmungen sehen, aber die meisten waren auch hier erst ab sechzehn oder achtzehn Jahren zugelassen.

Also sponn ich mir eigene Liebesgeschichten. Toll fand ich es, wenn sie es im Kornfeld trieben, was und warum weiß ich nicht, vielleicht weil ich, wenn ich aus dem Fenster schaute, auf so ein sommerreifes Feld sah, in dem man sich verstecken konnte, das aber im Laufe meiner Lehre bebaut wurde.

Der Tag war reglementiert von 7.30 Uhr bis 17 Uhr, es gab die Fünfundvierzig-Stundenwoche an fünf Tagen. Da blieb nicht viel Freizeit. Aber abends und am Wochenende, juchhe. Ich hatte jetzt auch genug Geld, mir endlich ein Fahrrad zu kaufen. Fuhr also sommers schwimmen. Am liebsten zum Tonsee, der lag oberhalb von Walberberg, am Hang hatten Mönche ihr Kloster, man konnte in den Klostergarten einsehen. Sie liefen im Kreis und lasen in einem Buch. Das sah lustig aus, sie sahen überhaupt glücklich aus, und manche waren sehr schön. Schade drum, sagte so manche ältere unverheiratete oder verwitwete Frau, davon gab es nach dem Krieg viele.

Also packte auch ich eins der Bücher in meinen Beutel und litt mit jenen aus Björndal. Heimatromane, Menschen, die um ihre Heimat kämpften, sich nach ihrer Heimat sehnten. Es gab viele Heimatvertriebene, das große Thema der Zeit.

In Köln, wo ich zur Berufsschule ging, besuchte ich endlich eine Buchhandlung. Im Antiquariat roch es wie bei meiner Oma, die alte Zeitungen sammelte, das ganze Jahr über. Wer weiß, wozu ich das gebrauchen kann, das sagte sie zu fast allem, sie hatte den Krieg erlebt, und meine Mutter, wenn wir Oma sonntags besuchten, schmiss vieles wieder weg. Das Staubaufwirbeln entflammte ähnliche Duftfontänen wie bei den alten Bücherkisten, wenn ich nach Büchern suchte.

Der alte Mann in der Buchhandlung fragte nicht nach meinem Alter, er freute sich, wenn ich kramte und guckte und ihn manchmal auch fragte, was das für ein Buch sei. Denn hier gab es andere Bücher als beim Bertelsmann Buchclub.

Ich entdeckte auf einmal *Der alte Mann und das Meer*, ich liebte meinen verstorbenen Opa und stellte mir Hemingway vor wie mein Opa. Mittlerweile hatte ich auch eine Reiseschreibmaschine, ich musste nämlich für meine Lehrlingsprüfung auch eine Schreibmaschinenprüfung machen, also übte ich. Warum nicht gleich wie Hemingway schreiben, wenn ich denn mal wie er in der Welt herumreisen würde. Das waren so meine Träume, und ich begann mit meinen ersten Versuchen, sie spielten in Amerika. In der Buchhandlung bei dem alten Mann hatte ich ein Lexikon gekauft und eine Weltkarte. Damit war ich für Hemingway gewappnet.

Ich würde im Winter siebzehn werden, schoss es mir durch den Kopf, als ich plötzlich im Laden das Schild las: *Bestseller aus Frankreich*, mit der kleinen Zusatznotiz *ab 18 Jahre* und dass Françoise Sagan den Roman *Bonjour Tristesse* mit siebzehn geschrieben habe.

Was für ein Widerspruch, sagte ich zu dem alten Mann. Er gab ihn mir unter der Ladentheke, weil er mich kannte. Man bekam damals öfter Bücher unter der Theke, wenn man sich kannte. Noch war Spätsommer, ich umwickelte den Roman mit dem Handtuch und nahm ihn mit zum Schwimmen, zu Hause durfte ich so was nicht lesen, wenn meine Mutter reinkäme oder mein Bruder mich an den Vater verpetzte, dass ich was unter der Bettdecke läse, aber hier draußen …

Oberhalb der Mönche legte ich mich abseits und las die Obsessionen, so hieß das damals, einer Siebzehnjährigen, die ich hätte sein können, aber nicht wirklich, mir fehlten die Erfahrungen …

Was die kann, kann ich auch, schoss es mir durch den Kopf. Ich schreibe meinen Hemingway um, statt Amerika sollte mich jetzt Frankreich inspirieren. Also schrieb ich. Namen suchen, Orte, ich hatte ja den Atlas. Bloß nicht zu nah an dieser Französin, die schon wusste, wie es langgeht. Ich hatte doch nur die Mönche zum Vorbild und die sah ich nur lesen. Na ja, geküsst hatte ich schon mal und auf der Parkbank hat auch mal einer auf mir gelegen, als er mich beim Küssen umgehaun hat, aber schnell war ich wieder oben, ich war ja

Schwimmerin und Radfahrerin, war gelenkig und knallte ihm eine.

Jeden Abend schrieb ich 2 bis 3 Seiten, erst dann fuhr ich los mit dem Rad oder ging schwimmen. Nach einem Jahr war es fertig.

Am Tag, als der Regen kam, weil mir das Lied von Dalida so gefiel.

Auch sie war Französin. Jetzt müssten sie es bei dem Verlag doch merken, dass da eine deutsche Françoise Sagan schrieb. Also ab in die Post nach Köln zu einem Verlag, es kam ziemlich schnell die Antwort, leider nicht passend für unser Programm.

Ich war von der DAK-Krankenkasse in Kur geschickt worden, in den Harz, endlich Berge. Das Gesundungs-Programm sei vorgesehen für Lehrlinge. Eigentlich hatte ich ja nichts.

Dafür war das Programm der Kureinrichtung hervorragend. Wir fuhren nach Goslar, die Stadt besichtigen, und nach Göttingen ins Theater, ich war noch nie im Theater, da war Heinz Hilpert Intendant. Wir sahen Gerhart Hauptmanns Drama *Vor Sonnenaufgang*. Absoluter Hammer.

Mittlerweile hatte ich auch die DDR-Grenze gesehen und war erschüttert. Ich schreibe einen zweiten Roman, einen politischen, der hier an der Grenze spielt mit dem Titel *Oderint dum metuant*[138]. Ich hatte mittlerweile ein bisschen Latein gelernt aus meinem Lexikon, in dem auch stand, dass Heinz Hilpert ein politischer Regisseur war, also schickte ich ihm mein Manuskript, das er zurücksandte, weil es kein Theaterstück war.

Bei meinem alten Mann in Köln hatte ich mich gebildet. Manchmal guckten mich die Studenten im Zug über ihr Buch und über ihren Brillenrand hinweg an, wenn sie sahen, dass ich Kafkas *Verwandlung* las oder *Michael Kohlhaas* von Kleist. Und ganz interessant mussten sie gefunden haben, dass ich Nietzsches *Zarathustra* las. Ich hielt das Buch extra so, dass die von Gegenüber den Titel sehen konnten. Man nickte mir anerkennend zu. Einmal bückte sich einer beim Aussteigen über mich und sagte: *Donnerwetter, so was im Zug zu lesen, verlangt enorme Konzentration.*

Ich kann abschalten, antwortete ich kess. Mittlerweile hatte ich ausgelernt, arbeitete in der Buchhandlung von dem alten Mann, der gar keine Ahnung von Buchführung hatte. In seiner Mittagspause saß ich an der Kasse, wenn nichts los war, las ich. Eines Tages war ein Taschenbuch in der Bücherlieferung vom Fischer Verlag, *Anne Frank, Das Tagebuch.*

Das war der Gipfel meiner bisherigen Bildungslaufbahn. Ein Novum in meiner Wahrnehmung. – Ich wollte irgendwie wiedergutmachen. Ich war 18, die Mauer wurde gebaut, ich fuhr mit einer Jugendgruppe nach Berlin, und weil ich ausgelernt hatte, wurde ich dringend gebeten, in West-Berlin zu arbeiten, weil hier junge Arbeitskräfte fehlten. Der alte Mann weinte, als ich sagte, *ich geh … ich muss … wegen Anne Frank. Ich muss es gutmachen, ich muss helfen.*

Am 30.12.1961 morgens um sieben Uhr kam ich am Bahnhof Zoo an. In meinem Köfferchen die Schreibmaschine und beide Manuskripte. Ab Herbst 1962 ging ich auf die Abendschule, um das Abitur nachzumachen. Tagsüber arbeitete ich in einer Buchhandlung, wo ich die Buchführung und die Kasse machte … meinen alten Mann begann ich zu vergessen.

Auch meine beiden Manuskripte waren mir jetzt zu profan und lästig, ich stopfte sie in den alten miefenden Ofen, in dem Berliner Wintergrau mit stinkender Braunkohle aus dem DDR-Bergbau würde keiner meine kleine graue Buchstabenwolke sehen ...

Neunzehnhundertvierundsechzig – Aufbruch

Söhne sind gefragter, lautet die Überschrift im Tagesspiegel vom 7.7.2025. Das war bisher fast überall Konsens, auch in den Sechzigerjahren des zwanzigsten Jahrhunderts, in dem ich mich aufmachte, Dichterin zu werden.

Was in der Überschrift allerdings noch steht, *Mädchen werden teilweise gezielt abgetrieben,* war damals nicht möglich, die Fetologie war noch nicht so weit entwickelt.

Also der vermeintliche Rückschritt, der in dem Artikel suggeriert wird, hat in Wirklichkeit nicht stattgefunden, wenn auch durch die zweite deutsche Frauenbewegung der Siebziger-/Achtzigerjahre Mädchen erwünschter waren. Durch die Möglichkeit, das Geschlecht im Mutterbauch zu erkennen, geht es den weiblichen Föten an die Existenz. In breiten Teilen Chinas, Indiens, wo der Abtrieb am härtesten praktiziert wird, fehlen heute Frauen, zum Heiraten, zum Beispiel. Es findet teils bereits „Frauenraub" statt. Wo Frauen fehlen, wird es langfristig zu einem Geburtenrückgang kommen.

Auch in früherer Zeit waren Frauen überflüssig, waren sie da, machte man männliche Wesen daraus. Oder das Bewusstsein einer Frau war männlich wie in meinem Fall.

Stand ich zum Beispiel vor Bildern in Museen, nahm ich nicht nur die Position des Malers ein, es wurden auch fast ausschließlich männliche Maler ausgestellt. Also versuche ich mich in seiner Gedankenwelt einzunisten, ich betrachte das weibliche Akt-Modell mit männlichen Augen. Ich spüre die kraftvolle Männlichkeit von Picassos Minotaurus, ich teile seine Lust, wenn er als Stier Europa entführt und verführt. Ich nehme nicht die Position von Dora Maar ein, wenn der prächtige Stier Picasso über sie herfällt. Ich weiß, der Minotaurus kann auch leiden. Ob Dora Maar in dieser Position gelitten hat, interessiert mich in dem Augenblick des Betrachtens nicht. Damals kannte ich ihren Namen nur als Modell, nicht als kreative Künstlerin. Ich lebte also in dem Zeitgeist, dem auch Picasso ausgesetzt war. Der Kunsthistoriker Werner Spies nennt dieses Phänomen von Picassos Schaffen sehr treffend als *Dilemma, ausweglos in einer Zeit verankert zu sein, jedoch zu einer Aussage gelangen zu wollen, die verschiedene historische Möglichkeiten des Ausdrucks umfaßt.*[139]

Diesen Zeitbezug stellt die Malerin Gisela Breitling so dar: *Wenn ich sage: „Ich bin Malerin", so ist das nicht dasselbe, wie wenn ein Mann sagt: „Ich bin ein Maler." Wollte er dasselbe sagen, so müsste er sagen: „Ich bin ein malender Mann." Wenn ich sage: „Ich bin Malerin", liegt die Bedeutung meiner Aussage nicht in erster Linie darin, dass ich dann meine Tätigkeit beschreibe, sondern darin, dass ich diese Tätigkeit als Frau ausübe. Mit dem Satz „Ich bin Malerin" grenze ich mich ab und werde abgegrenzt gegen Männer, die Maler sind. Die Sprache, die ich spreche, verweist mich in den ausschließenden Zusammenhang mit Frauen, die die Malerei betreiben. Das bewirkt, dass auch meine Kunst in erster Linie in diesem besonderen begrenzten Zusammenhang gesehen wird. Die Sprache führt Frauen in gesonderte Räume, erlaubt ihnen keine allgemeingültige Aussage, die sie zu allen Menschen in Beziehung setzt. Dies ist einem Ich nur möglich, wenn es seine Weiblichkeit unterschlägt und eine Formulierung wählt, die geschlechtsübergreifend zu sein vorgibt, tatsächlich aber nur als männlich gedacht werden kann, wenn also das weibliche Ich in einem „männlichen" untergeht.*[140]

Noch deutlicher wird meine männliche Betrachtungsweise bei Gauguin.

Nie im Leben habe ich daran gedacht, wenn ich seine traurigen Südseeschönheiten betrachtete, dass das irgendwas mit Kolonialismus zu tun haben könnte, dass ich als weiße Frau eine Kolonialistin und Ausbeuterin sein könnte. Ich näherte mich den Frauen mit Männerblick, fand sie anziehend und geheimnisvoll, freute mich an den Farben und den Früchten, die sie ernteten, freute mich an ihren Brüsten. Mitleid mit ihnen hatte ich keins. Ich war der Voyeur, der genoss. Diese Betrachtungsweise hatte nichts mit queer zu tun.

Ein interessanter Aspekt von Gleichberechtigung ist für mich die Klage einer Frau in Berlin, die wegen nacktem Oberkörper an einer Plansche einen Platzverweis durch Ordnungskräfte bekam, und gewann. Das Berliner Landes-Antidiskriminierungsgesetz sieht seit Juni 2020, entsprechend europäischer Vorgaben, vor, dass niemand im Rahmen öffentlich-rechtlichen Handelns aufgrund des Geschlechts, der ethnischen Herkunft, der Religion und Weltanschauung, einer Behinderung und einer Reihe weiterer Merkmale diskriminiert werden darf. Eins der Argumente: Wenn es den Männern erlaubt ist, mit nacktem Oberkörper rumzulaufen, darf es den Frauen nicht verwehrt werden. Die Frau sagte dazu: „Ich will meine Brüste nicht sexualisieren." Das ist eine neue Begründung für die Neutralität und Gleichwertigkeit des männlichen und weiblichen Körpers.

Andererseits wundert es dann doch, dass man keine weiblichen Kinder will.

Auch bei der Geschlechtsumwandlung, die jetzt erlaubt wird, ist die Tendenz die gleiche: Mehr Frauen wollen Männer werden als umgekehrt.[141] In München z. B. wollen der Statistik zufolge achtmal mehr Mädchen ein Junge sein als umgekehrt. Alice Schwarzer, die weiterhin von einem biologischen Geschlecht ausgeht, hat dazu in ihrem Buch *Transsexualität* gesagt, dass diese Tatsache, dass so viele Mädchen Jungen sein wollen, das Unwohlsein in der Geschlechterrolle zeigt und nicht so sehr das Unbehagen am Geschlecht selbst.[142] Das hat heftige Proteste innerhalb des Feminismus ausgelöst.

Letztlich geht es hierbei nach wie vor um das Patriarchat an sich, das ja nicht nur Frauen eine bestimmte Rolle diktiert, sondern auch Männern.

Ich werde nicht als Frau geboren, ich werde zur Frau gemacht, schrieb schon 1949 Simone de Beauvoir (1908-1986) in ihrem Buch *Le Deuxième Sexe.*

Bis zur Geburt meines Bruders, als ich fast zehn Jahre alt war, war ich der Ersatzjunge. Weil mein Vater einen Jungen wollte, machte ich alles, was er liebte. Brachte ihm das warme Essen aufs Dach, als er nach dem Krieg das Schloss als Dachdecker reparierte. Noch heute rieche ich den erhitzten Lötzinn. Und er brauchte mich, ich hielt ihm den Hammer, ich brachte ihm Nägel und Schrauben beim Basteln, half ihm im Garten und die Tiere zu versorgen, was ich alles lieber machte, als der Mutter in der Stube beim Abwasch zu helfen.

Ich habe mich gerne männlich gedacht, ich hatte gelernt, das ist komfortabel. Meine Mutter kommentierte das irgendwann, du warst ein komisches Mädchen.

Was mir fehlte, war der Mangel an attraktiven weiblichen Vorbildern, die Position des Mannes war, wie gesagt, einfach komfortabler, präsenter. Ich machte 1964 ein Gedicht mit dem Titel „Einsamer Wanderer“, es entsprach meinen Gefühlen im Jahr 1964, wo ich das erste Mal den Olymp der Kunst erklommen hatte, aber von den Erinnyen verfolgt, zu Boden gedrückt nach der langen Reise dieses einen Jahres.

Einsamer Wanderer

Einsamer Wanderer, Mensch
Wortlos, schweigend ziehst du
Deines wirren Weges
Graue Felder, schwarze Leiber
Schwirren wie endlose Fäden
Vorbei an deinen Augen

Droben Himmel und Verderben
Keine Gnade und kein Regen
Drunten Erde und das Jammern
Um verlorne Zeit
Nicht ein Fluß zu lösen deine Pein
Keinen Frieden wirst du gründen

Weiter, immer vorwärts führt dein Schritt
Und gleich einem Krebs
Setzt der Weg dich doch zurück
Einsam bist du – in dir Friede
Draußen wie ein sumpfger Wall
Breitet sich um dich die Welt

Und du wanderst viele Straßen
Durch die Leiden dieser Zeit
Mädchen hältst du warm in deinen Armen
Bist doch selber Eis und Bein
Vorwärts plagt dich dein Gewissen
In das Unermeßliche hinein

Zeitenlos bist du nun schon gegangen
Deine Füße werden müd
Moos wächst auf den alten Beinen
Wölfe heulen aus dem Wald
Tief sinkst du im torfigen Gefilde
Wandrer, wo wirst du zu Hause sein

Ich dichte hier aus männlicher Perspektive. Diesen Höhenflug macht eine Frau nicht, war die Meinung der Zeit.

Ich hatte Männer, die mich forderten; einen Geschichtslehrer, der mich in Griechenland die Antike lehrte und intellektuell ganz schön in die Mangel nahm, einen Architekturstudenten, der auch Maler war, mit dem ich 1964 auf der Documenta in Kassel war, der stets schrieb: „Mein geliebter Dichter".

Das ehrte mich, in den Dichterolymp eingereiht zu werden, es gab ja keine Dichterinnen, Droste-Hülshoff ausgenommen, deren Gedicht „Am Turme" mich nachdenklich gemacht und deren Interpretation mir beim Deutschlehrer eine Eins, meine erste Eins in Deutsch, einbrachte.

Wär' ich ein Jäger auf freier Flur,
Ein Stück nur von einem Soldaten,
Wär' ich ein Mann doch mindestens nur,
So würde der Himmel mir raten;
Nun muß ich sitzen so fein und klar,
Gleich einem artigen Kinde,
Und darf nur heimlich lösen mein Haar,
Und lassen es flattern im Winde!

Endlich mal eine Dichterin, die es aussprach, wie unattraktiv es ist, eine Frau zu sein im patriarchalen System.

Wär' ich ein Mann doch mindestens nur …

Zeichnung: Jenny Schon

Und dann gab es noch Else Lasker-Schüler, die hatte ich gerade in dem Antiquariat entdeckt, in dem ich arbeitete, die war aber vollkommen unbekannt und es waren Gedichte, die sie für den „Sturm“, eine expressionistische Zeitschrift der Zwanzigerjahre, schrieb, die wir im Antiquariat verkauften. Heute eine begehrte Rarität, weil sie Originalgrafiken von Franz Marc, Ernst Ludwig Kirchner, Karl Schmidt-Rottluff und anderen Expressionisten enthielt. Damals bekam man die expressionistischen Bilder für ‘nen Appel und ’n Ei“, wie der Berliner sagt.

Else Lasker-Schüler war eine Überraschung für mich, denn sie war die Erste, von der ich bewusst wahrnahm, sie schreibt als Frau. Aber sie war, wie gesagt, zu dem Zeitpunkt noch völlig unbekannt und ich konnte mich deshalb auch nicht mit ihr schmücken.

Daß es Literatur von Frauen gab, wusste ich, schreibt Gisela Breitling, eine Malerin, der es ähnlich erging. *Wie weit war sie zurück verfolgbar, nur wenige Jahrzehnte oder über Jahrhunderte hinweg? Die Suche war ermüdend, wenig fand ich und das wenige befriedigte mich kaum. Einige Gedichte begann ich zu lieben, Droste-Hülshoff, Else Lasker-Schüler, Ingeborg Bachmann. Einsame Gedichte waren das, in mehrerlei Hinsicht. Sie waren so wenige unter den vielen von Männern, ältere als die von der Droste fand ich damals nicht – noch gab es keinen Frauen-Buchmarkt, Anfang der 60er-Jahre.*[143]

Auch wenn es sich als männliches Wesen besser lebte, den Ansprüchen meiner Liebhaber konnte/wollte ich nicht länger gerecht werden. Ich fühlte mich als einsamer Wanderer, der sich durchs Leben schleppt und vor lauter Problemen zusammenbricht. Ich lebte in einem Patriarchat, das ganze Bildungssystem war fast ausschließlich männlich, die Maler, die Dichter, die Denker, die Physiker ... selbst die Köche im Fernsehen waren Männer, Politikerinnen gab es wenige und Nachrichtensprecherinnen waren verboten. Die Frauenstimme eignet sich nicht für nüchterne Weltnachrichten, sie ist zu gefühlvoll. Der Internationale Frühschoppen war ein Männerverein. Das ist die Welt, in der ich und Gisela Breitling groß geworden sind. Nicht mehr lange und wir werden mitten in der zweiten Frauenbewegung landen.[144]

Frauen benutzten in der Literatur oft einen Decknamen, was nicht gleichbedeutend ist mit einem Pseudonym, wo das Geschlecht selten gewechselt wird. Aurore Dupin alias George Sand und George Eliot alias Marian Evans hatten es vorgezogen, dass ihr Publikum einen Mann am Werk wähnte. Man glaube indessen nicht, dass Pseudonyme nur ersonnen wurden, um etwa einem Roman durch den Anschein männlicher Urheberschaft besseren Absatz zu sichern. Einer der Gründe für die vielen verschleierten Frauen, die seit Beginn der Moderne durch die Gärten der Literatur wandern, war – die Moral! Es schickte sich einfach nicht für eine Frau, als Schriftstellerin in der Öffentlichkeit zu erscheinen. Was heute jedem Menschen, egal ob Mann oder Frau, zur Ehre gereicht: Ein Buch geschrieben zu haben, das war seinerzeit für Frauen fast so etwas wie eine Schande, so in etwa Barbara Sichtermann.[145]

Eine der berühmtesten war George Sand, Pseudonym und Künstlername von Amantine Aurore Lucile Dupin de Francueil (* 1. Juli 1804 in Paris; † 8. Juni 1876 in Nohant, Département Indre). Ihr wurde nachgesagt: *Sie schreiben wie ein Mann, Madame.* Unter diesem Titel hat Norgard Kohlhagen Ähnliches vollbracht wie Gisela Breitling für die Malerei, ein

Buch über die verschwiegene schreibende Frau zu veröffentlichen.[146]

Als eine der Ersten der Kunsthistorikerinnen hat Lina Nochlin in den 1970er-Jahren die Frage gestellt, warum es keine bedeutenden Künstlerinnen gibt. Ihr 1971 erschienener Essay „Why have there been no great women artists" gilt heute als Gründungsliteratur der feministischen Kunstwissenschaft.

Die Arbeiten von Künstlerinnen spielten bis Ende des 20. Jahrhunderts häufig nur eine Nebenrolle. Jedoch gab es auch schon früher Frauen, die sich mit ihrem künstlerischen Können und ihrer kreativen Ausdrucksweise im Patriarchat durchsetzen konnten. In einem Interview mit der Frankfurter Allgemeinen Zeitung spricht Nochlin darüber, dass Frauen immer schon künstlerisch aktiv waren und diese Gabe auch in Malereien und Zeichnungen auslebten; allerdings bildeten die wenigen Frauen, denen der Zugang zur Kunst ermöglicht wurde, die Ausnahme der Regel, so waren bis 1919 keine Frauen an deutschen Akademien zugelassen. Unsere größten deutschen Malerinnen der klassischen Moderne, Käthe Kollwitz und Paula Modersohn-Becker, mussten nach Paris gehen, um an Aktstudien teilnehmen zu können. Überhaupt war das Oeuvre der Künstlerinnen eingeschränkt, Stillleben und Portraits, vornehmlich von Kindern, ließ man ihnen als Motive.

Eine dieser frühen Frauen wurde im Sommer 2022 im Städel in Frankfurt/Main ausgestellt: Die Malerin Ottilie W. Roederstein (* 22. April 1859 in Enge, damals Kanton Zürich; † 26. November 1937 in Hofheim am Taunus); auch sie malt überwiegend Portraits. Während bei Modersohn-Becker und Kollwitz der frühe Erfolg ausblieb, hatte Roederstein erstaunlich früh Erfolg. Ein französischer Kritiker bescheinigte ihr *das männlichste Talent in diesem Pinsel einer Frau*, das war als höchstes denkbares Kompliment für eine Malerin gemeint.

In den 1920er-Jahren hatte in der Kunst ein Umdenken stattgefunden. Kunstströmungen wie der Surrealismus und die Neue Sachlichkeit trugen zu einer Veränderung des Frauenbildes in der Kunst bei. Während sich die Surrealistinnen in ihrer Kunst mit der problematischen Übernahme der Freud'schen Psychoanalyse, die Frauen oft als monströs darstellte, auseinandersetzten, präsentierte sich die Frau der Neuen Sachlichkeit selbstbewusst mit kessem Bubikopf, eng anliegendem Hut, Hosen und Zylinder. Die Vielfalt von Kunst und Kultur sowie die damit gewonnene Offenheit nahm mit der Machtergreifung der Nationalsozialisten ein abruptes Ende, die meisten Kulturschaffenden bekamen Berufsverbot bzw. Veröffentlichungsverbot.[147]

Dieses Verdikt wirkt bis heute. Während männliche Künstler schon eher „reanimiert" sind, stelle ich bei meinen Führungen im Berliner Südwesten fest, dass die eher wenigen Künstlerinnen noch unbekannt sind, wie etwa eine der wenigen Bildhauerinnen, Renée Sintenis, die mit starken Einschränkungen den Nationalsozialismus überlebte, obwohl sie vor Jahren eine große Ausstellung im Kolbe-Museum hatte. Dabei ist sie die Schöpferin des Berliner Bären z. B. der Filmfestspiele. Sie ist sehr androgyn.

Oder Jeanne Mammen, in den 1920er-Jahren als Karikaturistin bekannt und mit Ringelnatz befreundet, in der Nazizeit in der inneren Emigration. 1948 zeichnete sie Marlene Dietrich, in deren Nähe sie in Friedenau begraben ist, sie hatte noch bis in die 1970er ein Atelier am Kurfürstendamm, das auch noch heute besichtigt werden kann: Auch sie fast unbekannt, obwohl in der Berlinischen Galerie 2017/18 eine große Ausstellung ihres Werks war.

Doch noch einmal zurück zu Gisela Breitling und ihren Studien der 1960er-, 1970er-Jahre. Damals hatten wir ja noch nicht die Kenntnis von heute, wo viele Museen in ihre Depots schauen und erstaunliche Werke von Künstlerinnen vergangener Epochen zeigen, wie: *Kampf um Sichtbarkeit –Künstlerinnen der Nationalgalerie vor 1919*, die dort vom 11.10.2019 bis 08.03.2020 ausgestellt waren. Allerdings sind nach wie vor Frauen in der Sammlung der Nationalgalerie bisher mit nur 9 % vertreten.

Doch einmal losgetreten, suchen auch andere Museen nach weiblichen Spuren. So das Kupferstichkabinett am Matthäikirchplatz, von März bis Juni 2022 zeigt es *Muse oder Macherin? Frauen in der italienischen Kunstwelt 1400-1800*. Jetzt auf einmal weiß man: *In Renaissance und Barock stellten sie mit ihrer Kunst ihre Väter, Brüder und Männer in den Schatten, schufen und sammelten Werke, die in ganz Europa begehrt waren, wussten, sich zu vermarkten und Netzwerke aufzubauen.*[148]

Als Breitling 1980 ihr Buch „Die Spuren des Schiffs in den Wellen" veröffentlichte, war davon noch wenig bekannt, obwohl offensichtlich die Museen Künstlerinnen in ihren Beständen hatten.

Breitling stellt in ihrem Buch Sätze der Schriftstellerin Anna Maria von Schuurmann, die im 17. Jh. lebte, voran:

Denn es ist so weit gekommen, dass uns weder die Hoffnung gelassen wurde, uns an Ehre und Würde zu freuen, noch die auf Anerkennung unserer Verdienste, die doch die Seele zu höherem Fliegen verlockt.

Vergebens ist unser Stolz auf den Adelstitel, den wir unserer Abstammung verdanken, wenn wir selbst für immer im Dunkel schmachten müssen.
Daher wird es geschehen, dass in späteren Zeiten der Leser der Geschichte während einer langen Epoche nicht mehr Erinnerung an unsere Namen findet, als ein Schiff Spuren hinterlässt auf unserem Weg durch die Wellen.

Diese unsichtbaren Spuren der Frauen der Kunst macht Breitling in dem Buch sichtbar. Wenn ich aber ehrlich bin, anders als in der Literatur vermisste ich in der Malerei die Künstlerinnen nicht. Ich kannte Käthe Kollwitz und Paula Modersohn-Becker, schätzte sie auch, aber beide malten Mütter mit kleinen Kindern, das war nicht mein Thema. Gegen dieses Frauenbild hatte ich mich schon in den frühen 1960er-Jahren entschieden. Ich hatte schon (1963) illegal abgetrieben und gegen den § 218 gekämpft, und die Medien waren voll mit Berichten über die Überbevölkerung, was neben der Parole „Mein Bauch gehört mir" eine unserer Begründungen für die Abtreibung war.

Breitling findet in allen Jahrhunderten Malerinnen auch mit anderen Themen, u. a. eine Abbildung aus der Handschrift von Hildegard von Bingen, damals noch nicht so bekannt wie heute, Artemisia Gentileschi aus Italien mit dem beeindruckenden Gemälde der Judith, die den Holofernes enthauptet, das gar in den Uffizien in Florenz ausgestellt ist.

Breitling wird besonders in den Malerhochkulturen Italien und Niederlande fündig, aber auch in Frankreich im 18. Jh. wie das großartige Selbstportrait der Adélaide Labille-Guiard oder Marie Guilhelmine Benoist, die eine Schwarze mit freier Brust malt, oder Constance Marie Charpentier, die

die entzückende Mademoiselle Charlotte malt, die vor einem Zeichenblock sitzt. Aber auch das Zeitalter des Impressionismus hat Malerinnen hervorgebracht wie Suzanne Valadon (1865-1938), von der Edgar Degas (1834-1917) bekannte: „Ja, sie ist eine von uns!“ Sie ist die Mutter des Malers Maurice Utrillo.

Und das von einem Maler, der, obwohl viele Frauen und Akte in seinem Oeuvre sind, kein wirklicher Frauenfreund war. *Degas behandelte seine Modelle nicht gerade mit Samthandschuhen. Sie mussten stundenlang in den unbequemsten und unnatürlichsten Haltungen ausharren und sich anschreien lassen, wenn sie sich bewegten. „Ich habe die Frau vielleicht zu sehr als Tier betrachtet“, erklärte Degas die Sichtweise auf sein Motiv. Dabei ist der Satz nicht wörtlich zu nehmen. Degas wollte damit zum Ausdruck bringen, dass er die Frau nicht als Frau betrachte, sondern als Objekt so wie eine Vase, klärt der Kurator auf.*[149]

Aus dem deutschsprachigen Raum nennt Breitling nur Angelica Kauffmann. Die großartige Berliner Malerin Anna Dorothea Therbusch (1721-1782), die sich selbstbewusst mit einem Einglas (Monokel) malt und auch von Friedrich II. als Porträtistin bestellt wurde, scheint Breitling nicht zu kennen. In der Neuzeit fehlen bei ihr Mammen und Sintenis, aber Gabriele Münter, Marianne von Werefkin, Clara Westhoff, Käthe Kollwitz, Paula Modersohn-Becker und einige andere mehr werden aus der Vergessenheit geholt.

Breitling schreibt in ihrem Buch:
Was der Frau bei der Betrachtung der Kunst zugemutet wird, ist doppelbödig: Sie ist ausgeschlossen von der Möglichkeit und dem Genuß, ihr Bild im Medium Kunst zu betrachten, sich in ihm zu reflektieren, sich dort zu begegnen, wodurch erst sie sich wahrneh-

men, sich zurückgewinnen könnte. Sie bleibt sich selbst unkenntlich. Ihre Identitätslosigkeit verschärft sich durch den Zwang, die Rede der Männer, die über sie geführt wird, in sich fortzusetzen und in einer stummen Antwort ihr zu entsprechen, d. h. sich selber zu dem geforderten und erforderlichen Objekt zu machen, das allein ihre Existenz legitimiert, also gemäß dem Muster und Bild zu erscheinen, das die Phantasie der Männer über sie verhängt hat. Die Frau als Wandelbare, Veränderliche, die „donna mobile" folgt mit dieser Wandlung der Verpflichtung, die die Bilder ihr auferlegen. Sie ist nicht eine sich selbst Verwandelnde, sondern eine, die anverwandelt wird.

Das zeigt Breitling in ihrem späteren, 1990 erschienenen Buch über den verborgenen Eros.[150]

Hier geht es auch sehr stark um das Motiv, das Frauen zu malen zugestanden wird. *Nicht weil die Frau und ihre Erotik so besonders bedrohlich wären, – diese Vorstellung gehört zu den Mythen des 20. Jahrhunderts, die in der Realität keine Entsprechung haben –, sondern weil weibliche Autonomie (auch in der Erotik) männlicher Machtverlust bedeutet. Autonome weibliche Erotik bedroht jedoch nicht die Männer, sondern das Patriarchat, wo ja Liebe zwischen den Ceschlechtern auf Feindberührung bzw. Kollaboration hinausläuft ... Auf der Macht über die Frau gründet sich die männliche Identität im Patriarchat. „Macht bedeutet jede Chance, innerhalb einer sozialen Beziehung den eigenen Willen auch gegen Widerstreben durchzusetzen, gleichviel, worauf diese Chance beruht." (Max Weber). Mehr noch: „Macht ist die Fähigkeit, sich nicht anpassen zu müssen." (Ernst Otto Czempiel).*[151]

Trotzdem frage ich mich, was ist passiert, dass sich offensichtlich (altmodisch formuliert) matriarchale Strukturen in der frühen Kunst der Menschheit so ändern konnten. Sehr früh begann der Mensch sich und das Wichtigste, das er begehrte oder besaß, Vieh, darzustellen. Die Darstellungen waren frauenfreundlich, das heißt, die Fruchtbarkeit der Frau verehrend, wie auch die Fruchtbarkeit der Tiere verehrend dargestellt wurde. Die Jahrtausende alten Höhlenmalereien bezeugen das. Interessant ist dabei, dass die Forscher davon ausgingen, es handle sich um Maler, also Männer, die mit ihren Händen in die Farben griffen und sie auf die Felswand brachten und zu Figuren formten. Nie war von einer Malerin die Rede, man sagt, weil so viele Jagdszenen dargestellt seien, bis man irgendwann eine Frauenhand fand, die ebenfalls Farbe auftrug und sich verewigte.

75 Prozent der Handabdrücke auf den ersten Kunstwerken der Menschheit stammen von Frauen, fand ein US-Anthropologe heraus.[152] Nur zehn Prozent der steinzeitlichen Handabdrücke auf den Höhlenwänden stammten von erwachsenen Männern. 15 Prozent waren von Jugendlichen hinterlassen worden. Die Chauvet-Höhle in Südfrankreich ist einer der bekanntesten und ältesten Orte mit steinzeitlicher Höhlenmalerei. Die erst 1994 entdeckte Höhle enthält mehr als 470 Tier- und Symboldarstellungen, die die Wände von vier großen Grotten bedecken. Die mit Holzkohle und Ocker gemalten Bilder stammen aus der Zeit vor 32.000 bis 35.000 Jahren. Neben Abbildungen von Mammuts, Wildpferden und anderen Wildtieren finden sich in dieser Höhle auch auffallend viele Handabdrücke und Handnegative. Auch in andern Höhlen Südfrankreichs und Nordspaniens finden sich solche Handabdrücke.

Auch hier gibt es neue Veröffentlichungen z. B. von Marylène Patou-Mathis.[153] *Wie Frauen die Geschichte prägten – und warum wir nichts davon wissen*, schreibt der Verlag. *Ein feministischer Blick auf die Urgeschichte. Über weite Strecken der Ge-*

schichte sind Frauen unsichtbar – erst recht in der Ur- und Frühgeschichte. Es sind Männer, die jagten, die Werkzeuge und Waffen erfanden, die Höhlenmalereien hinterließen und als Erfinder zivilisatorischer Errungenschaften gelten. Frauen, so das gängige Bild, hielten sich im Heim auf und damit: im Hintergrund. Marylène Patou-Mathis rückt dieses Bild gerade und zeigt: Es gibt keine Fakten, die diese Annahmen stützen. Neue archäologische Funde haben ergeben, dass prähistorische Frauen mitnichten das unterworfene Geschlecht waren, zu dem männliche Wissenschaftler der Neuzeit sie gemacht haben. Eine überfällige Analyse der weiblichen Unsichtbarkeit, die den Frauen zu ihrem rechtmäßigen Platz in der Geschichte verhilft.

Warum ist man nicht von Anfang an davon ausgegangen, beide Geschlechter waren bei der Geburt der Kunst beteiligt? Die Jagdszenen waren sicherlich nicht der einzige Grund der männlichen Dominanz.

Natürlich entstand das in einem langen Prozess der Transformation. Erklärt ist er noch lange nicht.

Um zu Breitling zurückzukommen: Sie erörtert den Fakt, dass bestimmte Mechanismen nicht in eine Frauenrolle passen, am Beispiel der Erzählung „Das dreißigste Jahr“ von Ingeborg Bachmann, eine der größten deutschsprachigen Dichterinnen des 20. Jahrhunderts. *„Die Dichterin Ingeborg Bachmann hatte in der Wiener Nationalbibliothek alle Dinge zu Ende gedacht. – Sie, eine Frau, lag über den Büchern wie eine Ertrinkende. Sie war es, die dachte – Doch die Erfahrung, die eine Frau mit dem Denken macht, muß in eine männliche Figur verkleidet werden, weil sie durch eine weibliche nicht mitgeteilt werden kann, da sie dann keine allgemeine bleibt, sondern zur weiblichen*

Erfahrung wird, weil eine weibliche Figur nicht an die Grenzen des Denkens schlechthin stößt, sondern an die weiblichen Grenzen oder die Grenzen des weiblichen Denkens.[154]

Das ist offensichtlich genau die Erfahrung, die ich in den frühen Sechzigerjahren als junger Mensch mit meinem „Einsamen Wanderer" gemacht habe, der durfte, um authentisch zu sein, auf keinen Fall weiblich sein, auch wenn es meine Erfahrungen waren, die ich da verarbeitet habe.

Auch heute noch sind die meisten Titel auf der Spiegel-Bestsellerliste von Männern geschrieben oder handeln aus dem männlichen Umfeld, die auch von Frauen gelesen werden. Männer greifen kaum zu Büchern von Autorinnen und ihren Welten. Bei einer Umfrage, die ich gefunden habe, wird als Autorin, die auch Männer lesen, die von Harry Potter genannt, den Namen der Autorin erwähnen sie nicht.[155]

Es wurde immer wieder angezweifelt, dass Frauen Literatur machen können. Z. B. in der Sammlung Göschen wurde im Jahre 1912 von Prof. Karl Borinski ein Band ‚Deutsche Poetik' herausgegeben. In diesem Band schrieb der Münchener Professor über die Dichtkunst, ihren Stil, Metrik und Gattung u. v. a. m. Ein Segment im Kapitel ‚Die Dichtung als Anlage' widmete er in Absatz 9 dem Thema ‚Grenzen der weiblichen Dichtung':

... Den klassischen männlichen Liebesdichtungen – Tristan und Isolde, Romeo und Julia, Werther – ist nichts auch nur entfernt gleich Wirksames von Frauen an die Seite gesetzt worden. (...) Die Frau wird dabei mehr zum natürlichen Gegenstand der Poesie als zu ihrem Sprecher, zum Dichter. Ihr scheint vor allem jenes Maß der Erhebung über sich selbst (Selbstobjektivierung) versagt, durch welches dem Manne die Aussprache seines Inneren, gleichsam von

sich selber losgelöst, zur allgemeinen Angelegenheit zu machen wohl ansteht ...[156]

Es hat sie aber gegeben, die Autorinnen, weltweit, das zeigen immer wieder neue Forschungen und Veröffentlichungen. So ist soeben im Manesse Verlag der fast tausend Seiten starke Band erschienen „Prosaische Passionen", in dem der Verlag schreibt: *Die erste globale Prosasammlung von Autorinnen um und nach 1900 zeigt: Die literarische Moderne war ganz wesentlich weiblich. Nicht nur in Europa und den USA, überall auf der Welt veränderte sich das künstlerische Selbstverständnis der Frauen von Grund auf. Sie eroberten sich kreative Freiräume, machten weibliches Denken und Fühlen literaturfähig, vor allem jedoch schufen sie – aus dem Stand, beinahe traditionslos – große Erzählkunst.*[157]

Tradionslos stimmt nicht, denn z. B. in der frühen japanischen Literatur, die vor mehr als tausend Jahren begann, waren es vor allem Frauen, die schrieben: *Die japanische Literatur besitzt eine Vielzahl eigener Formen und spezifischen Themata, die mit der Ideen- und Kulturgeschichte einhergehen. So gab und gibt es beispielsweise eine ausgeprägte, wenngleich nicht immer kontinuierliche Tradition einflussreicher schreibender Frauen.*[158]

Oder noch weiter zurück: Der erste schriftstellernde Mensch, den wir mit Namen kennen, war eine Frau Sie starb vor mehr als 4000 Jahren.

Das Einfachste wäre, einen der Texte von En-hedu-anna hier einfach abzudrucken. Jede Leserin, jeder Leser könnte sich eine eigene Meinung bilden. Aber wer ist En-hedu-anna? Sie lebte vor weit mehr als viertausend Jahren, eine sumerische Prinzessin, Tochter des Dynastiegründers Sargon von Akkad und unter anderem Priesterin der Göttin Inanna und Hohepriesterin des Mondgot-

tes Nanna in Ur und damit auch dessen hochoffizielle Gemahlin. Vor allem aber war sie der erste namentlich bekannte Autor.[159] Und weiter: *Das erste Ich, das zu uns spricht, ist das einer Frau. Die männlichen Ichs ihrer Zeit erzählen von ihren Eroberungen, von ihren Siegen in festen Formeln in lange überlieferten Redensarten. Mit anderen Worten: Sie sprechen nicht als ich.*

Aber auch das europäische Mittelalter verfügt über eine Reihe schreibender Frauen, neben Hildegard von Bingen Marguerite Porete, Christine de Pizan, Margery Kempe, um nur einige zu nennen.

Seit die neueren Forschungen den „weiblichen Blick“ haben, ist sicherlich noch einiges Überraschendes zu erwarten.

Gisela Breitling dürfte höchst erfreut haben, auf der documenta 12, 2007, den Frauenanteil der Ausstellenden auf 50 % zu stemmen. Aber nach wie vor ist der Anteil der ausgestellten Frauen auf allen Ausstellungen nur ein Drittel oder weniger. Das bestätigt auch die Ausstellung *Kunst und Leben, 1918 bis 1955*, die bis zum 16. April 2023 im Lenbachhaus München gezeigt wird. In einem Artikel in der FAZ schreibt Brita Sachs[160]: *Von 39 gezeigten Künstlern sind immerhin 13 weiblich. Dazu zählt Käte Hoch, Schöpferin so exzellenter neusachlicher Gemälde wie das Selbstbildnis mit Ballonmütze und kritisch fragendem Blick, das den Titel des ausgezeichneten, breite Hintergrundinformationen liefernden Katalogs schmückt. Die links orientierte Käte Hoch starb wenige Wochen, nachdem die SA 1933 Wohnung und Atelier der Künstlerin stürmte und viele Werke zerstörte.*

Gisela Breitling stirbt 2018, sie hinterlässt 700 Werke und das Verborgene Museum, das sie 1986 in Berlin mitbegründete, das seither gerade diese in Vergessenheit geratenen europäischen Künstlerinnen vorgestellt hat, die um die Wende vom 19. zum 20. Jahrhundert geboren und als erste zu öffentlichen Ausbildungsstätten zugelassen wurden sowie an Akademien und Kunstschulen wirkten. Weltweit war es das einzige Museum, das sich ausschließlich Werken vergessener Künstlerinnen des letzten Jahrhunderts widmet.

Bereits 1987 macht sie zusammen mit der Neuen Gesellschaft für Bildende Kunst im Rahmen der 750-Jahrfeier in der Akademie des Künste im Hansaviertel eine Ausstel ung „Das verborgene Museum", zu dem es einen umfangreichen Katalog gibt mit der ersten „Dokumentation der Kunst von Frauen in Berliner öffentlichen Sammlungen".[161]

Zum 1. Januar 2022 wurde es geschlossen, und die Bestände werden nun in der Berlinischen Galerie betreut und gezeigt. Es ist zu beobachten, ob dies auch geschieht. Auf meine Nachfrage Anfang Januar 2023 wird mir mitgeteilt: *Aktuell wird das Archiv des VMBs so aufgearbeitet und strukturiert, dass das Schriftgedächtnis dieser Impuls gebenden Institution für die Forschung bereitstehen wird.*

Breitling war maßgeblich daran beteiligt, dass Lotte Laserstein (28. November 1898 geboren in Preußisch Holland im ostpreußischen Oberland; gestorben am 21. Januar 1993 in Kalmar, Schweden) wieder entdeckt wird. Laserstein, eine bedeutende Malerin in den Zwanzigerjahren und nach dem Krieg in Schweden, hat mittlerweile eine Berliner Gedenktafel in der Jenaer Straße 3, eine der wenigen von doch mittlerweile zahllosen Gedenktafeln im Berliner Raum, die einer Frau gedenkt. Wohin ich auch Führungen mache.

2018/2019 fand im Städel-Museum, Frankfurt/Main, die Ausstellung statt: *Lotte Laserstein – Von Angesicht zu Angesicht.*

Die Ausstellung war im Frühling/Sommer 2019 unter demselben Titel und mit Porträts, Landschaftsbildern, Spätwerken und Bildern aus ihrem künstlerischen Umfeld der 1920/30er-Jahre erweitert auch in der Berlinischen Galerie, Berlin, sowie zum Jahreswechsel 2019/2020 in der Kunsthalle Kiel gezeigt worden. Vom 07.11.2003 bis 01.02.2004 hatte „Das verborgene Museum" in den Räumen des Ephraim Palais, Berlin, als erste Ausstellung in Deutschland nach dem Krieg die Ausstellung *„Lotte Laserstein – Meine einzige Wirklichkeit"* gezeigt.

Zusammenfassend ist festzustellen, dass sich seit Breitlings Ausführungen in dem Buch *„Die Spuren des Schiffs in den Wellen"* von 1980 doch einiges getan hat. Die Frauen sind nicht mehr unsichtbar. Aber ihre Kunst ist immer noch zehnmal weniger wert als die der Männer. Georg Baselitz hatte 2015 dem *Guardian* das so erklärt: ... dass *Frauen nicht sehr gut malen. Es ist eine Tatsache. Der Markt lügt nicht.*[162]

Und das, obwohl seit einiger Zeit 70 % der Studierenden an Kunsthochschulen Frauen sind, die immerhin aufgrund ihrer Qualifikation ausgewählt und aufgenommen werden.[163]

Frances Morris, Direktorin der Tate Modern, nennt einen anderen Grund: *Künstlerinnen haben sehr schlecht abgeschnitten, weil es eine unbewusste Absprache zwischen dem Markt, der Kunstgeschichte und den Institutionen gegeben hat. Allen fehlt das Selbstvertrauen, alle suchen nach Bestätigung. Es gab also eine Art Bestätigungsgeschichte, die man den Kanon nennen könnte. Und natürlich wurden Konvention und Geschichte vom Patriarchat umrahmt.*[164]

Diese Bestätigungsgeschichte hat – zum Glück, könnte man sagen – Käthe Kollwitz erlebt, wie ich in diesem Buch ebenfalls zeige. Ihr Kanon entsprach der Zeit, und dieser Kanon war größtenteils nicht weiblich, auch wenn sie Mütter, stillende, verhungernde, aber auch beschützende und auch verelendende Kinder porträtiert hat. Der Kanon, der sie berühmt gemacht hat, war *Ein Weberaufstand*, bis dato ein männliches Thema.

Meine Kindheit war geprägt von Nachkriegsaufbau, da hatten die Eltern anderes zu tun, als Kinder zu erziehen. Die Kinder erzogen sich selbst, sie spielten auf der Straße, in den Trümmern, sie mussten mithelfen. Wer viel fragt, kriegt dumme Antworten, war die Antwort, sie hatten keine Zeit und würgten den Wissensdrang der Kinder, besonders der Mädchen, ab.

Obwohl ich schon in Köln ins alte Wallraf-Richartz-Museum gegangen bin und mich an die Madonnenbilder und an die Heilige Ursula erinnere, hatte ich nie nachgedacht, dass das keine Frauen gemalt hatten. Ob Frauen überhaupt etwas gemalt haben, diese Frage stellte sich einfach nicht.

Erst als ich in West-Berlin in der Galerie Pels-Leusden am Kurfürstendamm arbeitete, wo der Grundstock für das spätere Kollwitz-Museum in der Fasanenstraße gelegt wurde, begegnete ich bewusst der ersten Malerin: Käthe Kollwitz, und das war 1964/65. Bis dato dachte ich mich und die Kunst männlich.

Eine Universalgelehrte

... eine Henne, die da krähet, und ein Weib, das gelehrt ist, sind üble Vorboten: man schneide beiden den Hals ab![165]

Anna Maria von Schürmann
(1607 in Köln; † 1678 in Wieuwerd, Westfriesland)*

Frauen gelten oft als dumm
Sie werden dumm gehalten
Dumm gemacht ...
Anna Maria war die erste
Studentin sie hatte ihrem
Vater versprochen nicht zu heiraten
Während andere Väter
Ihre Töchter zwangsverheiraten
Im kindlichen Alter
Wurde sie Universalgelehrte

Anna Maria malte zisilierte
Ihre Werke wurden gekauft
Sie wurde portraitiert
Traf sich mit Königinnen
Und sah aus wie eine Königin
Sie konnte zehn Sprachen
Sprechen und analysieren
Sie verfasste eine Grammatik
für die damals in Europa kaum
bekannte Altäthiopische Sprache

Während der Vorlesungen
Musste sie sich als Frau unsichtbar
Machen hinter der „loge grillé“[166]
Mitschreiben was die Gelehrten
Verkündeten und es waren
Große dabei Als Mitglied
Der Respublica Litteraria
Korrespondierte sie mit anderen
Gelehrten mit Birgitte Thott[167]
Die Seneca übersetzte

Anna Maria liebte Musik
Und Poesie und Kunst
Ihre Werke wurden verkauft
Und übersetzt in viele Sprachen
Am Lebensende wurde
Ihr die Religion das Wichtigste
Sie fand ihr Leben eitel und
Jean de Labadie wurde ihr
Lehrmeister sie fanden Asyl
In der dänischen Toleranzstadt Altona

Als Labadie starb wurde sie
Geistige Führerin der Gruppe
Sie fanden auf Schloss Walta-State
Eine Heimstatt hier schrieb sie ihre
Eukleria – ein frühes Werk der Pietisten
Maria Sibylla Merian und ihre Töchter
Werden Annas Gelehrtenreise

Zehn Jahre nach ihrem Tod
Von Schloss Walta-State aus
In ferne Länder fortsetzen

Die Einkleidung der Braut

Hommage an Dada-Max und seine Geburtsstadt Brühl[168]
Max Ernst (1891 in Brühl, † 1976 in Paris)*

Im Rheinland ist nicht immer Karneval. Es gibt auch Zeiten, da kleiden sich die Leute normal. Doch was ist schon normal im Rheinland. Es ist vorgekommen, dass der Erzbischof von Köln, der zugleich Fürst von Brühl war und ein Weltkulturerbe hinterlassen hat, von den Torwächtern in Köln zurückgewiesen wurde, weil er die falschen Kleider anhatte.

Ne, nit mit dat Fummel, dat gefällt uns nit, dat trägste in Brühl up dingen Schloss, he in Köln biste Pastor, da trägste de Mitra und den Krummstab und nit dat Jöppchen, mit dat de bei de Mädsche jückelst.

Also der Fürst, der gleichzeitig Pastor war, dackelt zurück die zwanzig Kilometer, greift die frommen Klamotten, macht mea culpa und kommt als Büßer hinein in die Stadt.

Der Dom steht immer noch in Köllen.

Also die Römer haben ein Sofa hinterlassen, das steht im Römisch-Germanischen Museum in Köln. Da liegen die Männer drauf und essen. Die Frauen sitzen auf dem Stuhl. Deshalb rülpsen Frauen nicht beim Essen und essen mit Messern und Gabeln. Verdanken wir also den Römerinnen.

Da stand der Dom noch nicht in Köllen.

Die Chinesen hatten keine Römerinnen, deshalb müssen sie mit Stäbchen essen. Ganz arm sind die Araber dran, die haben gar nichts und essen mit den Fingern der Linken, was sie mit den Fingern der Rechten machen, sag ich lieber nicht, da ist es nur zu gut, dass Araber grundsätzlich Frauen keine

Hand geben. Ich würde sie auch gar nicht haben wollen. Und die denken, sie würden uns dadurch deklassieren.

Also auch die römischen Männer sind nicht gerade kultiviert, die reißen ihre Beute und lümmeln dann wie die Löwen. Die Kölner haben schon seit zweitausend Jahren eine große Klappe, die Berliner zum Beispiel erst seit Friedrich seinen Siegen. Als die Preußen nach Napoleons Zeiten den Rhein übernahmen, gab es erst mal ein paar Jahre lang Hochwasser, so aufgewühlt war Väterchen Rhein.

In Köln spricht man nicht von den Neandertalern, die gehören Düsseldorf, da ist für jeden Kölner terra incognita, dat jit et doch nit, heißt das auf Kölsch. Und was es nicht gibt, darüber braucht man auch nicht zu reden.

Also dachte da Dadamax, als er als braver Katholik eines Taubstummenlehrers auf die Welt kam, *da schrei isch ens nit, da braucht de Papp sich nicht umzugewöhnen.* Als er aber bei der Taufe über dem Waschbecken hängend den Engel auf dem Balthasar-Neumann-Altar, auch ein Weltkulturerbe, sieht und wie der so auf ihn zufliegt, beginnt er zu schreien. *Mamm da kütt et, dat wird ens minge Loplop,* schreit Max und de Mamm gibt ihm einen Klaps.

In de Kirch schreit man nit, sagt sie, haut den Popo des Kleinen, der aus der Windel raus lugt. *Lurens,* jubelt der Papa, *dat is evver a lecker Poppes von dem Jung, den de da kloppts.*

Also als Max größer ist, beginnt er zu malen. Der Papa, der eigentlich Taubstummenlehrer ist, hat auch gemalt. 1896 den Fünfjährigen als Jesuskind, also ist er jeden Samstag zum Beichten und jeden Sonntag in der Heiligen Messe, wo er die Muttergottes mit dem Kindchen sieht, die Maria, die dem Jesuskind den Arsch kloppt. Er hat so seine Visionen. Jeder anständige Katholik hat Visionen.

So ein Jesuskind ist ja auch mal fies, dat de Mamm de Nerven verliert. Also nix wie drop auf de Poppes, wie der Rheinländer sagt.

Max geht von Brühl weg, er will ja was sehen von der Welt. *Lurens,* sagt der Papa Taubstummenlehrer, *un sach mich, wie et do is in de Welt. Man weeß ja sonst nit, ob et überhaupt dazu jehört, dat Brühl un de Welt.*

Kaum in Köln angekommen, kriegen die vom Dom das mit von dem verkloppten Jesuskindchen, das er gemalt hat, und? Richtig, Max ist seinen Glauben los. Mir nichts dir nichts sagen die vom Dom: *Fott mit demm Sündenpfuhl!*

Seitdem hat er immer wieder Sumpfbilder gemalt. Blubbernde, blasenwerfende Ursümpfe, die den Betrachter in sich hineinsaugen, schlürfen, verzehren ...

Also Max erneut auf Trebe. Warum dann nicht gleich nach Paris, zu den Clochards unter die Brücken.

Damit überlässt er das Rheinland den Rheinländerinnen. Malt stellvertretend eine in ihrer schönsten, in ihrer Hochzeitstracht. Er nennt das Bild die *Einkleidung der Braut.* Das überzeugt mich. Ein Federkleid, die Brüste sind zu sehen, vor der Muschi ist die Hand der Braut, und der unsägliche Vogel kommt mit dem Speer, um Loplop zu werden, aber die Braut verdoppelt sich, spiegelt sich vorsichtshalber, will eingekleidet werden.

Also Max ist ein realistischer Maler, er beginnt alles zu malen, was er sieht. Die Zukunft z. B., eine freie Republik Rheinland vielleicht. Nein, es sieht eher so aus, als möchte er ihnen eine Kaiserin gönnen. Es gibt ja keine mehr, nur noch Königinnen. Warum sollen die Rheinländer nicht eine Kaiserin haben, wenn die Zeit sowieso rückwärts geht.

Aber der Zweite Weltkrieg bricht aus, die Braut wird nicht heiraten können. Sie ist – wie eigentlich viele Linksrheinländerinnen – insgeheim eine Marianne und Max bleibt der Michel.

Haste gedacht.

Frauen sollen wieder mehr Hausarbeit machen, nennen sich wie am Anfang Eva, damit es glaubwürdig klingt, als wenn wir nicht wüssten, dass es vor Eva eine Lilith gab. Sie sollen wieder wie im Jahrhundert vor dem Jahrhundert von Max zu Hause bleiben, da haben sie Zeit, da haben sie auch Zeit, Kaiserin zu sein, darin können sie ja wenigstens den Männern die Arbeit abnehmen, wenn sie schon sonst nichts tun wollen.

Also eine Kaiserin muss immer gut gekleidet sein. *Komisch!*, fragt sich manch ein Mann, für den sich angezogen wird, *was fragt sie mich immerzu! Ob mir das neue Kleid gefällt!*

Wieso neues Kleid! Fehlt Geld auf meinem Konto?

Also so geht das nicht. Raus aus den Klamotten. Immer die Streiterei. Meine Mutter sagt auch immer, *was haste denn heute schon wieder an! So geh ich mit dir aber nicht auf den Brühler Marktplatz. Da kennt mich ja jeder!*

Ja, mich aber nicht, trotze ich und bleib, wie ich bin. Wir gehen dennoch zum Marktplatz, was anderes gibt es ja nicht in Brühl, wo man sitzen und gucken kann, so wie der Kudamm in Berlin.

Im Rheinland ist es viel heißer als anderswo, nur in einigen größeren Städten wie Würzburg und Freiburg ist es heißer.

Also an der Hitze ist die Größe der Stadt nicht zu erkennen. Auch auf dem Land ist es heiß.

Wenn nun der dänische Andersen schon gemeint hat, dass es eh egal ist, was der Kaiser anhat und ob er überhaupt was anhat, Hauptsache, er ist Kaiser, dann ist es für die Kaiserin erst recht, besonders wenn es so heiß ist.

Aber wie so oft bin ich allein mit meiner Meinung.

Ich sitze also in Brühl auf dem Marktplatz in einem der vielen Cafés, wo die siebenhundert Rentner von der Seniorenresidenz Wetterstein und meine Mutter, die nicht vom Wetterstein ist, aber auch Rentnerin, sitzen. Sie müssen alle eine gute Pension bekommen, denn sie zeigen, was sie haben. In Brühl gibt es ganz schöne Geschäfte, manche kommen sogar von Köln, sagen, *ne, wat isset schön bei üch, da isset jo vill schöner als bei mich in Köllen und allet is z Foos beieinander, da bruch ich janit so vill z loofe.*

Nun ja, Brühl ist auch Weltkulturerbestadt und Amerikaner kommen jetzt wegen dem Dadamax, der zum Schluss Amerikaner, also einer der ihren, geworden ist, nachdem er die Marianne nicht heiraten durfte. Am Bahnhof steht schon „Max-Ernst-Stadt".

Also die Amerikaner wollen ja was sehen. Aber was hat schon eine Kleinstadt zu bieten. Für Amerikaner ist alles, was in Europa Stadt heißt, Kleinstadt.

Also eh egal. Eine Kaiserin dürfte ihnen imponieren. Ich schau mich um auf dem Marktplatz. Man müsste doch was inszenieren können.

Ne, alle sehen mit ihrer Dauerwelle so aus, als wären sie Queen Elisabeth. Müssen wohl alle zum gleichen Friseur gehen. Lila ist selten in ihren Haaren. Italienische Matronen laufen gerne in Lila rum.

Noch nicht mal eine, die sich zum Papst eignet, sollte sich die Katholische Kirche für eine Frau entschließen.

Also wahrscheinlich ist die Experimentierfreudigkeit der Kardinäle für das nächste Jahrhundert erloschen, es hatte ihnen schon alle Kreativität abverlangt, einen deutschen Papa vors Himmelstor zu setzen.

Ich schlendere die Kölnstraße entlang, die Pfarrkirche läutet. Ich gehe den Markt rauf und runter.

Die Marktstände von den Vorgebirgsbauern, die schon gleich nach dem Zweiten Weltkrieg die dicksten Kartoffeln und einen Mercedes auf den Feldern hatten, als meine Mama und ich noch hamstern gingen, flimmern im Nachmittagslicht.

He jit et Ärpel, di schönsten Ärpel wig und breit.

Lurens, sagt ein mittelständischer Papa in seinem hellen Leinenanzug, *Mamm, he jit et Bio-Ärpel, willste die?*

Ne, sagt die gertenschlanke modelreife Mama mit dem herausgeputzten Mädchen an der Hand, *ne, Papp, da mach ich mich die Finger schmutzig, ich möchte lieber die do, die sind jewaschen.*

Der nächste Stand birst vor Manneskraft. *Spagel, eschte bröhlsche Vorjebirgsspagel. Domit jeht alles. Ich mach et üch och gefügig.*

Die Frauen um den Stand kreischen, die Männer schaun verlegen weg.

Die Spargelschälmaschine kommt nicht mehr zur Ruhe. *Nur nit so jierig, lef Lück, isch han für üch alle wat!*

Die Schlosskirchenuhr bimmelt, oder die Rathausuhr? Die Pfarrkirchenglocke ist schon ganz heiser. Mein Gott, alle jubilieren auf einmal, warum?

Eine der wenigen lilahaarfarbenen Wettersteinpensionärinnen schubst mich. *Na gugen Se mol, da ische ja!*

Na, wer denn? Am liebsten hätte ich gefragt, wieso sie, eine Sächsin, hier ist.

Na, gugen Se, na gugen Se, na endlich, sie is do, die Kaiserin!

Ich muss dazusagen, die Queen war schon mal im Schloss und sämtliche Kennedys und Hollywoodschauspieler, die Präsidenten wurden. Und wenn es noch einen gäbe, auch der Kaiser von China, denn im Schloss Augustusburg gibt es zur Zeit der alten Bundesrepublik jede Menge Empfänge, die die Bonner ausgerichtet haben, weil das Schloss in Bonn-Poppelsdorf, wie der Name schon sagt, gegen das Schloss in Brühl popelig ist.

Das kann aber eine Sächsin nicht wissen, die kennt sich vielleicht beim August dem Starken aus, aber doch nicht bei uns im Rheinland und im Linksrheinischen schon gar nicht. Für uns ist ja schon Hannover ein Vorort von Moskau. Und Dresden, na ja ... wenngleich ... die Mauer war auch kein schlechtes Bauwerk, das muss man den Sachsen schon lassen!

Aber dass die meine Gedanken lesen kann, Kaiserin? Das wundert mich.

Nu, da gugen Se doch mol, Sie, dos is se wicklich! Sie lässt nicht locker, nimmt meine Hand und zieht mich mit sich fort.

Ich werde kreidebleich. *Das kann doch nicht möglich sein, das kann doch nicht möglich sein!* Wiederhole auch ich mich, das scheint hier üblich zu sein.

Na, gugen Se mol, na gugen Se mol! Geht es sächsisch weiter.

Ich bin es leid. Ich löse mich von dieser Frau, schiebe die Fotografen beiseite, die die Kaiserin in ein Blitzlichtfeuer wickeln, dass ich gar nicht sehen kann, was sie anhat.

Wie kommen Sie dazu, Kaiserin zu spielen, und dazu ohne Kleider, schreie ich sie an, *wo ich Sie genau kenne. Sie sind die Mari-*

anne vom Brautbild. Wo haben Sie das Federkleid, Sie! Sie können doch nicht einfach das Brautkleid ausziehen und tun, als hätte es kein Jahrhundertwerk eines Jahrhundertkünstlers gegeben. Gehen Sie zurück nach Venedig, sofort!

Ich zerre an ihrem nackten Arm. Sie ist nahtlos braun gebrannt. Kein Wunder, sie lebt ja schon seit Jahrzehnten in Venedig bei Guggenheims. Schon ist der blöde Vogel da mit seinem Speer.

Sie! Krächzt er. *Lassen Sie unser Model Marianne los. Wir haben hier eine Session. Die neue Mode von Guggi aus Venedig.*

Aber ich bitte Sie, die Menschen erwarten eine Kaiserin und Sie führen sie an der Nase herum.

Marianne schreitet unberührt in ihrer vollen Weiblichkeit voran. Biegt exakt nach links in die Schlossstraße ein. Die Kirchen- und die Rathausglocken beenden ihr buntes Gebimmel. Marianne schmeißt das rechte, dann das linke Bein vorwärts, wie es eben Models tun. Sie ist keins der magersüchtigen spanischen Models, sie steigt auf eine bereitgestellte Waage, 60 Kilogramm, die Latte zeigt einssiebenundsiebzig. EU-maßgeschneiderter Körper. Die Menschen nicken. Sie stakst weiter und bleibt vor dem Haus Schlossstraße Nr. 21 stehen.

Keine Ehrfurcht haben Sie, kreische ich, *hier hat der kleine Max gelebt. Haben Sie denn gar keinen Anstand. Der Bub ist doch schon traumatisiert genug! Schaun Sie sich seine Bilder an, Bäume noch und nöcher, mit hackenden Vögeln drin und einem Mond, dass du süchtig wirst darüber. Das arme Kind kann ja nicht schlafen bei all dem Licht und dem Krach hier. Und dann dieses ewige Dielenknacken, dieses Schraffieren …*

Das hätte ich nicht sagen dürfen, das hätte ich nicht sagen dürfen. *Hier muss man alles zweimal sagen, Herrgottnochmal!*, jault es aus mir heraus.

Wie aus Daffke steigt Marianne auf den knatschigen Laufsteg vor Maxens Geburtshaus und wippt auf und ab. Meine Ohren schmieren sich zu.

Das Wettersteinpublikum ist von den Caféhausplätzen aufgestanden, die Feierabendarbeiter vom Eisenwerk sind noch nicht so richtig herausgeputzt für einen Abendbummel, die Bauern vom Vorgebirge haben noch von den Ärpeln schmutzige Hände, ein Priester aus der Pfarrkirche (die hatten früher schon die hübschesten Jungs und heute sind fast alle Polen, auch davon die schönsten) schreitet aus, dass der schwarze Rock an seine Beinkleider schlägt, aus dem Rathaus kommen die Schläfer, gähnen und reiben sich die Augen, so viel Licht sind sie nicht gewöhnt in ihren dunklen Kanzleien.

Ne, dat jit doch nit, dat jit doch nit!, rufen sie und der Chor echot: *Ne, dat jit doch nit, dat jit doch nit. Endlich hätt Bröhl ne Kaiserin, wie et sich jehört für dat Weltkulturerbe!*

Und alle gucken und stöhnen vor Glück über die schönste Brokatseide, die der Vogel an den nackten Körper von Marianne hält.

Ich melde mich endlich auch wieder zu Wort. *Also, wenn Sie mich fragen, ich bin Purist, gefällt mir alles nicht. Das ist nicht das Originalkleid von dem Maxe seinem Bild. Ich bitte Sie, das Bild heißt Einkleidung der Braut.*

Wo ist denn hier eine Braut? Wer sagt denn, dass das eine Einkleidung ist?

Doch das Volk jubelt und tobt. Das hat es wohl noch von den alten Römern beibehalten. Einige klopfen mir auf die

Schulter. *Also änä, wenn et reesch hätt, dann hätt et reesch. Wir wollen ein Original, wir wollen keine Kopie.*

Und das Volk stürmt den Laufsteg, dass die Dielen bersten, und es reißt der angeblichen Braut die Brokatfetzen vom Leibe. *Wir wollen das Original*, schreit es. *Dat soll sisch nix andon, mir wollen et nackt!*

Zu Hause sehe ich mir eine Fotografie des Originals an, die ich aus Venedig mitgebracht hatte.

Mutti, rufe ich. *Komm mal gucken*!

Ja, wat jibt et denn?

Lurens! Sage ich jetzt auch schon rheinisch enthusiasmiert.

Ja, sach ens, jubelt jetzt auch meine Mutter. *Du meinst doch nit, dat de Lück reesch han mit ihrem Gekreische von dem Original?!*

Ja, Mutti, *ja. Das Volk ist klüger als all die Eventmacher, denn genau das hatte der Künstler mit seinem speerstoßenden Vogel vor.*

Du meinst wirklich, dat dat ja keine Einkleidung der Braut ist?

Ja!, grunze ich.

Dat der Vogel dat ...?

Genau das! Mutti.

Ja, wenn du recht hast, meine Mutter wird ganz sachlich. *Dass da noch keiner draufgekommen ist ...*

Neunzehnhundertachtundsechzig

Demonstrieren statt Flanieren.
Auf der Suche nach der mathematischen Reinheit.

Dem Flaneur des neunzehnten Jahrhunderts gleich schlendere ich von der Goldelse, wie die Siegessäule im Volksmund heißt, in die Straße des 17. Juni. Eine Straße, deren Namen wegen neuerer politischer Ereignisse in Straße des 9. November umbenannt werden sollte. Die deutsche Geschichte hat ein Faible für diesen Tag[169].

Die Goldelse erinnert an drei Kriege: 1864, 1866, 1870/71. Da es lange her ist, wird das Denkmal schön gefunden. Und mit Dänemark, Österreich und Frankreich, gegen die die Kriege geführt wurden, sind wir heute befreundet, wohingegen die DDR, gegen die sich der 17. Juni richtete, von der Weltbühne verschwunden ist.

Öffentliche Denkmäler, so hat mich die Geschichte der deutschen Denkmalskunst gelehrt, die Krieg zum Thema haben, sind problematisch. Aber diesem Viertel schadet es offensichtlich nicht. Es finden ganzjährig außer dem kreisenden Verkehr Events statt, die Millionen anziehen zu Silvester, Love-Parade, Marathon etc., also eine Straße geschaffen für große Turbulenzen. Ich wende ich mich von der Goldelse ab und flaniere in Richtung Technische Universität, passiere die beidseitigen Bauten des Charlottenburger Tors, die an die Zeit der selbstständigen Stadt Charlottenburg (Gründung 1705) erinnern sollen, sie dienten in ihrer früheren Fassung als Steuerhäuser bzw. als Einnahmestelle für Chausseegelder, also eine frühe Autobahnmautstation sozusagen.

Ich suche ein Café, das auch eine Toilette hat. Ich schlendere über den Flohmarkt, der am Wochenende der Straße ein Flair von Boulevard verleiht. Menschen beäugen die Kunst- und Marktstände. Es ist eng. Ich finde noch nicht einmal eine Miettoilette.

Aus dem gegenüberliegenden Hauptgebäude der Technischen Universität kommen Menschen. Das wäre eine Möglichkeit. Ich hüpfe zwischen Rot-Grün-Phasen zum Mittelstreifen, dann auf die andere Seite.

Sonntags geöffnet. Ich wundere mich. Plakatierter Eingang, junge Menschen in Jeans und Pullover. Tür auf, Tür zu. Behände schlängele ich mich zwischen die Flügel der Doppeltüren. Ich war Ewigkeiten nicht mehr hier. Von der TU, wie sie im Studentenmund heißt, hatte mich am meisten die Architekturfakultät, kurz Archfak genannt, interessiert. Dort waren die schönsten Studenten. Und einige markante Exemplare konnte ich erobern. Ich schäme mich. Das Gleiche behaupteten Studenten von den Kunsthistorikerinnen der Freien Universität. Willste ne schöne Studentin, geh zu den Feten der Kunsthistoriker.

In der Halle der TU kein Hinweis auf Toiletten. Einem inneren Drang folgend wende ich mich nach links. Gehe an einem Pfeiler vorbei, stutze, bleibe stehen.

Neben dem Pfeiler thront auf einem Postament eine dunkel patinierte Glocke. Ich lese:

Für die Technische Hochschule Berlin in mathematischer Reinheit entworfen von Joh. Biehle – Januar 1931 – Geformt und gegossen von der Bronzegießerei Lauchhammer – Rippe C'.

Links an der Wand thront auf einem Postament die gleiche dunkel patinierte Glocke. Ich lese:

Für die Technische Hochschule Berlin in mathematischer Reinheit entworfen von Joh. Biehle – Januar 1931 – Geformt und gegossen von der Bronzegießerei Lauchhammer – Rippe Es.

Diese Glocke ist um ein Drittel bis ein Viertel kleiner als die C-Glocke.

Dass es sich um Glocken in verschiedenen Tonlagen handelt, so viel dämmert mir. Was aber bedeutet „in mathematischer Reinheit entworfen"?

Heißt es, dass ihre geometrische Form rein ist? Die Berechnung der chemischen Zusammensetzung der Bronze, der Ton mathematisch rein ist ...?

Reinheit, mathematisch. Das Wort verzaubert mich.

Haben die Glocken immer schon hier gestanden, frage ich bei den Damen der Aufsicht.

Seit die Loge von links der Eingangshalle hier mehr nach rechts verlegt wurde, stehen die Glocken da. Wo sie vorher standen und was sie bedeuten, weiß sie nicht. Auch die herbeigerufene Kollegin schüttelt den Kopf.

Mein Drang, auf die Toilette zu müssen, ist verschwunden. Nun habe ich eine Aufgabe. Ich werde das Geheimnis der Glocken lüften.

Mathematische Reinheit. Im Zusammenhang mit den Kriegerdenkmälern weiß ich ein wenig über Kunstgießerei. 1813 gelang Stilarsky in der Berliner Gießerei der Kunstguss einer Figur. Die in Berlin auf der königlichen Eisengießerei gegossenen Gegenstände machten allgemeines Aufsehen, auch im Ausland, sodass der feine Kunstguss in Eisen mit *fonte de Berlin* bezeichnet wird.

So steht es in meinem Meyers Konversations-Lexikon, Vorkriegsausgabe, 1906. Dieses siebenundzwanzigbändige, in Leder gebundene Werk hatte ich bei einem Antiquar in Berlin für 'n Appel und 'n Ei, wie der Berliner sagt, zu dieser Zeit war historische Bildung bereits im Abwärtstrend, geordert, als ich mich 1967 daran machte, das Abitur nachzuholen. Als Unterschichtkind, wie es damals hieß, schien es mir der Inbegriff allen Wissens zu sein.

Einmetersechzig Bücher und mehr mussten jetzt viele Umzüge mitmachen und wurden in WG's, in denen ich wohnte, belächelt. Wie ich überhaupt belächelt wurde, weil ich Bildung ernst nahm.

Der alte Meyer erwähnt mathematische Reinheit nicht. Mit keinem Wort Reinheit. Ich hielt Reinheit immer für ein preußisches Wort, nun sagt das preußischste aller Lexika nichts darüber aus.

Doch wäre die Hoffnung nicht. Darüber schreibt er:

Hoffnung, mathematische, bezeichnet in der Wahrscheinlichkeitsrechnung der Einsatz, den man bei einem Spiel, einem Unternehmen oder einer Wette nicht überschreiten darf, wenn die Aussicht auf Gewinn und die Aussicht auf Verlust einander die Waage halten sollen; sie ist gleich dem Produkt aus dem etwaigen Gewinn und der mathematischen Wahrscheinlichkeit dieses Gewinnes.

Diese klaren Aussagen liebe ich an der Mathematik. Dennoch habe ich Kunstgeschichte und Philosophie studiert, weil mir dort die Hoffnung eher angesiedelt schien, die mir helfen soll, nicht aufzugeben. Die Bibliothekarin bestellt mir einige Bücher, in denen ich etwas finden könnte. Ich habe eine Stunde Zeit und wandle durch den Lichthof.

Die Nike, die hier steht, wird mir als Gipsabdruck aus dem Louvre vorgestellt. Das Original ist aus Marmor und stammt

aus dem Heiligtum der Großen Götter auf Samothrake, circa 190 v. Chr. geweiht.
Eine Tafel verrät eine Widmung:
In diesen Räumen trafen sich im Jahre 1956 zum ersten Male zu gemeinsamen Beratungen Direktoren und Rektoren der Hohen Technischen Schulen Frankreichs und Deutschlands, die in Erinnerung hieran diesen Abguss der Nike von Samothrake stifteten, als eine Huldigung an den Genius Europas.

Ein erstes Pflänzlein deutsch-französischer Annäherung, die als geglückt gilt, und 1963 den Deutsch-Französischen Freundschaftsvertrag zur Folge hatte.

Der Lichthof wurde wegen Baumaßnahmen erst wieder 1967 fertiggestellt. Zu dieser Zeit hatte ich das erste Mal die TU betreten, weil im Audimax viele Studentenversammlungen im Umfeld der 68er-Bewegung stattfanden.

Amis raus aus Vietnam!, skandierten wir. Auf einmal ist mir, als sähe ich sie alle wieder: Der Rote Konrad, ein alter Mann, eine rote Nelke im Knopfloch, der schon in den Zwanziger-, Dreißigerjahren Straßenkämpfe gegen die Nationalsozialisten mitgemacht hatte, schlägt mit dem Krückstock gegen das Pult. Rudi soll reden.

Rudi Dutschke kommt, die schmuddelige, prall mit Büchern gefüllte Aktentasche in der Linken. Bei ihm habe ich zum ersten Mal gesehen, wichtige Sätze rot, grün, gelb zu unterstreichen. Ich hatte solchen Respekt vor einem Buch, dass ich darin noch nicht einmal mit Bleistift anzustreichen wagte.

Mit der rechten Faust grüßt Rudi, mit seiner Falsettstimme schmettert er:

Genossen, als revolutionäre Marxisten wissen wir, dass die Geschichte nicht durch große Personen, sondern durch die konkreten Individuen der Klassenkämpfe bestimmt wird.

In den Gängen treffe ich auf Werke von Künstlern des neunzehnten Jahrhunderts, die sogenannte Berliner Bildhauerschule:
Friedrich Tiecks Bronzebüste Karl Friedrich Schinkel, 1819;
Karl Friedrich Schinkels Ionische Säule des 1893 abgerissenen Berliner Doms, die im TU-Garten steht;
Christian Rauchs Bronzebüste Peter Christian Beuth, 1846, Gründer der Gewerbeakademie;
Ernst Herters Bronzestatue Alfred Krupp, 1899.

Auch die Moderne hat sich eingefunden:
Erich Fritz Reuters 1956-58 entstandenes Relief „Universita Aeterna", das die an der TU vertretenen Fächer symbolisiert. Beginnend mit der Muschel, die das Vorbild der circa 400 n. Chr. von den Majas eingeführten Null war, über Einsteins Äquivalenz-Formel E= mc Quadrat,
bis zum Ohmschen Gesetz der Stromleitung: Spannung gleich Stromstärke mal Widerstand.
Ganz modern, zehn mal vier Meter Matthias Koeppels Oelgemälde „Die Zukunft der Metropole", 1991.
So eine Zukunft wollen wir, glaube ich, nicht!

Dass ich mir nie Gedanken über diese Universität gemacht habe, rächt sich. Kleinlaut gehe ich wieder in die Bibliothek und finde in den Annalen der TU diese als enge Verwandte von Schinkels Bauakademie.

Nicht nur das Schloss hatte nach einem Wiederaufbau in der historischen Mitte Berlins geschrien, auch die Bauakademie, die ebenfalls vielen Berlinern am Herzen liegt, der rote Kasten, wie er liebevoll genannt, in dem das moderne Berlin des 19. Jahrhunderts projektiert wurde, gehört wiedererrichtet.

Schon Goethe schrieb über Rom, er habe große Schwierigkeiten, jenes Rom zu finden, weshalb er hauptsächlich nach Italien aufgebrochen und seinen berühmten Ausspruch – auch ich in Arkadien – tat:

Gestehen wir jedoch, es ist ein saures und trauriges Geschäft, das alte Rom aus dem neuen herauszuklauben, aber man muß es denn doch tun und zuletzt eine unschätzbare Befriedigung hoffen. Man trifft Spuren einer Herrlichkeit und einer Zerstörung, die beide über unsere Begriffe gehen. Was die Barbaren stehenließen, haben die Baumeister des neuen Roms verwüstet.

Ich blättere weiter in der Geschichte der Technischen Universität.

Am 18.3.1799 hatte Friedrich Wilhelm III., König von Preußen und Ehemann der daselbst so geliebten Königin Luise, die Königliche Bauakademie gegründet, die von 1800 bis 1806 in der „Neuen Münze" am Werderschen Markt ihren Sitz hatte. 1806 siedelte sie in die Zimmerstraße 25 über. Johann Gottfried Schadow, der große preußische Bildhauer des Klassizismus, war Direktor, als Karl Friedrich Schinkel 1820 Professor an der Bauakademie wurde. Nach seinen Plänen erstand 1832-35 die Bauakademie, die als roter Kasten bezeichnet wurde.

1821 war von Peter Christian Wilhelm Beuth die Technische Schule gegründet worden, die später in der Gewerbeakademie aufging. Beuth war auch Direktor der Bauakademie von 1830 bis 1845.

1879 erfolgte die Vereinigung der Bauakademie und der Gewerbeakademie in Berlin zu einer Technischen Hochschule Charlottenburg, der das provisorische Verfassungsstatut vom 17. März 1879 im Wesentlichen den Zuschnitt der Technischen Hochschulen in Zürich (1855) und in München (1868) gab.

1884 hatte die Hochschule ihr neues, imponierendes Gebäude an der Charlottenburger Chaussee bezogen, heute Straße des 17. Juni. Es hatte 228 Meter Länge und 90 Meter Tiefe. Hallen und Umgänge schmückten Skulpturen von Künstlern der Zeit. Dieser Standort im Grünen, in der Nähe des Hippodroms (Fasanenstraße), wurde gewählt, weil die anderen infrage kommenden Bauplätze zu teuer waren. Außerdem konnten im nahe gelegenen Tiergarten die Studenten frische Luft schnappen.

Im 20. Jahrhundert kommen Zeiten, in denen den Studenten auch die frische Luft nicht mehr hilft. Sie müssen in den Krieg.

Am 9. April 1946 hatte die Technische Hochschule erneut ihre Tore geöffnet und dies zum Anlass genommen, sich Universität zu nennen. 1950 gründete sie die Humanistische Fakultät mit sieben Lehrstühlen. Der Naturwissenschaftler, der Ingenieur sollte in das humanistische Weltbild eingebunden sein.

Ich finde eine Lobesrede von Herrn Adenauer, dem damaligen Bundeskanzler, anlässlich der Verleihung einer Ehrendoktorwürde, 1954:

Ich beglückwünsche Sie, meine Herren von der Technischen Universität, daß Ihre Hochschule wirklich eine Technische Universität ist. Ich beglückwünsche Sie dazu, daß Sie sich eine Humanistische Fakultät angegliedert haben. Obgleich andere Technische Hochschulen diese Frage anders beurteilen, glaube ich, daß Ihre Hochschule einen wahren Fortschritt darstellt. Ich teile ganz die Ansicht, Magnifizenz, die Sie eben ausgesprochen haben, daß derjenige, der die technische Wissenschaft studiert, gleichzeitig auch auf dem Gebiete der humanistischen Wissenschaften zu Hause sein muß, wenn er in seinem späteren Leben etwas Vollkommenes leisten will.

Damen an der Universität scheint es 1954 noch nicht gegeben zu haben.

Weil die Königlich Technische Hochschule zu Berlin sich auf die Bauakademie berief, wurde bereits zwanzig Jahre nach ihrem Bestehen, 1899, die hundertjährige Jubelfeier begangen. Aus diesem Anlass hatte Wilhelm II. durch Verleihung des akademischen Promotionsrechtes, Doktor Ingenieur, und Berufung ihrer Vertreter in das Herrenhaus die Technischen Hochschulen den Universitäten gleichgestellt.

Ich versuche, die Bibliothekarin für meine Entdeckungen zu begeistern, aber sie hat zu tun. Ich solle mich an den Archivar wenden, der aber leider heute nicht mehr zu erreichen ist. Ich gehe. In den Vitrinen auf den Fluren haben die Fachbereiche ihre Gerätschaften ausgestellt. Nicht dass ich schon wieder was sehe, was andere nicht sehen! Und doch, es ist wahr, mir wird eine Ausstellung über die Entwicklung des Papiers von China über die Seidenstraße nach Europa präsentiert.

Im Jahre 123 v. Chr. erfand der Ackerbauminister Tsailün das Papier. Bevor bei uns Papiermühlen entstehen, ist das Produktionsverfahren der Verfilzung feinster Fasern zum Zwecke der Herstellung eines Schreibblattes abenteuerliche Wege gegangen.

Bis es nach dem Dreißigjährigen Krieg in Preußen eine Heimat fand, hat es, nachdem es vorher in Korea und Japan war, das Pamirgebirge überschritten, war in Samarkand um 751 n. Chr. heimisch geworden, blühte in Bagdad bis ins 15. Jahrhundert, in Damaskus im 10. Jahrhundert. Die Papiermacherkunst verbreitete sich über die nordafrikanische Küste bis zu den Mauren und gelangte von hier nach der Iberischen Halbinsel, wo sie 1154 in Valencia ihren Sitz aufschlug. Von Valencia bis Berlin verging dann noch ein halbes Jahrtausend.

Am nächsten Tag rufe ich im Archiv der Technischen Universität an. Was mit den Glocken ist, wisse man nicht. Aber es gäbe den Notnagel, der 1991 erschienene Band *Die Sammlungen und Kunstdenkmäler der Technischen Universität Berlin*. Den hatte ich schon tags zuvor befragt und nicht die erwünschte Antwort erhalten.

Ich rufe bei den Kunsthistorikern an: Glocken sind kein kunsthistorisches Problem, erfahre ich, schon gar nicht Glocken von mathematischer Reinheit.

Mir wurde noch die Bauabteilung als mögliche Initiatorin genannt.

Nee, berlinert einer, *mit die Glocken da unten hama nüscht zu tun*.

Der Mann hat sie gesehen, das ist doch mal was Neues. Die Gießerei gibt es ja nicht mehr. Wie was, Gießerei? Es war früher Nachmittag und ich war schläfrig geworden. Nunmehr bin ich hellwach. Hatte die Universität eine Gießerei?, will ich wissen.

Nee, dette nich. Aber ein Institut für Gießereikunde im Fachbereich Bergbau und Hüttenwesen. Und das ist passé. Finis. Gibt es nicht mehr, wenn Se wissen, wat ick meene!

Ich kann es mir schon denken, sage ich. *Sie meinen, weil wir keinen Bergbau mehr haben, brauchen wir auch keine Wissenschaft mehr darüber.*

So is et, junge Frau. Mehr weeß ich ooch nich.

Ich werde mich nicht hineinfügen in meine Niederlage. Meine Scham hat einen Namen. Sie heißt mathematische Reinheit. Und wer einen Namen hat, hat auch einen Besitzer!

Ich rufe die Physik an. *Mathematische Reinheit der Glocken, wer könnte das wissen?* Schon allein die Formulierung meines Problems als Frage lässt mich hoffen. Bisher musste ich mich mit Feststellungen, *nicht zuständig, wissen wir nicht*, zufriedengeben.

Moment mal!, sagt die freundliche Stimme. *Wir haben da einen Emeritus, Professor …*

Ich notiere sogleich den Namen, die freundliche Stimme könnte es sich anders überlegen.

Ja, der Herr Professor wird es wissen, sagt auch meine Kollegin. Er hat manchmal noch Sprechstunden, kennt die Geschichte der Technischen Universität.

Sie nennt mir seine Privatnummer.

Das hört sich gut an. Sofort ergreife ich die Initiative, den Professor zu sprechen. Er hat auf Band hinterlassen, dass er und seine Frau gegenwärtig nicht in Berlin seien.

Ich will es aber jetzt wissen. Glocken fallen nicht so einfach vom Himmel, Glocken aus Bronze, gegossen in Lauchhammer, haben ihr spezifisches Gewicht.

Mir wurde noch das Pressebüro der TU als Informantin genannt. Also weiter mit der Telekom. Die Rechnung werde ich in mathematischer Reinheit begleichen müssen.

Die Dame vom Presseamt wundert sich nicht, fragt nicht, sagt nur:

Ja, ich werde mich drum kümmern. Ich hab die Fakten nicht zur Hand, aber bis morgen kann Ihnen die Auskunft geben.

Ich bin fassungslos, dass die Welt so einfach sein kann. Die Pressefrau hat tags drauf alles bereitliegen, als ich anrufe.

Die Glocken waren zu Lehrzwecken angefertigt worden für das Institut für Gießereiwesen, das im Fachbereich Bergbau und Hüttenwesen angesiedelt war, aber nicht mehr existiert. Die Glocken waren für die Ausstellung in die Halle gestellt worden.

Die übrigen Exponate der Ausstellung konnten nach Beendigung derselben entfernt werden, die Glocken nicht. Die seien zu schwer und man wisse eh nicht wohin damit, da es den Fachbereich ja, wie gesagt, nicht mehr gäbe.

Hab ich das alles nicht schon gewusst? Kommt mir das nicht vor, als wäre es Allgemeinwissen?

Bitte, warten Sie!, rufe ich in die Muschel. *Was mathematische Reinheit heißt, werden Sie dann auch wissen*, frohlocke ich.

Nein, das weiß ich nicht. Ich bin Pressereferentin, für wissenschaftliche Fragen müssen Sie sich an jemanden aus dem Lehrkörper wenden. Am besten an unseren Emeritus Herrn Professor ... Die Telefonnummer müssen Sie sich selber aus dem Telefonbuch suchen. Wie gesagt, er ist Emeritus.

Der mit seiner Frau verreiste, von mir sehnlichst zurückerwartete Physiker, ist es nicht. Es ist ein anderer. Ich habe also eine Alternative. Wer Alternativen hat, ist handlungsfähig.

Damit zähle ich zu den Glücklichen dieser Erde.

Nachtrag:

Der Ton der Glocke hängt ab von der Beschaffenheit. Eine Stahlglocke hat einen anderen Klang als eine Bronzeglocke.

Die Mathematik gestattet es, dass eine Glockenform errechnet werden kann, die die reinsten Töne zu erreichen hilft. Obertöne sind nie ganz zu vermeiden.

Die Reinheit der Mathematik ist eine Reinheit der Form.

III. Frauen und Musik

Kleiner Rat

An seine Schwester Nannerl

Du wirst im Eh'stand viel erfahren,
was dir ein halbes Rätsel war;
bald wirst du aus Erfahrung wissen,
wie Eva einst hat handeln müssen,
daß sie hernach den Kain gebar.

Doch, Schwester, diese Eh'standspflichten
wirst du von Herzen gern verrichten,
denn glaube mir, sie sind nicht schwer.
Doch jede Sache hat zwo Seiten:

Der Eh'stand bringt zwar viele Freuden,
allein auch Kummer bringet er.

Drum, wenn dein Mann dir finstre Mienen,
die du nicht glaubest zu verdienen,
in seiner übeln Laune macht,
so denke, das ist Männergrille,
und sag: Herr, es gescheh' dein Wille
bei Tag, und meiner in der Nacht.

Wolfgang Amadeus Mozart (1756 in Salzburg, † 1791 in Wien)*

Die deutsche Jeanne d'Arc ist eine böhmische

Erinnerung im Geiste der Musik.
Der Jäger August Renz alias Eleonore Prochaska
(1785 in Potsdam, † 1813 in Dannenberg/Elbe)*

Es ist erst eine Generation her, als Friedrich II. den Kriegs- und Domänenrat Johann Friedrich Pfeiffer beauftragte, an der Müggelspree ein Spinnerdorf anzulegen. Der König wollte Spinnerdörfer, seine Armee brauchte Kleidung, und die Einfuhr von Stoffen war teuer.

Bislang hatten nur Frauen in Heimarbeit gesponnen. Während der Schlesischen Kriege konnte er sich von den handwerklichen Fähigkeiten der Böhmen überzeugen, wo Spinnen bereits ein Beruf war, was bedeutete, dass auch Männer spannen. Zudem war in den Ländern Österreichs noch immer die Zwangsrekatholisierung im Gange, was für die protestantischen Böhmen mitunter lebensbedrohlich war, und die, die nicht konvertieren wollten, auszureisen gezwungen waren.[170]

In Preußen gab es fünf zugelassene Gewerke nämlich: Schmiede, Schneider, Weber, Rademacher und Zimmerleute. Laut königlichem Edikt vom 18. August 1750 sollte sich das ändern, denn *seine Kgl. Majestät, unser allergnädigster Herr, (haben) in Gnaden resolviret, daß in denen Amtsdörffern, Leineweber und Tagelöhner oder Spinner auf dero Kosten angesetzt werden sollen.*

Für die Amtsdörfer hieß das, den Kolonisten für 1, 2 Kühe, 1 Schwein, 2 junge Gänse, Weideland und 2, 3 kleine Morgen Land zur Verfügung zu stellen, denn auch Spinner brauchen was in den Magen und die böhmische Küche ist eine der besten.

1755 waren in dem Friedrichshagen genannten Ort 23 Häuser fertiggestellt und 55 Kolonistenfamilien mit 221 Personen angesiedelt. Es waren nicht nur Böhmaken darunter, wie sie bald schon genannt wurden.

Ein Jahr zuvor war Pfeiffer bereits wieder seinen Posten los, denn man warf ihm Spekulantentum vor. Drei Jahre untersuchte eine Kommission seine Machenschaften. Bei Errichtung der Dörfer Friedrichshagen, Gosen und Marienwerder habe er 8061 Taler aus der Etablissementskasse unterschlagen, auch werde ihm Forstverwüstung vorgeworfen. 1758 wird er zu 6 Jahren Festungshaft verurteilt.

Nachdem sich die böhmischen Siedler von dem Anfangsstress erholt hatten, hielt der Alltag Einzug. Zwanzig Jahre später, 1775, war Friedrichshagen eine vielschichtige Gesellschaft. In 99 Haushalten lebten 393 Einwohner, davon 33 Familien Böhmen, die übrigen deutsche. 64 waren lutherisch, vier böhmisch-lutherisch, 27 böhmisch-reformiert, eine deutsch-reformiert und drei katholisch.

Pfarrer und Lehrer, die Tschechisch sprachen, waren gefunden, Kinder geboren und getauft, Paare getraut, Alte gestorben und christlich beerdigt worden. In der zweiten, dritten Generation war die Starthilfe in tschechischer Sprache nicht mehr nötig, die Menschen unterhielten sich deutsch. Dieser Sprachwandel ist sehr schön auf den Epitaphen der Böhmen auf dem Friedhof in Böhmisch-Rixdorf, heute Neukölln in Berlin, nachzuvollziehen. Wo die erste Generation in Tschechisch verewigt, die zweite in einem Mischmasch aus Tschechisch und Deutsch, und die 3. Generation, so um 1800, nur noch Deutsch in den Grabstein meißelt.

Eine ähnliche Situation herrschte in Nowawes bei Potsdam, das zur gleichen Zeit ebenfalls für Glaubensflüchtlinge, besonders aus Böhmen, von Friedrich II. gegründet worden war. Der Ortsname ist tschechisch und heißt „Neues Dorf".

Am 11.3.1785 wird den Nachfahren einer böhmischen Kolonistenfamilie aus Friedrichshagen eine Tochter geboren: Maria Christiana Eleonore Prochaska wird in das Taufregister eingetragen. Dass sie einmal August Renz heißen wird, weiß noch keiner. Da der Vater Unteroffizier in der Potsdamer Garde ist, verlässt er Friedrichshagen, sodass die Quellen als Geburtsort von Eleonore mal von Friedrichshagen, mal von Potsdam sprechen, das Letztere wird wahrscheinlicher sein und hat sich eingebürgert.

Prochaska ist ein häufiger Name in Böhmen und heißt „Spaziergang".

Als der Vater (Unteroffizier im 2. Bataillon Garde) infolge der Französischen Revolution ins ferne Rheinland (Unionskriege, die Friedrich Wilhelm II. unterstützt) versetzt wird, kommen die vier Prochaska'schen Kinder (eins stirbt im Kindesalter, Eleonore ist die Älteste, Karoline und der Bruder) am 4. August 1794 ins Potsdamer Waisenhaus, wo sie bis zur Rückkehr des Vaters 1797 verbleiben. Es wird erwähnt, dass die Mutter nicht in der Lage war, die Kinder zu versorgen. Wahrscheinlich war sie krank, sie stirbt einige Jahre später. Es wird auch erwähnt, dass der Vater ebenfalls nicht in der Lage war, die Kinder zu versorgen.

Eleonore, katholisch getauft, möglicherweise gehörte die Familie zu den wenigen katholischen in Friedrichshagen, wird zu Michaelis (29.9.) 1797 evangelisch eingesegnet, wohl noch im Militärwaisenhaus. Ich konnte es nicht eruieren, die

Katholische Kirche hatte auf Anfrage mitgeteilt, dass sie zwischen 1775 und 1815 starke Taufurkunden-Verluste hat.

Das Waisenhaus war eine Stiftung des preußischen Königs Friedrich Wilhelm I., des sogenannten Soldatenkönigs, gegründet 1. November 1724, seit 1725 nahm sie auch Mädchen auf. Kinder zwischen 6 und 16 Jahren sollten im Christentum, Lesen, Schreiben und Rechnen unterrichtet werden und anschließend einen Beruf erlernen. Die Stiftung besteht noch heute und fördert Projekte zur Jugendarbeit. Das barocke Haupthaus aus dem Jahr 1771 mit seinem Tempelturm (Monopteros) und der Karitas-Figur ist heute eines der Wahrzeichen von Potsdam.

Diese etwas unruhige Vita hat vielleicht auch zu der Unklarheit der Geburtsstätte von Eleonore Prochaska beigetragen.

Jedenfalls scheidet der Vater mit einer kleinen Invalidenpension aus den militärischen Diensten. Da er Militärmusiker war, gibt er fortan Musikunterricht. Eleonore führt ihm den Haushalt, sie hat neben der Militärmusik auch das Flötenspiel bei ihm gelernt. Von 1810 an gibt sie mit ihm öffentliche Konzerte.[171] Die „Allgemeine musikalische Zeitung" vermerkt 1813 aus Anlass ihres Todes: *Von ihrem Vater ... unterrichtet, hatte sie sich frühzeitig eine grosse Fertigkeit auf der Flöte erworben, und gab daher auch vor einigen Jahren mit ihrem Vater Concerte hier in Berlin.*[172] Auch das „Tonkünstlerlexikon" (Carl Ferdinand Becker) von 1849 führt sie noch als „Flötenvirtuosin" auf. Die Flöte war zu jener Zeit kein den Damen zugesprochenes Musikinstrument.

Warum Eleonore dennoch in fremde Dienste geht, lässt sich nur vermuten, wahrscheinlich aus finanziellen Gründen. 1810 steht sie dem Haushalt des Hofbaurates Manger als Köchin zu Diensten. Karoline Schulze, eine Nichte desselben, berichtet im Jahre 1866 dem Major und Strafanstaltsdirektor a. D. Schelowsky[173]:

Eleonore Prochaska diente als Köchin 1810 bei meinem Oheim, Hofbaurath Manger, der damals in dem Manger'schen Erbenhause Brauerstraße Nr. 8 wohnte. Im Juni des gedachten Jahres waren die Verwandten meiner Eltern zu deren silbernen Hochzeitsfeier mehrere Tage hier anwesend versammelt. Eines Tages waren wir zu einer Familienfestlichkeit zu meinem Oheim eingeladen. Hier wurden einige scherzhafte Vorstellungen von meinem Oheim ausgeführt, bei einer derselben hatte Eleonore Prochaska eine zu Rolle übernehmen gewußt.

Ihr sittlich anständiges Verhalten rühmte meine Tante Manger stets und theilte uns auch mit, daß sie, die Prochaska, in Mußezeit die Flöte geblasen habe. Sie war großer Gestalt, wohlgebaut und ganz angenehmer Physiognomie, trug sich nach damaliger Sitte, und stets mit Kopfbedeckung, ein ihrem Stande nach sauberes Häubchen ... jene von ihr übernommene Rolle machte einen unvergeßlichen Eindruck auf mich. Ihr Heldentod erregte unsere Theilnahme um so mehr, als wir sie persönlich gekannt haben.

Eleonore Prochaska war offensichtlich eine auf vielen Gebieten begabte junge Frau. Da sie bereits mit ihrem Vater öffentliche Auftritte hatte, muss es ihr auch Spaß gemacht haben, Vorstellungen, heute würde man sagen kleine Sketche, zu geben. Als Potsdamer Soldatenkind hatte sie auch das Trommeln, also Militärmusik, erlernt.

Die schon erwähnte „Allgemeine musikalische Zeitung" fügte in ihrem Nachruf auf Eleonore Prochaska noch hinzu: *Von Liebe für die Sache des deutschen Vaterlandes ergriffen, nahm sie jetzt, statt der Flöte, das Schwert, und fiel siegreich.*[174]

Es ist die Zeit der Befreiungskriege gegen Napoleon. In Spanien und Tirol bewaffnen sich sogar Frauen, um gegen die napoleonischen Truppen zu kämpfen. Der Vater Prochaska erzählte davon. Eleonore wird es in dem Brief aus dem ersten Biwak am 30. Juli 1813 an ihren Bruder erwähnen.

Lieber Bruder,
Aus unserem ersten Biwak 1813.
Nun habe ich Dir noch etwas ganz Neues (zu) erzählen, worüber Du mir aber vorher versprechen musst, nicht böse zu sein. Ich bin seit vier Wochen schon Soldat! Erstaune nicht, aber schelte auch nicht; Du weißt, dass der Entschluß dazu schon seit Anfang des Krieges meine Brust beherrschte. Schon zwei Briefe von Freundinnen erhielt ich, welche mir vorwarfen, ich sei feige, da Alles um mich her entschlossen ist, in diesem ehrenvollen Kriege mitzukämpfen. Da wurde mein Entschluss unumstößlich fest; ich war im Innern meiner Seele überzeugt, keine schlechte oder leichtsinnige That zu begehen; denn sieh nur Spanien und Tyrol, wie da die Weiber und Mädchen handelten! Ich verkaufte also mein zeug, um mir eine anständige Manneskleidung zu kaufen, bis ich Montirung erhalte; dann kaufte ich mir eine Büchse für 8 Thaler, Hirschfänge und Czacko zusammen 31/2 Thaler. Nun ging ich unter die schwarzen Jäger; meiner Klugheit kannst Du zutrauen, dass ich unerkannt bleibe. Ich habe nur noch die große Bitte, dass Du es Vatern vorträgst, so vortheilhaft wie möglich für mich. Vater wird mir nicht böse, glaube ich, denn er erzähle ja selbst Skizzen von den Spanierinnen und Tyrolerinnen, wobei er meinen Entschluß deutlich auf meinem Gesichte lesen konnte. Ich habe aus Vorsicht meinen Namen geändert; wenn Du mir schreibst, so unterzeichne Dich mit meinem angenommenen Namen als mein Bruder; denn Du weißt, Briefe haben mancherlei Schicksale. Wir exerciren, tira-

illiren und schießen recht fleißig, woran ich sehr viel Vergnügen finde; ich treffe auf 150 Schritt die Scheibe.
Lebe recht wohl, guter Bruder! Ehrenvoll oder nie siehst Du mich wieder. Grüße Vater und Karolinen tausendmal; sage Ihnen, versichre sie, dass mein Herz stets gut und edel bleiben wird, dass keine Zeit, Schicksal, oder Gelegenheit mich zu Grausamkeiten, oder bösen Handlungen verleiten soll und dass stets mein Herz treu und bieder für Euch schlägt. Mit ewiger Liebe Deine Leonora genannt August Renz, freiwilliger Jäger bei dem Lützowschen Freicorps im Detachement erstes Bataillon.[175]

Ermuntert, Eleonores Engagement fortzusetzen, tritt nach deren Tod Anna Lühring aus Bremen, genannt der kleine Kruse, in den Dienst der Lützowschen Jäger.

Am 28. Februar meldete sich zu Altenhofen bei Hauptmann von Helmenstreit ein junger Bursche. Er nannte sich Eduard Kruse aus Oldenburg und berief sich auf die Aufforderung zum freiwilligen Dienste, die auch im Oldenburger Lande ergangen sei. Er war bereits im Depot zu Münster mit Waffen und Uniform versehen worden und schien als Büchsenjäger brauchbar zu sein, zumal da die täglichen Ausfälle des Feindes die Kräfte der Besatzung sehr geschwächt hatten.[176]

Durch ihren frühen Tod ist Eleonore ein ähnliches Schicksal erspart geblieben. Folgende Frauen haben ebenfalls gegen die napoleonische Besatzung gekämpft:
Maria Buchholz, Lina Petersen, Friederike Krüger, Johanna Stegen, Marie Werde und Anna Unger aus Bayreuth, die auch bei den Lützowern kämpfte.[177]

Auf welchem Hintergrund konnte sich der Patriotismus auch der Frauen entwickeln. Unmittelbar nach der Doppelschlacht von Jena und Auerstedt 1806 ziehen die französischen Truppen in Berlin ein und werden dort bis 1808 bleiben.

In der Folgezeit wird die Stadt zum Etappenlager in der weit ausgreifenden Kriegspolitik Napoleons, das Umland leidet unter den Truppendurchmärschen und Plünderungen und verwildert förmlich. Vivant Denon lässt zahlreiche Kunstschätze Preußens nach Paris bringen, darunter die Quadriga des Brandenburger Tores.

Seit dem Frieden von Tilsit stand fast ganz Deutschland unter dem Diktat Napoleons. Bewaffneter Widerstand regte sich nur vereinzelt, erst im Herbst 1812 nach dem Fiasko der Franzosen im Russlandfeldzug und als nach dem Rückzug der Großen Armee die vierte Koalition als Bündnis zwischen Preußen und Russland zustande kommt, bündelt sich die nationale Begeisterung. Der Ausdruck „Befreiungskrieg" ist eine Sprachregelung des Königs Friedrich Wilhelm III. Nach seinem Aufruf an die Studenten eilt eine große Zahl seiner schöngeistigen Untertanen zu den Waffen. Vaterländische Ideale werden nun in Sonettform bedichtet: Es entsteht eine Nationalromantik. Der aus Dessau stammende Wilhelm Müller, Student der Klassischen Philologie an der Berliner Universität, malt sich den Sieg der preußischen Armee über die Franzosen als apokalyptisches Strafgericht aus: *Aus Franzenschädeln trinken wir Dort unsern deutschen Trank und feiern Wilhelms Siegeszier Mit altem Bardensang.*[178]

Zu den bekannteren Freiheitsdichtern gehören:
Theodor Körner, Sachsen
Ludwig Uhland, Schwaben,

Ernst Moritz Arndt, Rügen
Friedrich de la Motte Fouqué, Brandenburg.

Auch Heinrich von Kleist zählt dazu, wenngleich er im November 1811 freiwillig aus dem Leben schied. Aber auch die romantischen Dichter wie der Hugenotte Adalbert von Chamisso und der brandenburgische Achim von Arnim, der mit Clemens Brentano die Volksliedsammlung *Des Knaben Wunderhorn* herausgibt, sind ohne die Befreiungskriege nicht zu denken.

Die Dichter de la Motte Fouqué und Theodor Körner waren bei den Lützower Jägern. Wie die Stimmung im Frühjahr 1813 ist, besingt Körner in seinem Gedicht

Aufruf

Frisch auf, mein Volk! Die Flammenzeichen rauchen;
Hell aus dem Norden bricht der Freiheit Licht.
Du sollst den Stahl in Feindesherzen tauchen.
Frisch auf, mein Volk! – Die Flammenzeichen rauchen,
Die Saat ist reif; ihr Schnitter, zaudert nicht!
Das höchste Heil, das letzte, liegt im Schwerte.
Drück dir den Speer ins treue Herz hinein!
Der Freiheit eine Gasse! – Wasch die Erde,
Dein deutsches Land, mit deinem Blute rein!

So geht es noch viele Strophen weiter.[179] Der Namensgeber des Korps Adolf Ludwig Wilhelm von Lützow, Sprössling eines mecklenburgischen Adelsgeschlechts, ist am 18.5.1782 in Berlin geboren. Sein Vater machte die letzten Feldzüge des 7-jährigen Krieges unter Friedrich II. mit.

Adolf Lützows militärische Laufbahn begann 1795 als Gefreiter-Korporal im Grenadiergarde Bataillon Nr. 6 in Potsdam. Als Kind war er schon ein guter Reiter, deshalb wechselte er zum Kürassierregiment und nahm unter Blücher 1806 an der Schlacht von Auerstedt teil. Bei weiteren Kämpfen wurde er mehrmals verwundet. Am 1. März 1813 erhielt er ein besonderes Patent als Major und Eskadronchef bei dem von ihm errichteten Freikorps.[180]

Vorangegangen war ein gemeinsamer Beschluss des russischen Kaisers und des preußischen Königs, vor der Front des etwa an der Elbelinie sich versammelnden preußisch-russischen Heeres Streifkorps nach Norddeutschland zu entsenden.[181] Infolgedessen gründeten sich Freikorps, jedoch keine der Neugründungen im Jahre 1813 erregte so viel Aufmerksamkeit wie die Lützower. Ferner forderten Scharnhorst und Blücher die Bildung leichter, selbstständiger Korps, die im Rücken des Feindes operieren sollten, um Volksaufstände hervorzurufen. Sie gewinnen Friedrich Ludwig Jahn, den späteren Turnvater, der sich wie Friedrich Fröbel, dem Vater des Kindergartens, den Lützowern anschließt. Auch der Maler Georg Friedrich Kersting ist darunter, der in eindrucksvollen Bildern und Zeichnungen den Befreiungskrieg dokumentiert.

Die gute Fee der Lützower war Lützows erste Frau Elise geborene Gräfin von Ahlefeldt-Laurvig, die oft monatelang das Korps begleitete und unermüdlich sammelte: Geld, Ausrüstung, Kleider, Lebensmittel und auch Leute warb.

Nach außen hat Eleonore Prochaska nicht wie Elise von Lützow ihr Geschlecht beibehalten können. Zu hegen und zu

pflegen schien ihr zu wenig. Ihr Kompanieführer Leutnant Otto Preusse schreibt über sie:
Wir standen in Sandau (südlich Havelberg). Hier kam auch ein Jäger Renz zur Kompanie – wie sich's nachher zeigte, ein Mädchen namens Prochaska. Er wurde Flügelmann, 3 Fuß 8 Zoll 3 Strich hoch. – Es wurden uns englische Schuhe geliefert, alle bedeutend zu groß für Renz, und ich mußte besonders für ihn ein Paar arbeiten lassen. Seine Sprache war nicht besonders fein, so daß niemand in ihm ein Mädchen vermuten konnte. Übrigens kochte er vortrefflich in den Biwaks.[182]

Den Sommer 1813 über wird Jäger Renz an den Waffen geschult.

Am 9. August 1813 schreibt er/sie erneut an ihren Bruder, diesmal aus Schwerin. [183]

Das Datum weiß ich nicht, wir haben keinen Kalender und man merkt es gar nicht, wenn Sonntag ist.
Lieber guter Bruder, Uns ist gesagt, dass wir schon in drei Tagen vor den Feind kommen; es ist also vielleicht das letzte Mal, dass ich mit Dir, geliebter Bruder, noch eine Unterhaltung habe; ich bin zwar sehr müde, wir haben in fünf Tagen wohl an dreißig Meilen zurückgelegt und morgen früh um 2 Uhr marschieren wir schon weiter; aber trotz aller Müdigkeit will ich mich diesen Abend nur mit den Meinigen beschäftigen. Es ist mir noch immer geglückt, ganz unerkannt zu bleiben; kann ich nicht ein Quartiersbillet für mich allein bekommen, so ist gewöhnlich der kleine Arnold von fünfzehn Jahren mein Kamerad. Im Biwak hab' ich mein Lager immer für mich allein. Wegen meiner Stimme necken sie mich; da habe ich mich für einen Schneider ausgegeben, die können auch eine feine Stimme haben. Zu thun giebt es im Biwak auch genug, denn außer

mir ist nur noch ein einziger Schneider bei der Compagnie, ein bucklicht altes Männchen, den sie nirgends als Soldat haben annehmen wollen; aber unser Hauptmann sagte: Im Kriege sieht Gott nicht den Buckel, sondern das Herz an, wenn das nur auf dem rechten Flecke sitzt. Mit dem halt ich zusammen und nähe und wasche fleißig und weil ich mich auch auf die Küche verstehe, mögen sie mich alle gern.
Lieber guter Bruder, Du sagtest mir einmal, ich müsste Dein Herz nicht zu dem eines Weibes herabstimmen, sondern in Dir allen Muth zu erwecken suchen. Sieh, Lieber, so denke ich jetzt von Dir und habe die feste Überzeugung, dass Du, Vater und Karoline mir nicht böse seid und so gehe ich, durch diesen Gedanken gestärkt, voll Muth und Entschlossenheit in den Kampf. Komme ich einst glücklich wieder, dann guter Bruder, wird meine Freude überschwenglich sein; komme ich nicht wieder zurück, dann sage ich Dir in diesem Briefe das letzte Lebewohl, dann, theurer guter Bruder, lebe ewig, ewig wohl. Ich kann vor Thränen nichts weiter sagen, als dass ich auch noch im Tod treu und ewig mit Liebe sein werde Deine Dich ewig liebende Schwester Leonore gen. August Renz.

Am 26.8.1813 fällt auf der Straße nach Schwerin, auf der auch Jäger Renz marschiert, der Dichter Theodor Körner.

Im Göhrde Wald am 16. September 1813 wirbelt Renz noch zur Freude der Mannschaft lebhaft die Trommel. Lieutenant Dr. Friedrich Förster, ein Historiker und einer der Anwesenden, wird verwundet, der Maler Kersting versucht ihn zu verbinden. Förster schreibt in seinen Erinnerungen[184]:
Damit er die Kugel aus der Wunde herausdrücken konnte, hieß er mich niedersitzen, wozu sich als geeigneter Sitz die Trommel eines todt an der Erde liegenden französischen kleinen Rataplan[185] dar-

bot. Bald versammelten sich noch eine Anzahl Freunde und als die Operation glücklich vollbracht war, versuchte ich, um zu probieren, ob meine Armröhre ganz geblieben, die Trommel zu schlagen. Da dies nicht zum Besten gelang, nahm mir der Jäger Renz die Trommel aus der Hand und wirbelte mit großem Geschick darauf herum. „Du verstehst dich doch auf Alles, rief ein Anderer ihm zu, du schneiderst, kochst, wäschst, singst und schießt, wie Keiner es besser versteht und nun bist du auch noch Tambour!!" – „Ein Potsdamer Soldatenkind", sagte Renz, „muß sich auf Alles verstehn", und trommelte lustig weiter ..."

Aber so lustig geht die Angelegenheit nicht weiter. *Hier erfuhr ich nun zum Erstenmale die furchtbare Wirkung einer vollen Kartätschenladung in einen dichtgeschlossenen Haufen auf etwa 150 Schritt Entfernung.*

Der Trommler Jäger Renz alias die Flötistin Eleonore Prochaska hatte im richtigen Augenblick durch ihr Trommelschlagen den militärischen Sturmangriff ermöglicht. Dr. Förster schreibt weiter:
Mir war plötzlich bei dem Jubelklang um das Geschütz der Hülferuf unseres armen Trommelschlägers wieder ins Gedächtnis gekommen und nur dunkel schwebte mir vor, dass Renz ich mit Worten festgehalten: „Herr Lieutemant, ich bin ein Mädchen.

Förster findet den Arzt bei Renz, den Waffenrock geöffnet.
... der schneeweiße Busen verrieth in pochenden Schlägen das jungfräuliche Heldenherz. Kein Laut der Klage kam über ihre Lippen, um die sterbend ein beseligtes Lächeln schwebte. Das heldenmüthige Mädchen war Eleonore Prochaska, 21 Jahr alt, aus Potsdam gebürtig ...

Das war am 5. Oktober in Dannenberg. Am 7. meldet ein Bericht:

Heute morgens 9 Uhr wurde die Leiche der in der Schlacht an der Görde verwundeten Eleonora Prochaska zur Erde bestattet, welche als Jäger im Lützowschen Freikorps unerkannt ihren Arm aus reinem Patriotismus der heiligen Sache des Vaterlandes geweiht hatte. Gleich einer Jeanne d'Arc hat sie muthvoll gekämpft den Kampf für König und Vaterland ...

Als dem Könige der Bericht über das Gefecht an der Görde vorgelegt wurde, erklärte er: „es werde von ihm auf die Erhaltung des ruhmwürdigen Andenkens der für König und Vaterland in den Tod gegangenen Eleonore Prochaska Bedacht genommen werden.[186]

Förster erwähnt, dass er bis zur Niederschrift seiner Erinnerungen (1856) *Von dem, was dafür geschehen, hat nichts verlautet*[187] und meint damit, dass keine weitere öffentliche Ehrung vorgenommen worden war.[188]

Das sollte sich jedoch zum 50. Jahrestag der Völkerschlacht bei Leipzig am 18.10.1863 ändern.

Eleonore Prochaska war nun seit einem halben Jahrhundert auf dem St. Annen-Friedhof in Dannenberg bestattet, als unter den Bewohnern der Stadt der Wunsch entstand, eine Prochaska Stiftung ins Leben zu rufen, welche den Zweck haben sollte, neben der Versorgung von Militärwitwen und -waisen aus den Zinsen der Stiftung der Freiheitskämpferin auf dem genannten Friedhof ein dauerndes Monument zu setzen.

Major Schelowsky schreibt:

Der Magistrat zu Dannenberg theilte solches unterm 25. August 1863 dem hiesigen Magistrate (Potsdam) mit und erbat sich Auskunft darüber, ob Eleonore Prochaska wirklich hier geboren sei, so wie über deren frühere Verhältnisse überhaupt, die demselben denn auch zu Theil geworden ist. Da aber dann nicht ob und in welcher Weise vorgedachte Beschlüsse zur Ausführung gekommen sind, so fragte ich ... bei dem Magistrate zu Dannenberg deshalb an, worauf mir ... mittgetheilt wurde, daß ... das Denkmal ausgeführt und errichtet worden ist. Es besteht in einer 11 Fuß hohen Pyramide aus Sandstein mit der Inschrift.[189]

Die Gesamtkosten des Denkmals betrugen 94 Thlr 19 Groschen 4 Pf.

Heute gibt es den Friedhof nicht mehr, das 1865 errichtete Denkmal steht in einer kleinen Grünanlage an der B 191 Richtung Uelzen.

1889 ist auf dem Potsdamer Alten Friedhof ein Denkmal für Eleonore Prochaska errichtet worden, und zwar aus Anlass des 75. Jahrestages.

Am 4.10.1888 klagt ein Potsdamer Bürger, der Kaufmann und Schiedsmann Wilhelm Bormeister, dem Magistrat über die vergeblichen Bemühungen, den Namen der Eleonore Prochaska auf die Ehrentafeln der in den Freiheitskriegen Gefallenen auf dem alten Friedhof aufzunehmen.

Weder die Kirchenvorstände in Potsdam noch die Garnisonskirche waren dazu bereit. Bormeister wendet sich an Bismarck, der auch als Jäger in Potsdam gedient hatte, und dieser gibt die Angelegenheit an den Kriegsminister. Da ihr Name in der Garnisonskirche zu Köln und Erfurt erwähnt sei, genüge dies, wurde Bormeister mitgeteilt. Er bittet nunmehr den Magistrat von Potsdam, ein bereits vorhandenes Denkmal, das ohne Inschrift ist, für Eleonore Prochaska zu verwenden. Er wolle die Kosten durch eine Privatsammlung aufbringen. Ein Komitee sammelt in der Bürgerschaft, unterstützt von dem Verein der ehemaligen freiwilligen Jäger und den ehemaligen Zöglingen des Militär-Waisenhauses, unterstützt von Stadtrat Schmidt.

Am Sonntag, 10.11.1889, 11 Uhr, findet die Einweihungsfeier auf dem Alten Friedhof statt. Auf dem Sockel steht: *Eleonore Prochaska – geboren in Potsdam am 11. März 1785 erzogen im Königl. Großen Milit. Waisenhaus – Freiwilliger Jäger im Lützowschen Korps zum Tode verwundet im Gefecht an der Göhrde gest. 5. Oktober 1813 – Der Heldenjungfrau zum Gedächtnis 1889.*

Pastor von Ranke hielt die Rede.

Laut „Der Bär“ 1889[190] soll die 80-jährige Tochter des Bruders, eine verwitw. Britz aus Bornstedt, der Feierstunde beigewohnt haben. Nach einem Artikel von Julius Haeckel von 1936 soll die Nichte Brise geheißen haben, jedenfalls muss sie Eleonore gekannt haben, denn sie wurde noch zu Lebzeiten von Eleonore, 1809, geboren.

Ferner waren bei der Feierstunde anwesend der Vorsitzende des Vereins „Einigkeit“, Stadtrat Schmidt, General Major von Lindequist, Waisenhaus-Kommandant von Döring, Offiziere und ein Kirchenchor aus den Zöglingen des Waisenhauses.

Aus Anlass der Einweihung des Denkmals hat Professor Emil Taubert den Vierakter geschrieben „Eleonore Prochaska“. Das Schauspiel ist im Verlag von Walther und Apolant, Berlin W 8, 1889, verlegt worden.

In der vorgestellten patriotischen Stimmung ist der Heldentod einer Frau literarisch und musikalisch ein wunderbares Thema. Es ist aber auch in anderer Hinsicht von größtem Interesse. Um die Jahrhundertwende 1800 war die Diskussion um das Frauenbild und die Frauenbildung in vollem Gange. Auch Kleists Briefe an seine Schwester und an seine Braut sind voller Ratschläge und Überlegungen, wie gebildet eine Frau sein sollte. Im Preußischen Jahrbuch von 1801 ist zu lesen:

Jahrhunderte – ich mag sagen Jahrtausende lang sind die Flügel des weiblichen Geschlechts gelähmt geblieben. Erfolgt hierin keine Änderung, so artet am Ende das ganze Geschlecht in Puppen aus. Wehe dann den Männern ... Die beiden zentralen, an Rousseau anknüpfenden Argumente für eine verbesserte Mädchenerziehung lauteten: der Männer wegen und der Kinder wegen sei sie nötig. Mütter waren für die ersten Lebensjahre der Kinder zuständig, deren Bedeutung für die menschliche Entwicklung zunehmend erkannt wurde.[191]

Eleonore hatte keine Kinder. Sie wird häufig als erst 21-Jährige genannt. Sie hat sich sogar noch jünger gemacht und als 18-Jährige in die Armee eingetragen. Das erklärt sich daher, dass sie wegen ihrer Frauenstimme den Jäger Renz jünglingshaft machen musste, was auch erklären sollte, warum ihr noch kein Bart gewachsen sei. Sie war aber bei Eintritt in die Armee bereits 28 Jahre alt. Und nirgends ist die Rede davon, dass sie die Braut irgend jemands war oder gar beabsichtigte zu heiraten. Das ist für eine hübsche Frau in der damaligen Zeit ungewöhnlich. Statt für ihre Kinder zu sterben, stirbt sie wie Jeanne d'Arc für das Vaterland.

Das ist das Thema des Dramatikers Piwald in seinem Stück *Das Mädchen von Potsdam*. Er lässt nicht nur Eleonores Bruder sterben, sondern stellt ihr auch einen Geliebten zur Seite, beides ist dichterische Freiheit. Das Drama ist am 1.3.1814 in dem Leopoldstädter Theater Wien uraufgeführt und von der Presse abgelehnt worden, weil sich Eleonore zu sehr als Kopie der französischen Johanna hergeben muss, was in den Kriegen gegen Napoleon psychologisch unklug ist. Bis zum 14.4.1814 werden weitere zehn Vorstellungen geboten, dann wird das Stück abgesetzt.[192]

Als der preußische Kabinettssekretär Johann Friedrich Leopold Duncker im September 1814 in Begleitung des Preußenkönigs zum Wiener Kongress anreiste, hatte er ebenfalls ein Stück Eleonore betreffend in der Tasche.

Über Giannatasio del Rio, in dessen Haus Duncker wohnte, kam es zu einer Freundschaft mit Beethoven, die bis in die Zwanzigerjahre andauern sollte.

Aus Enttäuschung hatte Beethoven die Widmung für Napoleon aus seiner „Eroica" zurückgenommen, da dieser seine republikanische Gesinnung verletzt hatte. In Eleonore Prochaska sah er eine Freiheitskämpferin und war daher für den von Duncker mitgebrachten Stoff empfänglich. Er hat seine Musik dazu im Frühjahr 1815 komponiert.[193]

Beethoven fühlte sich offenbar zu einer Stellungnahme genötigt, und er hat sie vor allem in der Wahl von Leonores Stimmlage (Sopran) und in der Wahl der Begleitinstrumente abgegeben. Eine Sopranstimme rückte den Charakter nach gängiger Opernpraxis in die Nähe der Mädchenhaftigkeit, Unschuld und ethischen Reinheit. Harfe und Glasharmonika waren nicht nur „schickliche Frauenzimmer-Instrumente", sondern in Klang und Ausdruckscharakter eindeutig mit weiblichen Konnotationen der Unkörperlichkeit und Entsexualisierung verknüpft.[194] Im Zusammenhang mit dem Volksliedton der Romanze und der Blumen-Symbolik beider Texte wird Leonore damit in einer Weise gezähmt und verharmlost, die in auffallendem Gegensatz zu ihrer Rolle steht.

Da der Text des Dunckerschen Dramas verschollen ist, sind Rückschlüsse auf seinen Inhalt nur aufgrund der drei erhaltenen Gesangnummern und entsprechend vorsichtig zu ziehen. Der Kriegerchor singt: *Wir bauen und sterben; aus Trümmern ersteht – ist längst unsre Asche vom Winde verweht – der Tempel der Freiheit und Liebe.* Manche Interpreten sehen darin eine freimaurerische Färbung, der auch Beethoven zuneigte.[195]

Zu seinen Lebzeiten wurde „Eleonore Prochaska" nie aufgeführt, als Gründe werden genannt: Piwald sei Duncker schon zuvorgekommen, oder auch, dass, wie Fanny del Rio, wo Duncker gewohnt hatte, mitteilt, es zwischen Duncker und Beethoven zu Auseinandersetzungen gekommen ist, der über den Text des Jägerchors u. a. unzufrieden war. Eine weitere Möglichkeit war die Zensur, denn Duncker war exponiertes Mitglied der preußischen Delegation beim Wiener Kongress, dessen Verlauf in Wien eine antipreußische Einstellung hervorgerufen hatte. Auch die möglicherweise freimaurerische Färbung stünde im Konflikt mit der Politik Österreichs, das Volkserhebungen während des Krieges niedergehalten hatte, sodass wenig Anlass bestand, die preußischen Freikorps nach Kriegsende literarisch aufzuwerten.[196]

Dennoch hatte bereits vor der Piwaldschen Aufführung am 23. Februar 1814 in Wien ein Konzert für Eleonore stattgefunden. Eine Demoiselle Adamberger trug ein Gedicht von Florian Pichler vor:

Leonore Prochaska – „An die deutschen Mädchen."[197]

Mädchen, Ihr, deren Herzen unschuldvoll
Allem Großen und Göttlichschönen schlagen
Bringet diesem Grabe den Tränenzoll
Zärtlicher Klagen!

Und ganz ein Dichter seiner Zeit resümiert er:

Mädchen, es fordert nicht das Vaterland,
Daß ihr, rüstig in's Schlachtgetümmel flieget,
Und die Todesblitze mit zarter Hand
Schwinget, und sieget:

Auf dieser Veranstaltung wurde ein Tableau aufgeführt, das vom Dekorationsmaler des Wiener Hofburgtheaters Friedrich Tremel stammt, dem Pichlers zweites Gedicht *Der preußische Jäger August Renz* zugrunde lag, in dem das heldenhafte Leben und Sterben des Jägers Renz und auch der Frauen aus Spanien und Tirol besungen wird, während in dem ersten Gedicht die Frau in ihre gottgegebenen Schranken verwiesen wird.

Auch Friedrich Rückert, dessen Eleonore-Gedicht *Auf das Mädchen aus Potsdam, Prochaska* das bekannteste ist und unmittelbar nach Bekanntgabe ihres Todes 1813 geschrieben wurde, verfährt ähnlich:

Ich müßte mich schämen, ein Mann zu heißen,
Wenn ich nicht könnt' führen das Eisen,
Und wollte Weibern es gönnen,
Daß sie führen es können!

Diese Strophe eröffnet sein Gedicht und beendet es mit dem Unterschied, dass aus „könnt' führen das Eisen" „wollt' führen das Eisen" wird, emphatischer kann ein Dichter nicht den Appell richten!

Offensichtlich ist nach Beendigung der Kriege die Waffenbruderschaft der Frauen nicht mehr erwünscht.

Im 19. Jahrhundert findet Eleonore Prochaska hin und wieder in kurzen Artikeln in Berlin-Brandenburgischen Jahrbüchern Erwähnung. Besonders zum 100. Gedenktag der Völkerschlacht bei Leipzig, 1913, wiederum kurz vor einem Krieg, steigt das Interesse an Nationalhelden und -heldinnen:

Arnold Koeppen schreibt „*Eleonore Prochaska*", ein Schauspiel in 3 Akten, 1913. Auch dieses Stück ist wegen Kriegsverlusten nicht auffindbar.

Hermann Stodte widmet seinem im 1. Weltkrieg gefallenen Sohn seinen Roman *Das preußische Mädchen, Schicksalswege der Eleonore Prochaska.*

1968 ist sie erwähnt in den Brandenburgischen Neuesten Nachrichten *Potsdamer, auf die wir stolz sind. Ihr Denkmal steht auf dem Alten Friedhof,* während es in dem 1993 von mehreren Autoren zusammengetragenen Band *Vernichtet Vergessen Verdrängt – Militärbauten und militärische Denkmäler in Potsdam* nicht aufgenommen ist. Einer dieser Autoren, Frank Bauer, jedoch, hat das Desiderat mit dem Buch *Horrido Lützow*! nachgeholt.

Zur 200. Jahrhundertfeier der Völkerschlacht bei Leipzig 2013 wurde ein großes Spektakel veranstaltet. In Dannenberg und Potsdam wurden Gedenkveranstaltungen organisiert.

Eleonore Prochaska würde wieder in eine hundertjährige Vergessenheit geraten, wenn da nicht die kleine Komposition von Beethoven aus dem Jahre 1815 zu Johann Friedrich Leopold Duncker verschollenem Theaterstück *Eleonore Prochaska* wäre: *Wir bauen und sterben; aus Trümmern ersteht – ist längst unsre Asche vom Winde verweht – der Tempel der Freiheit und Liebe.*[198]

... er die Eiche, sie der Epheu – Frauen verlassen den Stamm

Selbstständige Künstlerinnen am Beispiel der Komponistin Emilie Mayer *(* 1812 in Friedland, † 1883 in Berlin)*
Die weibliche Beethoven[199]

Wer glaubt, die Aufklärung sei für alle Menschen, also auch für Frauen, der/die irrt. Liest man die hoch interessante und zeitkritische Biografie von Barbara Beuys über die Komponistin Emilie Mayer, wird man eines anderen belehrt.

Was der Vater Joachim Heinrich Campe, Verleger, 1789, im Jahr zum Beginn der Französischen Revolution seiner Tochter für ihr weiteres Leben väterlich rät, ist alles andere als der Geist der Aufklärung, nämlich, was ich *hier zu melden habe, ist: daß das Geschlecht, zu dem du gehörst, nach unserer dermahligen Weltverfassung, in einem abhängigen und auf geistige sowol als körperliche Schwächung abzielenden Zustande lebt, und, so lange jene Weltverfassung die nämliche bleibt, nothwendig leben muß. Das ist freilich keine angenehme, aber eine nöthige Nachricht, die ich, wenn ich zu deinem großen Schaden dich nicht täuschen wollte, dir nicht verheelen durfte.*

Immanuel Kant lehrte 1783: *Aufklärung ist der Ausgang des Menschen aus seiner selbst verschuldeten Unmündigkeit. Unmündigkeit ist das Unvermögen, sich seines Verstandes ohne Leitung eines anderen zu bedienen.*

Und weiter noch Vater Campe: *Es ist also der übereinstimmende Wille der Natur und der menschlichen Gesellschaft, daß der Mann des Weibes Beschützer und Oberhaupt, das Weib hingegen die sich ihm anschmiegende, sich an ihm haltende und stützende treue, dankbare und folgsame Gefährtinn und Gehülfinn seines Lebens sein sollte – er die Eiche, sie der Epheu, der einen Theil seiner Lebenskraft aus den Lebenskräften der Eiche saugt.*

Es wird der selbstständige Geist den Frauen abgesprochen, mehr noch, sie saugt an seinen Lebenskräften. Das ist durchgängig der Tenor besonders in der nachnapoleonischen Zeit des Biedermeiers und das besonders im deutschsprachigen Raum.

In diese Zeit wird Emilie Mayer in Fridland/Mecklenburg hineingeboren als Tochter eines Apothekers, der in einer Kleinstadt zu den oberen Hundert gehört, also in die neu entstehende Klasse des Bildungsbürgertums.

Diese Minderwertschätzung der Frauen bzw. Musikerinnen geht ja bis heute. Im Berliner Ortsteil Grunewald gibt es ein Musikerviertel, in dem nur männliche Musiker zu finden sind. Da gibt es die Brahmsstraße, Furtwänglerstraße, Griegstraße, den Joseph-Joachim-Platz, den Klindworthsteig, den Leo-Blech-Platz, die Nikischstraße, die Regerstraße, Richard-Strauss-Straße, Spohrstraße, Taubertstraße.

Warum gerade diese Musikpersönlichkeiten als Namensträger ausgesucht wurden, ist nirgends zu finden, es wurde in der Nazizeit teils verändert, wenn es jüdische Künstler waren, z. B. hieß die Regerstraße vom 24. Oktober 1922 bis 3. Oktober 1935 *Mahlerstraße* nach Gustav Mahler.

Noch nicht mal mittlerweile anerkannte Musikerinnen wie z. B. Clara Schumann und Fanny Hensel sind vertreten.

Selbst für die bedeutende Sängerin Lilli Lehmann reichte es nur für eine Gedenktafel, immerhin, aber nicht für die Umbenennung z. B. der Herbertstraße (Herbert ist ein Sohn Bismarcks), nahe Johannaplatz, wo sie wohnte. Die Gedenktafel gibt immerhin ausführlich Auskunft:

Hier lebte seit 1891
LILLI LEHMANN
24.11.1848 - 16.5.1929
Sopranistin und Gesangspädagogin,
seit 1870 Berliner Hofoper,
von 1886 bis 1890 Metropolitan Opera, New York.
Berühmte Wagner- und Mozartsängerin.
1901 Mitbegründerin der Salzburger Festspiele.
Eine der ersten Bewohnerinnen der
Villenkolonie Grunewald

Da wir den Joseph-Joachim-Platz gar nicht so weit weg von Lilli Lehmann haben, möchte ich über das Umfeld des Namengebers Joseph Joachim erzählen. Schon sein Name ist interessant. Joseph ist der Name des Vaters von Jesus, Joachim sein Opa. Auch das hat bei meinen Führungen immer zur Verwirrung geführt. Opa von Jesus? Wer sich mit dem ikonografischen Bild der Anna selbdritt befasst hat, wird auf ihn stoßen, es ist der 1. Ehemann von Anna, der Mutter Marias und Jesus' Oma, und damit der Opa von Jesus.

In der Dahlemer Dorfkirche haben wir noch ein rudimentäres Wandbild der Anna selbdritt. Joachim wird in katholischen, orthodoxen und anglikanischen Kirchen als Heiliger verehrt.

Joseph Joachim[200] war Wunderkind, Komponist, Dirigent, bereits mit sieben Jahren trat er als Geigensolist auf. 1868 kam er mit seiner Familie nach Berlin. 1869 berief ihn König Wilhelm I. von Preußen zum Gründungsrektor der *Königlich Akademischen Hochschule für ausübende Tonkunst*, der späteren

Musikhochschule Berlin. Seine pädagogische Arbeit prägte die Hochschule entscheidend.

1879 hatte die vierzehnjährige Sabine Lepsius, Tochter des Malerehepaars Lepsius, die Aufnahmeprüfung bei Joachim geschafft, Ziel: Komponistin zu werden.

Nun hatte sich in der 2. Hälfte des 19. Jahrhunderts eine starke bürgerliche Frauenbewegung entwickelt, die auch für die Frauenbildung kämpfte. Sängerinnen und Pianistinnen gab es, aber Komponistin? Fürs Komponieren brauchte man den klar denkenden Männerverstand und nicht die gefühlsbetonte Herangehensweise von Frauen, war die Meinung. Nach dem Einführungsunterricht hoffte Sabine Lepsius, ihr Studium aufnehmen zu können, aber sie wurde abgelehnt. Sie schreibt: *Meine Enttäuschung war unbeschreiblich, als ich erfuhr, dass es zwar eine Kompositionsklasse gab, weibliche Schüler jedoch keine Aufnahme fanden. Eine Welt brach in mir zusammen, und eine tiefe Opposition gegen die von Männern aufgestellte Ordnung stieg in mir auf.*[201]

Auch war in Preußen die staatliche Ausbildung für Frauen in der Kunst verboten, erst 1919 wurden Frauen zugelassen. Aber Sabine Lepsius hatte einen Maler zum Vater und ging wie viele Künstlerinnen vor ihr in die Schule des Vaters. Sie wurde eine bedeutende Portraitmalerin, deren Werke u. a. in der Alten Nationalgalerie hängen.

Auf diesem Hintergrund ist das Leben und das Werk der 1812 in Mecklenburg geborenen Komponistin Emilie Mayer interessant. Wie hatte sie es geschafft, eine bedeutende Komponistin zu werden mit dem Attribut „eine weibliche Beethoven"?

Emilie Mayer war bei Carl Loewe in Stettin und bei Adolf Bernhard Marx und Wilhelm Wieprecht in Berlin Kompositionsschülerin.

Sie war unverheiratet geblieben und konnte daher anders als Clara Schumann z. B. ganz bei ihrer Kunst bleiben und kontinuierlich komponieren. Sie hinterlässt am Ende ihres Lebens (1883) acht Sinfonien, die in ganz Europa, wie fast alle ihre Werke, gespielt wurden, und vor allem eine hoch geachtete Faust-Komposition. Das Notturno d-Moll für Violine und Klavier op. 48 hat sie Joseph Joachim gewidmet, der achtzehn Jahre jünger war als sie und in dessen Umfeld sie verkehrte.

Das Werk der Komponistin Emilie Mayer ist aber, wie ich vielerorts bei Künstlerinnen noch eher als bei Männern beobachten konnte, schon kurz nach ihrem Tod in der Versenkung verschwunden.

Erst ab August 2021 erinnert ein Gedenkstein auf dem Dreifaltigkeitsfriedhof in Berlin-Kreuzberg am Halleschen Tor an den Ort, wo Emilie Mayer am 13. April 1883 ihre letzte Ruhestätte fand (durch die Recherchen zu dem Film „Komponistinnen" wurde sie überhaupt erst gefunden) – unweit der Gräber von Felix Mendelssohn Bartholdy und Fanny Hensel.

Der Berliner Senat hat diesen Ort als Ehrengrab gewürdigt. Neuerdings höre ich öfter im Kulturradio rbb Kompositionen von Emilie Mayer.[202]

Die schöne Schäferin – La Pastorella –

Lieder der Liebe

Im Rokoko war die Schäfermode auf ihrem Höhepunkt angelangt. Besonders der französische Adel liebte es, ländliche Schäferidyllen in Form musikalischer Picknicks in barocken Gärten und Salons nachzuspielen. Die Musik dazu sollte pastoral sein mit jederart Flöten. Aber auch Sackpfeifen und Drehleiern waren wegen ihrer Volkstümlichkeit hoch willkommen.

Auf dem Höhepunkt der Schäfermode komponierte der Pariser Jacques-Christophe Naudot die beste Musik für die ländlichen Rokoko-Idyllen.

Aber auch die Romantik, ein wenig später, besonders in Deutschland, in der frühen Phase besonders von Franz Schubert geprägt, verwendet Elemente der Volksmusik. Schubert war ein unermüdlicher Schöpfer von Liedern.
So hat er u. a. vertont:
Der Mond ist aufgegangen (Mathias Claudius, 1816)
An Mignon (Nur wer die Sehnsucht kennt, J. W. Goethe, 1815)
Die schöne Müllerin (W. Müller, 1823)
Winterreise (W. Müller, 1827)
Ellens Gesang III, bekannt als „Ave Maria“ (D. Scott, 1825)
Erlkönig (J. W. Goethe, 1815)
Heidenröslein (J. W. Goethe, 1815)
La pastorella al prato (Goldoni, 1817)
Suleika I und II (Marianne von Willmer, 1821)
Wanderers Nachtlied I und II (J. W. Goethe, 1815, 1824)

Insgesamt vertonte Schubert 600 Lieder, davon viele Liebeslieder.

In der Romantik erfolgte eine starke Betonung des Individuums und der eigenen Gefühlswelt. In Rückbesinnung auf das Mittelalter entdeckte man auch den Minnegesang wieder, der das Bild von Liebe zu Beginn der Romantik noch mitprägte, ehe es sich dann grundlegend veränderte. In der Romantik entstand dann die Idee einer romantischen Liebe, die das oberste Kriterium bei der Wahl von Ehepartnern sein sollte. Daraus ergab sich die Forderung nach einer Liebesheirat, die arrangierte Ehe wurde verpönt.

Die Freiheit der Liebe lässt die Liebesliteratur blühen.

Besonders in der Freiheit des Schäfers und ganz besonders der Schäferin, die frei mit ihren Herden übers Land zieht und scheinbar niemandem gehört als sich, der Natur, ihren Schafen und dem lieben Gott, hat es den Dichtern angetan.

Die berühmte *La pastorella al prato* von Carlo Goldoni gedichtet und 1817 von Franz Schubert vertont:

Die Schäferin auf der Wiese

Die Hirtin wandert glücklich auf der Wiese umher,
die Lämmer an ihrer Seite,
und singt vergnügt.
Wenn ihre unschuldige Liebe
ihrem Hirten gefällt, wird
die schöne Hirtin
immer glücklich sein.

Bei Goethe ist es der Schäfer:

Schäfers Klagelied

Da droben auf jenem Berge,
Da steh ich tausendmal
An meinem Stabe gebogen
Und schaue hinab in das Tal.

Dann folg ich der weidenden Herde,
Mein Hündchen bewahret mir sie.
Ich bin herunter gekommen
Und weiß doch selber nicht wie.

Da stehet von schönen Blumen
Die ganze Wiese so voll.
Ich breche sie, ohne zu wissen,
Wem ich sie geben soll.

Und Regen, Sturm und Gewitter
Verpass ich unter dem Baum.
Die Türe dort bleibet verschlossen
Doch alles ist leider ein Traum.

Es stehet ein Regenbogen
Wohl über jenem Haus!
Sie aber ist weggezogen,
Und weit in das Land hinaus.

Hinaus in das Land und weiter,
Vielleicht gar über die See.
Vorüber, ihr Schafe, vorüber!
Dem Schäfer ist gar so weh.
(Schubert, 1814)

Auch hier sind die Freiheit und die Naturverbundenheit das Hauptthema, Freiheit heißt auch hinnehmen, dass die Tür der/s Geliebte/n verschlossen bleibt.

Man bedenke, diese Lieder werden gesungen, als sich die (bildungs)-bürgerliche städtische Gesellschaft in den wachsenden Städten entwickelt.

Auch die stille, verheiratete Liebe von Goethe, lange wurde die Dichtung des *West-Östlichen Diwan* nur ihm zugeschrieben, Marianne von Willemer hat sich in seinem Meisterwerk beteiligt:

Was bedeutet die Bewegung
Bringt der Ostwind frohe Kunde?
Seiner Schwingen frische Regung
Kühlt des Herzens tiefe Wunde.

Kosend spielt er mit dem Staube,
Jagt ihn auf in leichten Wölkchen,
Treibt zur sichern Rebenlaube
Der Insekten frohes Völkchen.

Lindert sanft der Sonne Glühen,
Kühlt auch mir die heißen Wangen,
Küßt die Reben noch im Fliehen
Die auf Feld und Hügel prangen.

Und mich soll sein leises Flüstern
Von dem Freunde lieblich grüßen,
Eh noch diese Hügel düstern
Sitz ich still zu seinen Füßen.

Und Du magst nun weiter ziehen,
Diene Frohen und Betrübten,
Dort wo hohe Mauern glühen
Finde ich den Vielgeliebten.

Ach, die wahre Herzenskunde,
Liebeshauch, erfrischtes Leben
Wird mir nur aus seinem Munde,
Kann mir nur sein Atem geben.

Diese Liebesgeschichte spielt sich offensichtlich in einem Weinberg ab und wurde als *Suleika I Ostwind* von Franz Schubert vertont.

Eine ebensolche Leichtigkeit und Schäferidylle hat zwei Jahrhunderte später das italienische Lied von 1976: *La Pastorella*. Es wurde der größte Erfolg von Vico Torriani, ein Lied, das inzwischen zu den Evergreens der deutschen Unterhaltungsmusik gehört. Das Lied wurde auch von zahlreichen anderen Interpreten aufgenommen.

La Pastorella

Es war an einem Frühlingstag
Es grünte schon, wie neu war die Welt
Der Winter hat ein Abschiedslied
Beim Wind bestellt

Die Schäferin von Val Gardena
Zog allein hinauf in das Land
Dort, wo sie einen Sommer lang
Die Ruhe fand

La Pastorella ist so jung und schön
Und viel zu lang allein auf Bergeshöh'n
Die Liebe ist kein Spiel der Ewigkeit
Drum schenk ihr jeden Tag von deiner Zeit
La Pastorella, die so jung und schön
Wird eines Tages auch versteh'n

Er hat gesagt: „Ich wart auf dich
Der Herbst kommt bald und dann bist du Mein
Und wirst ein ganzes Leben lang
Nur glücklich sein“

Sie schaut ins grüne Tal zurück
Und denkt an ihn und fühlt, es wird wahr
Sie wird für immer bei ihm sein
Im nächsten Jahr

La Pastorella ist so jung und schön
Und viel zu lang allein auf Bergeshöh'n
Die Liebe ist kein Spiel der Ewigkeit
Drum schenk ihr jeden Tag von deiner Zeit
La Pastorella, die so jung und schön
Wird eines Tages auch versteh'n

FeinsLiebchen

Das besondere Liebeslied

In meiner Kindheit der Fünfzigerjahre des 20. Jahrhunderts im Rheinland auf einer lutherischen Volksschule, damals herrschte dort noch die Trennung in Konfessionsschulen, war die Kenntnis des deutschen Volkslieds noch wichtig und brachte gute Zensuren, konnte man viele auswendig.

Da war ich Meister, ich konnte zumindest die Anfänge, was dem Lehrer auch schon genügte, zeigte es doch Interesse. Ich kriegte dafür in der 3. Klasse eine Eins in Fleiß.

Mich faszinierten an den Volksliedern die andere Sprache, die anderen Bilder, weil sie nicht meiner Nachkriegswelt in Trümmern entsprach und meistens gut ausgingen wie die Märchen auch.

Ich liebte Wörter, FeinsLiebchen war eins, dem Alltag meines damaligen Lebens total enthoben. Ich hatte nur meine böhmischen Großeltern in Bonn als Vorbild, die sich ähnlich liebevolle ansprachen, aber fast immer mit der Frage: *Bist mei Liebchen, gellok?* Wobei das letzte Wort in ihrer Sprache immer eine Frage bedeutete und nachgesetzt wurde.

Die Rheinländer sagten *Leevche*. Das klang aber nicht romantisch. Ja, das Romantische liebte ich an den Volksliedern, wobei ich eigentlich auch nicht wusste, was romantisch heißt. Ich liebte das Alte, auch in den Märchen, die heile Welt, die ich draußen nicht vorfand, weil die Erwachsenen nach den Kriegszerstörungen mit dem Aufbau beschäftigt waren und dann mit dem Wirtschaftswunder.

Da klang mein FeinsLiebchen wirklich außerirdisch. Aber woher hatte ich das schöne Wort? Das bekannteste Lied, das mir einfällt, ist:

Horch, was kommt von draußen rein, holahi, holaho,
wird wohl mein Feinsliebchen sein, holahiaho?
Geht vorbei und schaut nicht rein, holahi, holaho,
wird's wohl nicht gewesen sein, holahiaho!

Leute haben's oft gesagt, hollahi, hollaho,
dass ich ein Feinsliebchen hab, hollahiaho.
Lass sie reden, schweig fein still, hollahi, hollaho,
kann ja lieben, wen ich will, hollahihaho!

Wenn mein Liebchen Hochzeit hat, hollahi, hollaho,
ist für mich ein Trauertag, hollahiaho.
Geh ich in mein Kämmerlein, hollahi hollaho,
trage meinen Schmerz allein, hollahiaho.

Wenn ich dann gestorben bin, hollahi, hollaho,
trägt man mich zum Grabe hin, hollahiaho.
Setzt mir keinen Leichenstein, hollahi, hollaho,
pflanzt mir drauf Vergissnichtmein, hollahiaho.

Keiner weiß, so recht, wer es geschrieben oder vertont hat.Es wurde von Studenten gesungen im 19. Jahrhundert und später von der Wandervogelbewegung. Es hat einen flotten Rhythmus, der eigentlich nicht so zu der traurigen Tatsache passt, dass der junge Mann sein Liebchen verliert. Obwohl nirgends ein Hinweis auf ein Geschlecht vorhanden ist, geht man davon aus, daß das Feinsliebchen eine Frau ist.

Mindestens sechsundzwanzig Mal kommt *Feinsliebchen* in „Des Knaben Wunderhorn" vor, einer Volksliedsammlung von Achim von Arnim und Clemens Brentano mit dem Untertitel „Alte deutsche Lieder", erschienen zwischen 1805 und 1808, in drei Bänden. Sie enthalten 723 Liebes-, Soldaten-, Wander- und Kinderlieder vom Mittelalter bis ins 18. Jahrhundert. Einige der Lieder stammen auch von ihnen selbst.

Nun also weiter auf der Suche nach dem FeinsLiebchen.

Auch Heinrich Heine dichtet 1827 in seinem „Buch der Lieder" in dem Gedicht „Im süßen Traum, bei stiller Nacht..." vom *FeinsLiebchen*. Das „Buch der Lieder" enthält 237 Gedichte.

... Feins Liebchen weint; ich weiß warum,
Und küß' ihr Rosenmündlein stumm –
„O still', feins Lieb, die Thränenfluth,
Gieb her, feins Liebchen nur Minnegluth ...

... Und aus dem Abgrund schwarz und graus
Stieg wild die schwarze Schaar heraus.
Aus meinen Armen schwand feins Lieb;
Ich ganz alleine stehen blieb ...

Dieses Adjektiv „fein" mit „s" und beim Lieb-chen ist heutzutage ungewöhnlich, es modern zu übertragen mit „feines Liebchen" hat nicht den Zauber von „FeinsLiebchen".

„FeinsLiebchen" hat was Intimes, das nur der Liebende sagt und das ihm oft auch wieder verloren geht.

Bei dem folgenden Lied von 1840 von Anton Wilhelm von Zuccalmaglio (1803-1869) nach dem Lied „Ay Annle! du so'st ni boeves gien" aus Nordostmähren kommt das Intime besonders schön hervor, indem sie ihm versichert: *Die Ehr und Treue mir keiner nahm, ich bin, wie ich von der Mutter kam*, also noch unschuldig.

Feinsliebchen, du sollst mir nicht barfuß gehn,
du zertrittst dir die zarten Füßlein schön,
tralalala, tralalala!
Du zertrittst dir die zarten Füßlein schön.

Wie sollte ich denn nicht barfuß gehn,
hab keine Schuh ja anzuziehn,
tralalala, tralalala!
Hab keine Schuh ja anzuziehn.

Feinsliebchen, willst du mein eigen sein,
so kaufe ich dir ein paar Schühlein fein,
tralalala, tralalala!
So kaufe ich dir ein paar Schühlein fein.

Wie könnte ich euer eigen sein,
ich bin ein armes Mägdelein,
tralalala, tralalala!
Ich bin ein armes Mägdelein.

Und bist du auch arm, so nehm ich dich doch,
du hast ja Ehr und Treue noch,
tralalala, tralalala!
Du hast ja Ehr und Treue noch.

Die Ehr und Treue mir keiner nahm,
ich bin, wie ich von der Mutter kam,
tralalala, tralalala!
Ich bin, wie ich von der Mutter kam.

Und Ehr und Treu ist besser wie Geld,
Ich nehm mir ein Weib, das mir gefällt,
tralalala, tralalala!
Ich nehm mir ein Weib, das mir gefällt.

Was zog er aus seiner Tasche fein,
Von blauer Seide sind's Strümpfelein,
tralalala, tralalala!
Von blauer Seide sind's Strümpfelein.

Sie setzte sich nieder auf einen Stein,
Und zog die Strümpfe an ihre Bein,
tralalala, tralalala!
Und zog die Strümpfe an ihre Bein.

Was zog er aus seiner Tasche dazu,
Von blauem Leder ein Paar Schuh,
tralalala, tralalala!
Von blauem Leder ein Paar Schuh!

Sie zog die Schühlein an den Fuß,
Und dankte ihm gar sehr dazu,
tralalala, tralalala!
Und dankte ihm gar sehr dazu.

Was zog er aus seiner Taschen fein?
Mein Herz, von Gold ein Ringelein,
tralalala, tralalala!
Mein Herz, von Gold ein Ringelein.

Dieses Lied vertonte Johannes Brahms (1833-1897)

Auch in die Theaterwelt hält das Zauberwort Einzug: 1835 lässt Georg Büchner Lucile in „Danton's Tod" unter dem Fenster ihres eingekerkerten Geliebten Camille singen: „Es stehen zwei Sternlein an dem Himmel, scheinen heller als der Mond/ Der ein' scheint vor Feinsliebchens Fenster, Der andere vor die Kammerthür."

Das Wort selber ist nicht erst in der Romantik aufgekommen. Gottfried August Bürger soll das schöne Wort in seiner in Göttingen 1778 erschienenen Gedichtsammlung verwendet haben, die auf dem Prinzip der Volkspoesie beruhte. Als solche wird FeinsLiebchen bereits in den Fastnachtspielen des 15. Jahrhundert gesichtet. Diese feinste Nuancierung der deutschen Sprache wird leider verloren gehen, wenn wir unsere Sprache nicht pflegen.

Im Internet werden als englische Übersetzungen angeboten: sweetheart oder fine darling ...
Dazu habe ich keinen Kommentar.

Ave Maria

Gegrüßet seist du, Maria, diese Anrufung eines Gebets an die Muttergottes in katholischen Kirchen gehört nach dem *Vaterunser* zu den häufigsten Gebeten.

Es besteht im ersten Teil aus der Verkündigung des Herrn (Jesus) durch den Erzengels Gabriel (Lk 1,28) und im zweiten Teil als Bitte um den Beistand in der Todesstunde.

Ave Maria, gratia plena,
Dominus tecum.
Benedicta tu in mulieribus,
et benedictus fructus ventris tui, Iesus.

Sancta Maria, Mater Dei,
ora pro nobis peccatoribus
nunc et in hora mortis nostrae.
Amen.

Gegrüßet seist du, Maria, voll der Gnade,
der Herr ist mit dir.
Du bist gebenedeit unter den Frauen,
und gebenedeit ist die Frucht deines Leibes, Jesus.

Heilige Maria, Mutter Gottes,
bitte für uns Sünder
jetzt und in der Stunde unseres Todes.
Amen.

Ave Maria wurde vielfach vertont, kaum ein Komponist fehlt in der Reihe der Vertonungen, Bach, Mendelssohn-Bartholdy, Bruckner, Liszt, Dvořák, Brahms.

Wagner und Verdi haben zwar ihr Lied *Ave Maria* genannt, aber einen anderen Text genommen.

Die berühmteste Fassung stammt von Franz Schubert mit einer Melodie, die nicht mehr aus den Ohren geht, *Ave Maria*, gesungen von Luciano Pavarotti. Es ist eine der schönsten Melodien überhaupt.

Die Entstehungsgeschichte von Franz Schuberts *Ave Maria* jedoch hat einen ganz anderen Ursprung.

1825 vertonte er eine Auswahl von sieben Liedern aus Walter Scotts Gedicht *The Lady of the Lake*. Sie wurden 1826 als sein op. 52 veröffentlicht. Schuberts *Ave Maria* wird auch *Ellens Dritter Gesang* genannt, die relativ freie Übersetzung besorgte Adam Storck.

Die uns bekannte Version ist allerdings die lateinische, sie wird sowohl zu Gottesdiensten, bei Beerdigungen als auch bei Hochzeiten gesungen. Geburt und Tod unter einer Obhut, Ave Maria. Welch ein Lied!

Blau ist der Mantel der Muttergottes, Ultramarin aus Lapislazuli, ein Halbedelstein, in Afghanistan vorrätig, der das strahlendste Blau erzeugt, kostbar wie Purpur und Gold, nur für die Madonna, ave Maria.

Blau

Gedanken zu Farben

Blau ist unser Sein, der ***Blaue Planet*** unsere Urmutter Erde. Das Wasser ist blau, der Himmel ist blau und alles hängt mit dem Sonnenlicht zusammen. Blaues Licht mit seiner kürzeren Wellenlänge wird durch den Rayleigh-Streueffekt in der Erdatmosphäre deutlich stärker gestreut als langwelliges Licht wie etwa rotes Licht. Die Erde erscheint auch vom All aus blau, weil sie mit Zweidrittel Wasser bedeckt ist, das das blaue Licht des Sonnenlichts stark reflektiert. Die Raumfahrer beschreiben die Zerbrechlichkeit der Erde, ihr Azurblau ist eine zarte Farbe.

Aber wir sind nicht allein mit dem Blau im All, auch der Mars hat Blau, aber anders als die Erde. Der Mars erscheint rot, da seine Oberfläche mit eisenhaltigem Staub bedeckt ist, der „rostet". Aber die kurzwelligen blauen Anteile des Sonnenlichts und wegen des Staubs in der Atmosphäre erscheint der Sonnenuntergang auf dem Mars blau.

Die Bienen bleiben auf der Erde, weil nur hier blaue Blumen blühen, denn die Bienen fliegen auf Blau. Nur sieben Prozent der Pflanzen sind in der Lage, Blau zu produzieren. Die Herstellung von blauem Anthocyan ist chemisch komplexer und erfordert mehr Enzyme und Vorstufen als die Synthese von gelben oder roten Pigmenten.

Blau ist die älteste Farbe in der Malerei der Menschheit. In Indonesien entdeckte man Höhlenmalereien in Rötel und Blau von vor gut 50.000 Jahren. Blau spielte auch bei den Artefakten eine Rolle, sie sind aus blau-weißem Chalzidon, dienten als Grabbeigaben, vielleicht den Himmel einfangend, wasserblau gesprenkelter Hornstein, das Meer?

Die Malereien 20.000 Jahre jünger in den Höhlen Südfrankreichs verwenden zusätzlich zu Blau und Rötel Ocker und Umbra, alles Erdfarben. In der Chauvet-Höhle ist auch viel Blau zu sehen. Sie ist seit 2014 Weltkulturerbe.

Blau ist die Kleidung der Arbeiter, die alles Materielle geschaffen, indigoblau, aus Färberwaid, das gelb blüht und mit viel Arbeit zum Blau transformiert, während die orientalische echte Indigopflanze blauviolett blüht.

Blau ist eine der drei Grundfarben, aus Gelb und Blau entsteht Grün. Meine Lieblingsfarbe, ein Mischling wie das Leben, aus Licht und Schatten, vielartig, gehe in den Wald und zähle die Grüntöne, das beruhigt.

Blau ist der Himmel in uns. Es ist eine Kunst, farbig zu träumen.

Immer erscheint das Blau des Meeres dunkler als das Blau des Himmels. Der Himmel erscheint durch Streuung und das Meer durch Absorption von Licht blau. Gibt es Blau überhaupt? Lediglich eine Erscheinung?

Die blaue Stunde, wenn wir verliebt sind, blaumachen, wenn wir ausruhen wollen. Blau ist die beliebteste Farbe überhaupt.

Blau besingen die Dichter: ***Die blaue Blume der Romantik***

Novalis (Georg Philipp Friedrich von Hardenberg (1772-1801))

Die blaue Blume in seinem Roman *Heinrich von Ofterdingen* ist das Symbol der Romantik schlechthin. Sie steht für die Sehnsucht des Menschen nach Tiefsinn und Freiheit, die Suche nach wahrer Liebe und Kreativität. In der Romantik wurde das erste Mal in umfangreichen Diskussionen und Schriften die frei gewählte Liebe proklamiert.

Joseph von Eichendorf (1788-1857)

Was wollen mir vertraun die blauen Weiten,
Des Landes Glanz, die Wirrung süßer Lieder,
Mir ist so wohl, so bang! Seid ihr es wieder
Der frommen Kindheit stille Blumenzeiten?

Wohl weiß ich's – dieser Farben heimlich Spreiten
Deckt einer Jungfrau strahlend reine Glieder;
Es wogt der große Schleier auf und nieder,
Sie schlummert drunten fort seit Ewigkeiten.

Mir ist in solchen linden, blauen Tagen,
Als müßten alle Farben auferstehen,
Aus blauer Fern sie endlich zu mir gehen.

So wart ich still, schau in den Frühling milde,
Das ganze Herz weint nach dem süßen Bilde,
Vor Freud, vor Schmerz? – ich weiß es nicht zu sagen.

Eduard Möricke (1804-1875)

Frühling läßt sein blaues Band
Wieder flattern durch die Lüfte
Süße, wohlbekannte Düfte
Streifen ahnungsvoll das Land
Veilchen träumen schon,
Wollen balde kommen

– Horch, von fern ein leiser Harfenton!
Frühling, ja du bist's!
Dich hab' ich vernommen!

Rainer Maria Rilke (1875-1926)

Die blaue Hortensie

So wie das letzte Grün in Farbentiegeln
sind diese Blätter, trocken, stumpf und rauh,
hinter den Blütendolden, die ein Blau
nicht auf sich tragen, nur von ferne spiegeln.

Sie spiegeln es verweint und ungenau,
als wollten sie es wiederum verlieren,
und wie in alten blauen Briefpapieren
ist Gelb in ihnen, Violett und Grau;

Verwaschenes wie an einer Kinderschürze,
Nichtmehrgetragenes, dem nichts mehr geschieht:
wie fühlt man eines kleinen Lebens Kürze.

Doch plötzlich scheint das Blau sich zu verneuen
in einer von den Dolden, und man sieht
ein rührend Blaues sich vor Grünem freuen.

Das Blau der Hortensie ist was Besonderes. Von Natur aus blüht sie in rötlichen Tönen. Die blaue Hortensie anders als die natürlich rötliche bedarf sauren Bodens mit einem PH Wert unter 4,5, um Aluminium aus dem Boden aufzunehmen, was die Blaufärbung verursacht. Ob das auch Rilke sieht? Ihm geht es ja um die Metaphorik. Das Blau als Gegenspieler von Grün, beide verblasst, aber nur das Blau kann sich erneuern, wenn es Aluminium bekommt, deshalb ist es die wichtigere Farbe in diesem Dinggedicht von Rilke.

Dieser chemische Prozess ist ihm aber nur eine Beobachtung wert, was zählt, ist der Vergleich mit dem Leben:

wie fühlt man eines kleinen Lebens Kürze.

Wodurch auch immer: Die Blüte kann sich erneuern!

Und noch mal **Rainer Maria Rilke**. Hier ist das Mädchen blau und nicht wie üblich der Knabe, der ist weiß:

Das Karussell
Jardin du Luxembourg

...Sogar ein Hirsch ist da, ganz wie im Wald,
nur dass er einen Sattel trägt und drüber
ein kleines blaues Mädchen aufgeschnallt.

Und auf dem Löwen reitet weiß ein Junge
und hält sich mit der kleinen heißen Hand
dieweil der Löwe Zähne zeigt und Zunge ...

Gottfried Benn (1886-1956)

Die blaue Stunde

Ich trete in die dunkelblaue Stunde –
da ist der Flur, die Kette schließt sich zu
und nun im Raum ein Rot auf einem Munde
und eine Schale später Rosen – Du!
......

Du bist so weich, du gibst von etwas Kunde,
von einem Glück aus Sinken und Gefahr
in einer blauen, dunkelblauen Stunde
und wenn sie ging, weiß keiner, ob sie war.
……
Was sich erhebt, das will auch wieder enden,
was sich erlebt – wer weiß denn das genau,
die Kette schließt, man schweigt in diesen Wänden
und dort die Weite, hoch und dunkelblau.
(1950)

Else Lasker-Schüler (1869-1945)

Mein blaues Klavier

Ich habe zu Hause ein blaues Klavier
Und kenne doch keine Note.
Es steht im Dunkel der Kellertür,
Seitdem die Welt verrohte.
Es spielten Sternenhände vier –
Die Mondfrau sang im Boote.
– Nun tanzen die Ratten im Geklirr.
Zerbrochen ist die Klaviatür.
Ich beweine die blaue Tote.
Ach liebe Engel öffnet mir
– Ich aß vom bitteren Brote –
Mir lebend schon die Himmelstür,
Auch wider dem Verbote.
(1937)

Georg Heym (1887-1912)

Alle Landschaften haben
Sich mit Blau erfüllt.
Alle Büsche und Bäume des Stromes,
Der weit in den Norden schwillt.

Leichte Geschwader, Wolken,
Weiße Segel dicht,
Die Gestade des Himmels dahinter
Zergehen in Wind und Licht.

Wenn die Abende sinken
Und wir schlafen ein,
Gehen die Träume, die schönen,
Mit leichten Füßen herein.

Zymbeln lassen sie klingen
In den Händen licht.
Manche flüstern und halten
Kerzen vor ihr Gesicht.
(1911)

Georg Trakl (1887-1914)

Rondel
Verflossen ist das Gold der Tage,
Des Abends braun und blaue Farben;
Des Hirten sanfte Flöten starben,
Des Abends braun und blaue Farben;
Verflossen ist das Gold der Tage.

Der blaue Engel – **Marlene Dietrich** in dem gleichnamigen Film von 1930. Der „blaue Engel" war der Name des Hafen-Varietés, wo sie als Lola Lola auftrat. Der Stoff ist aus dem Roman *Professor Unrat* von Heinrich Mann, der 1905 erschienen war.

Giotto di Bondone (* 1267/1276 in Vespignano/Vicchio, † 8. Januar 1337 in Florenz), Maler.
Giotto vermittelte den Betrachtern seiner Werke das Gefühl der Tastbarkeit und der Raumtiefe. Er war es auch, der sich mit der Zeit von dem traditionellen Gold-Hintergrund abwandte und den Himmel über der Landschaft **blau** malte.

Der Blaue Reiter
Franz Marc und **Wassily Kandinsky** benannten 1911/12 ihre Ausstellungstätigkeit und ihre Redaktionsgemeinschaft am Almanach *Blauer Reiter*, der dann bis zum Beginn des 1. Weltkriegs, 1914, als Name der Gruppe fungierte. Zu ihnen gehörten noch August Macke, Gabriele Münter, Marianne von Werefkin u. a.
Letztere hatte z. B. behauptet, daß *fast alle Deutschen den Fehler begehen, das Licht für Farbe zu nehmen, während die Farbe etwas ganz anderes ist und mit Licht, d. h. Beleuchtung, überhaupt nichts zu tun hat.*[203]

1910 hatte Marc sich genau mit diesem Problem auseinandergesetzt: ... *aus der Beliebigkeit der Farbe herauszukommen ... aber dazu muß man über die Farbe noch viel mehr wissen und nicht so planlos Beleuchtung fummeln.*[204]

Marc entwickelte eine eigene Farbenlehre, wobei er sich an der Farbenlehre von Goethe orientierte, sie aber erweiterte. Er schrieb am 12. Dezember 1910 an August Macke:

Blau ist das männliche Prinzip, herb und geistig. Gelb das weibliche Prinzip, sanft, heiter und sinnlich. Rot die Materie, brutal und schwer und stets die Farbe, die von den anderen beiden bekämpft und überwunden werden muß! Mischst Du z. B. das ernste, geistige Blau mit Rot, dann steigerst Du das Blau bis zur unerträglichen Trauer, und das versöhnende Gelb, die Komplementärfarbe zu Violett, wird unerläßlich. [...] Mischst Du Rot und Gelb zu Orange, so gibst Du dem passiven und weiblichen Gelb eine megärenhafte, sinnliche Gewalt, daß das kühle, geistige Blau wiederum unerläßlich wird, der Mann, und zwar stellt sich das Blau sofort und automatisch neben Orange, die Farben lieben sich. Blau und Orange, ein durchaus festlicher Klang. Mischst Du nun aber Blau und Gelb zu Grün, so weckst Du Rot, die Materie, die Erde, zum Leben.[205]

Blau als männlich determiniert, blaues Pferd, interpretieren einige Kunsthistoriker als ein Selbstbildnis für Marc, gelb als weiblich für seine Frau Maria. Aber: *Es gibt keine „Gegenstände" und keine „Farbe" in der Kunst, sondern nur „Ausdruck".* (Franz Marc)

In die Kunstgeschichte eingegangen ist letztendlich der Name *Blauer Reiter* für Franz Marc, der ein wunderbares Blau für seine Tiere, meist Pferde, benutzte. Ein besonders berühmtes Bild ist *Der Turm der blauen Pferde*, seit dem 2. Weltkrieg verschollen, es war im Besitz von Hermann Göring, der es sich auf der Ausstellung *Entartete Kunst* 1937 in München aneignete.

Als 1916 bekannt wurde, dass Franz Marc gefallen war, schrieb Rainer Maria Rilke in einem Brief an Marie-Anne von Goldschmidt-Rothschild nach einem Besuch der Münchner Gedächtnisausstellung, *endlich wieder einmal ein oeuvre* gesehen zu haben, *eine im Werk erreichte und errungene Lebens-Einheit.*[206]

Blautöne

Azurblau – Traditionell wird das leicht grünliche Azurblau aus dem Mineral Azurit gewonnen. Entdeckt haben es die alten Ägypter, die es aber zunächst zum Schminken verwendeten. In der Kunst des Mittelalters und der Renaissance spielte Azurblau eine besonders wichtige Rolle.

Brillantblau – intensiv ***marineblaue*** Farbtöne. Heute hat sich die Bezeichnung vor allem für einen blauen Lebensmittelfarbstoff durchgesetzt, doch auch Künstlerfarben tragen teilweise diese Bezeichnung.

Indigo ist eines der ältesten Pigmente, die der Mensch kennt – bereits in prähistorischer Zeit sollen Menschen es genutzt haben, um damit Textilien einzufärben. Auch heute noch spielt Indigo in diesem Zusammenhang eine wichtige Rolle. Ein bekanntes Synonym ist daher auch ***Jeansblau.***

Früher wurde Indigo aus verschiedenen Pflanzen gewonnen, woher es auch seinen Namen hat (von der Indigopflanze). Heute wird es chemisch gewonnen, man bezeichnet mit dem Namen aber immer einen intensiv dunkelblauen Farbton.

Kobaltblau ist nach dem chemischen Element benannt, aus dem es gewonnen wird. Bereits die alten Ägypter nutzten es, um Keramik zu bemalen. Auch heute noch ist es besonders wichtig in der Porzellanherstellung. Der intensiv blaue Farbton ist aber auch in der Kunst sehr beliebt. Manchmal findet man es auch unter der Bezeichnung ***Kornblumenblau***.

Königsblau oder ***Royalblau*** ist eine Sammelbezeichnung für jedes intensive Dunkelblau, welches eher ins Magenta als ins Grün geht. In der Kunst spielt Königsblau seit Jahrhunderten eine wichtige Rolle. Häufig haben Künstler früher Adelige und Reiche in dieser Farbe dargestellt.

Türkisblau – Türkis entsteht, wenn Cyan mit minimalen Anteilen Gelb gemischt wird. Für Türkisblau kommt noch etwas mehr reines Blau hinzu. So entsteht eine Farbe, die in aller Regel das Leuchten des Ozeans widerspiegeln soll.

Ultramarinblau ist seit Jahrhunderten eines der wichtigsten blauen Pigmente in der Kunst. Heute wird Ultramarinblau häufig synthetisch hergestellt. Synthetisches Ultramarin ist etwas intensiver in der Farbgebung als das traditionell hergestellte Pigment.

Azurblau ist der Mantel der Muttergottes, Ultramarin aus Lapislazuli, ein Halbedelstein, seit dem Mittelalter aus Afghanistan nach Venedig gebracht, über die Meere, ultra-marine, der das strahlendste Blau erzeugt, kostbar wie Purpur und Gold, nur für die Madonna, ave Maria.

Update vom 1. Oktober 2025

Ältestes Blau

Ein Forschungsteam der Universität Aarhus in Dänemark hat in der hessischen Gemeinde Mühlheim-Dietesheim einen archäologischen Sensationsfund gemacht: Die Wissenschaftler entdeckten auf einem steinzeitlichen Fundstück Reste des **blauen Minerals Azurit, die rund 13.000 Jahre alt** sind. Dabei handelt es sich um den europaweit ältesten Nachweis für die Verwendung blauer Pigmente.
Die Entdeckung gelang den Archäologen bei der erneuten Untersuchung von Fundstücken aus den 1970er-Jahren. Der Fundplatz am Südufer des Mains diente vor 13.000 Jahren als

Rastplatz für umherziehende Jäger und Sammler. Die flachen Steine mit leicht eingesenkten Oberflächen galten jahrzehntelang als steinzeitliche Öllampen. Erst moderne mikroskopische Analysen offenbarten: Auf einem der Sandsteine fanden sich winzige Spuren des blauen Kupfercarbonats Azurit.

Das blaue Haus

Das kobaltblaue Haus in Mexiko ist seit 1957 das Museum der Werke der mexikanischen Malerin **Frieda Kahlo** (1907-1954). Es ist ihr Geburtshaus.

Das blaue Wunder

In Biegen/Brandenburg tauchte 2010 ein blauer Storch auf, der als *blaues Wunder* bezeichnet wurde, weil zunächst keiner wusste, wieso er blau war.

Er sah sehr schön aus in seinem schillernden Kleid und hatte eine ganz normale weiße Partnerin und drei weiße Küken. Die blaue Farbe hatte er sich beim Baden in einem Industriegewässer geholt, was ihm offensichtlich gesundheitlich nicht geschadet hat.

*Die **blaue** Brücke* in Dresden-Loschwitz heißt auch ***blaues Wunder***. Sie ist 1893 fertig gestellt worden. Es ist eine elegante, blau angestrichene Stahlbrücke über die Elbe, die eine für die damalige Zeit ungewöhnliche Konstruktion der versteiften Hängebrücke von Claus Koepcke hat.

Blaulicht

Bereits 1933 musste die Polizei, später auch Feuerwehren, von rotem zu blauem Warnlicht wechseln. Blau streut in der Atmosphäre stärker und ist so aus der Nähe prima, aber von angreifenden Flugzeugen aus schlecht erkennbar. Im Weltkrieg folgten ab 1939 andere Länder der Verdunkelungs-Strategie. Nach Kriegsende 1945 blieb das Blau und setzte sich in den 1950er-Jahren in ganz Europa als die Warnfarbe für Einsatz-Warnlicht durch.

*Der **blaue** Brief*

Heutzutage eine offizielle Mitteilung von der Schule an die Eltern, die über eine gefährdete Versetzung des Kindes informiert. Er dient als Warnung, damit noch Zeit bleibt, die schulischen Leistungen zu verbessern und das Sitzenbleiben zu verhindern.

Der Name stammt angeblich von blauen Briefen aus dem 18. Jahrhundert in Preußen, mit denen wichtige königliche Anordnungen in undurchsichtigen blauen Umschlägen versendet wurden, um den Inhalt zu schützen. Diese Praxis wurde zunächst im Militär angewendet, insbesondere für Entlassungen. Vielleicht waren diese Briefe in Preußisch-Blau?

Ich bin blau, und grün hinter den Ohren

Noch mehr zu Farben

Nein, blau möchte ich nie wieder sein, das ist ein schrecklicher Zustand.

Aber warum?

Man geht davon aus, dass der Begriff aus der Färberbranche des Mittelalters kommt. Der Färberwaid, der gelb ist, muss aufwendig verarbeitet werden, um blau zu werden, zum Beispiel mit Harnstoffen, weshalb die Färber in die Bottiche pinkelten, und Alkohol, weshalb die Färber sich besoffen, und daraufhin montags „blaumachten".

Da der blau gefärbte Stoff, der so entstand, viel mit Arbeit zu tun hat, tragen die Arbeiter Blaumänner.

Wer grün hinter den Ohren ist, ist unreif ... nun ja, unreif ist meist sauer, sauer macht lustig, auch so ein Spruch, der sich gewandelt hat von „gelüstig", also gierig, weil Säure den Appetit anregt. Jedoch ist es eher das verzogene Gesicht, das wir machen, wenn wir was Saures zu uns nehmen und der Gegenüber einen Lachkrampf kriegt.

Ohne Farben wäre unser Leben farblos. Ohne Licht keine Farben. Im Dunkeln gibt es keine Farben, aber Schatten sind farbig, lehrte mich meine Mallehrerin. Und ich malte sie, leidenschaftlich, lila Schatten, das schien mir am realistischsten.

Lila entsteht aus den Primärfarben Rot und Blau. Lila war mal die Farbe der zweiten Frauenbewegung, ich malte a so intuitiv feministisch. Lila galt in der ersten Frauenbewegung als die Farbe für das Stimmrecht. Lila war aber auch eine Protestfarbe der modernen Malerei, denn Wilhelm II. ärgerte es furchtbar, dass der Museumsdirektor Hugo von Tschudi moderne Kunst einkaufte, besonders Impressionisten, die es nicht so genau mit der natürlichen Darstellung nahmen. So hat er die Kunst von Walter Leistikow, den Grunewald zu malen, tituliert: *Der hat mir den janzen Jrunewald versaut* (Wilhelm II. berlinerte), aber auch die Farbe Lila hatte er auf dem Kieker. *Nicht schon wieder ein lila Schwein, Herr von Tschudi*.

Apropos das Gemälde von Franz Marc *Der Turm der blauen Pferde*, das sich Göring angeeignet hatte, hat eine Nachkriegsgeschichte:

Der Kunsthistoriker und ehemalige Reichskunstwart Edwin Redslob und der Berliner Journalist Joachim Nawrocki wollen das Gemälde noch nach Kriegsende in Berlin gesehen haben. Nach Redslob sei es um 1945 im „Haus am Waldsee“ (früher Sitz der Reichsfilmkammer) in Zehlendorf gewesen, während es Nawrocki etwa 1948/49 in dem Jugendheim gleich nebenan sah. Er berichtete, dass das Gemälde durch Einschnitte beschädigt gewesen sei. Das Jugendheim war das ehemalige Wohnhaus von Wolf-Heinrich von Helldorff, vormals Polizeipräsident von Berlin, der 1944 als Widerstandskämpfer hingerichtet wurde.[207]

Irgendwo in Berlin könnte es noch hängen, dieses blaue Wunder …

Aber das ist eine andere Geschichte.

1888,

bekannt als Dreikaiserjahr, weil Deutschland drei Kaiser hatte: Wilhelm I. (* 1797), Kaiser dank Bismarck seit 1871, stirbt am 9. März 1888; sein Sohn Friedrich III. (* 1831) ist nur 99 Tage Kaiser, deshalb der Beiname „Neunundneunzigtagekaiser", stirbt am 15. Juni 1888; dann Wilhelm II. (* 1859), sein Sohn und Enkel von Queen Victoria, wird mit 29 Jahren der letzte deutsche Kaiser bis zum Untergang des Kaiserreichs 1918 – mit seinem unsäglichen Kunstgeschmack.

Aber 1888 hatte noch was Bedeutendes zu bieten, das nicht besonders gewürdigt wird, aber ganz viel mit Frauen zu tun hat, und die Welt danach eine andere wurde:

Auch das männlichste Ressort überhaupt, das Auto, trägt die Handschrift von Frauen. Die erste längere Autofahrt wurde von Bertha Benz unternommen. Sie fuhr mit dem von ihrem Mann Carl Benz entwickelten Motorwagen von Mannheim nach Pforzheim und zurück, eine Strecke von über 100 Kilometern.

Bertha Benz' Fahrt war ein wichtiger Schritt zur Popularisierung des Automobils. Sie demonstrierte die Alltagstauglichkeit des neuen Verkehrsmittels und trug maßgeblich zu dessen Akzeptanz bei.

Für technische Probleme auf der Fahrt, wie die Zündkerze zu reinigen, nahm sie ihre Hutnadel, und ein Strumpfband, um die Benzinleitung zu reparieren. Immerhin typische weibliche Attribute der Zeit.

Bertha Benz' Fahrt gilt als die erste dokumentierte Überlandfahrt mit einem Automobil. Sie ebnete den Weg für weitere Innovationen und Entwicklungen im Bereich des Automobilbaus und der Automobilnutzung. Zu dieser Zeit hatten noch viele Menschen Angst vor dem knatternden Ungetüm. Aus den wissenschaftlichen wie auch den technischen Bereichen weiß man heute, dass doch mehr Frauen beteiligt waren bzw. sie Männer inspiriert haben, als bisher kommuniziert. Darüber wird es sicher auch Bücher geben …

Anmerkungen:

---

[1] Angeregt zu dem Titel wurde ich durch diesen Artikel, in dem der Verfasser überzeugt ist, dass Rilke Velofahrer war und weist das mit dem Gedicht „Herbst“ nach.
https://velopflock.ch/2011/11/12/rilke-fur-radler/s.
s.a. Konnte Rilke radfahren? – Die Faszination des Biographischen in der deutschen Literatur. Gedenkschrift für Ferenc Szász (1943-2006). Hg. Imre Kurdi, Peter Lang Verlag.

[2] Der Begriff „Äugelchen“ und „Äugelchen machen“ für Flirten kommt häufig im Schriftverkehr zwischen Goethe und seiner Geliebten, späteren Ehefrau Christiane Wulpius, vor: Als sie zur Kur weilte, mahnte Goethe: *Mit den Äugelchen geht es, merke ich, ein wenig stark, nimm Dich nur in Acht, dass keine Augen draus werden.* Siehe Vortrag von Dr. Egon Freitag, Weimar, Goethe-Gesellschaft, Erfurt, März 1922.

[3] Immanuel Kant, Formel der Autonomie:[Handle] nur so, *daß der Wille durch seine Maxime sich selbst zugleich als allgemein gesetzgebend betrachten könne.* „Grundlegung zur Metaphysik der Sitten“, Akademieausgabe S. 434 (BA S. 76, Weischedel-Ausgabe S. 67, Meiner Philosophische Bibliothek Bd. 519, S. 61).

[4] Karl Marx, „Deutsche Ideologie“, Marx/Engels, MEW 3, S. 33: *Sowie nämlich die Arbeit verteilt zu werden anfängt, hat Jeder einen bestimmten ausschliesslichen Kreis der Tätigkeit, der ihm aufgedrängt wird, aus dem er nicht heraus kann; er ist Jäger, Fischer oder Hirt oder kritischer Kritiker und muss es bleiben, wenn er nicht die Mittel zum Leben verlieren will – während in der kommunistischen Gesellschaft, wo Jeder nicht einen ausschliesslichen Kreis der Tätigkeit hat, sondern sich in jedem beliebigen Zweige ausbilden kann, die Gesellschaft die allgemeine Produktion regelt und mir eben dadurch möglich macht, heute dies, morgen jenes zu tun, morgens zu jagen, nachmittags zu fischen, abends Viehzucht zu treiben, nach dem Essen zu kritisieren, wie ich gerade Lust habe, ohne je Jäger, Fischer, Hirt oder Kritiker zu werden.*

[5] Brief von Johanna Schopenhauer an ihren Sohn Arthur Schopenhauer, datiert vom 6. November 1807.
[6] Sämmtliche Schriften, 24 Bände, Brockhaus-Verlag, Leipzig und Frankfurt a. M. 1830/31.
[7] Germaine de Stael, Philosophin, Schriftstellerin und Kontrahentin von Napoleon.
[8] Johann Wolfgang von Goethe. Der Titel „Wie es dampft und braust und sprühet" ist aus dem Stammbuch der Frau v. Berg, Goethe, Gedichte, insel tb 1400, Ffm, 1992, S. 586.
[9] 1782 wurde Goethe geadelt; s. Georg Schwedt, Goethe: Museen, Orte, Reiserouten, Das Reiselexikon, Callwey, München, 1996, S. 104.
[10] Goethe, Römische Elegien und Venezianische Epigramme, hg. Regine Otto, insel tb 1150, Ffm., 1989, S. 75.
[11] Goethe, Gedichte, aaO, S. 335 f.
[12] vgl. Johannes Urzidil, Goethe in Böhmen, Artemis Verlag, Zürich, 1965./Siehe Fußnote 13).
[13] vgl. Die Felsenstädte von Adersbach und Wekelsdorf, Verlag Juko, Tschechien, S. 10 ff.; sowie: Ernst Schremmer, Sudetenland, Flechsig Verlag, S. 166.
[14] s. Otto Krätz, Mineralogie und Geologie, in ders.: Goethe und die Naturwissenschaften, Callwey Verlag, München, 1998, S. 60 ff.
[15] Die Goethe-Büste ist von dem Bildhauer Emil Schwantner (1890-1956) geschaffen worden, der auch an dem Figurenschmuck des Völkerschlachtdenkmals in Leipzig beteiligt war. Er entstammt meiner mütterlichen Familie Schwantner, die bis 1945 im Kreis Trautenau ansässig war. Dieser Familie entstammt auch der US-amerikanische Komponist und Pulitzerpreisträger Joseph Schwantner. Sein Opa und mein Opa waren Brüder. Joseph ist wegen der unzumutbaren Verhältnisse für die deutsche Bevölkerung in der Tschechisch-Slowakischen Republik 1919/20 ausgewandert, mit ihm noch Wenzel, ein weiterer Bruder, der aber keine Nachfahren hat.

[16] Johannes Urzidil nennt den 15. September 1790 als klare Vollmondnacht. Meine Nachfrage bei der Sternwarte in Berlin hat aber ergeben, daß am 23. Vollmond war. Auch andere Autoren lassen Goethe in der Nacht vom 22. zum 23. die Schneekoppe ersteigen. S. Schwedt, Reiselexikon, aaO, S. 145.
[17] Urzidil, aaO, S. 23.
[18] Goethe, Gedichte, aaO, S. 335.
[19] s. Urzidil, aaO, S. 24.
[20] Meyers Konservationslexikon, Leipzig, 1905, 12. Band, S. 579.
[21] Diese Fakten wissen wir von Johannes Urzidil (1896 in Prag geboren, 1970 in New York gestorben). Er widmete sein Lebenswerk *Goethe in Böhmen*, 1932 als Essay erschienen; 1962 als erweiterte Ausgabe.
Urzidil verdanken wir, dass wir ziemlich alles auf einen Blick wissen, was Goethe in Böhmen trieb und mit wem er sich traf, ohne sämtliche Briefe und lebensgeschichtliche Zeugnisse durchblättern, die 140 Bände der *Weimarer-* oder *Sophienausgabe* nach dem Stichwort Böhmen absuchen zu müssen. *Siebzehnmal Böhmen* nennt er den ersten Teil, sagt uns den genauen Tag der An- und Abreise.
[22] Schwedt, Reiselexikon, aaO, S. 135.
[23] Goethe, Gedichte, aaO, S. 855.
[24] s. Urzidil, Goethe, aaO, S. 44.
[25] s. Urzidil, Goethe, aaO, S. 26.
[26] s. Urzidil, Goethe, aaO, S. 144.
[27] s. Urzidil, Goethe, aaO, S. 145..
[28] s. Urzidil, Goethe, aaO, S. 147
[29] s. Urzidil, Goethe, aaO, S. 149.
[30] Reinhard, Karl Friedr. Graf, 1761-1837, Gesandter Napoleons, Freund Goethes.
[31] s. Urzidil, Goethe, aaO, S. 151 f.
[32] s. Urzidil, Goethe, aaO, S. 50.
[33] s. Urzidil, Goethe, aaO, S. 53.
[34] s. Urzidil, Goethe, aaO, S. 155 f.

[35] Schubarth, Karl Ernst, 1796-1861, Philologe und Ästhetiker.
[36] s. Urzidil, Goethe, aaO, S. 129.
[37] Carl Friedrich Zelter über den Krankheitszustand Goethes nach seiner letzten Marienbadreise.
[38] Goethe, Gedichte, S. 283.
[39] s. Urzidil, Goethe, aaO, S. 177..
[40] s. Urzidil, aaO, S. 175
[41] s. Urzidil, Goethe, aaO, S. 178.
[42] s. Urzidil, aaO, S. 361.
[43] Johann Peter Eckermann, Gespräche mit Goethe, Goldmann Verlag, München, TB 950-51, S. 55.
[44] Buchwald, in: Goethe Band 1, aaO, S. XXIV.
[45] Buchwald, ebd., S. XXIV.
[46] Goethes Werke in 10 Bänden, Volksverlag Weimar, 1958, 1. Band, S. XXXI und Urzidil, Goethe, aaO, S. 162
[47] Eckermann, aaO, S. 401.
[48] Eckermann, ebd., S. 402.
[49] Urzidil, aaO, S. 237, 298, 318.
[50] Urzidil, aaO, S. 331.
[51] Goethe,Gedichte, aaO, S. 1085.
[52] High-life, S. 210 f.
[53] aus: Tore Frängsmyr, Alfred Nobel, deutsche Fassung herausgegeben vom Schwedischen Institut, ISBN 978-91-520-0955-0.
[54] Stefan Zweig, „Die Welt von gestern", Harnburg 1965, S. 194 f.
[55] Rainer Maria Rilke, Das Stundenbuch, Insel-Verlag, Leipzig, 1918, 12. bis 16. Tausend.
[56] Hedwig von Andechs, auch Hedwig von Schlesien, geb. 1174 in Andechs, gestorben am 15. Oktober 1243 in Trebnitz, Herzogin von Schlesien.
[57] Psalm 23: *Der Herr ist mein Hirte, und es wird mir nichts mangeln … Dominus regit me, et nihil mihi deerit. In loco pascuae ibi me collocavit; super aquam refectionis educavit me. Animam meam refecit; deduxit me super semitas justitiae propter nomen suum. Nam, etsi ambulavero in valle umbrae mortis, non timebo mala, quoniam tu mecum es; virga*

tua et baculus tuus, ipsa me consolata sunt. Parasti in conspectu meo mensam adversus eos qui tribulant me; impinguasti in oleo caput meum, et calix meus redundat. Certo, bona mea et misericordia subsequentur me omnibusiebus vitae meae, et habitabo in domo Domini in longitudo dierum.

58 Rilke an Emmi Hirschberg, 20.11.1904. Hirschberg, Emmi (geb. 23.02.1885) Schriftstellerin, Übersetzerin; mehr weiß man wohl von ihr nicht. War wohl Mitglied im VdBK-1867, Verein der Berliner Künstlerinnen 1867. Zit. n. Frieling, Simone, *Da rauscht das Herz*, S. 7, ebersbach & simon, Berlin.

59 Rilke an Lou 31.10.1925, zit. n. Schwilk, Rilke, aaO, S. 103.

60 Rilke-Diskussionsforum im Internet unter dem Datum 16. November 1916.

61 Ebenfalls nach dem Rilke-Diskussionsforum unter dem Datum 16. November 1916.

62 G. I. Kattentidt, Jung Deutschlands Verlag, Straßburg i. E. und Leipzig.

63 Siehe editorische Anmerkungen in: Rainer Maria Rilke, Die Gedichte, Insel Verlag, 2024.

64 Entstanden 1899; Erstdruck unter dem Titel „Vom lieben Gott und Anderes. An Große für Kinder erzählt", Leipzig (Insel) 1900; 2., veränderte Ausgabe: Leipzig (Insel) 1904.

65 Ich besitze die 3. Auflage Vom lieben Gott, Insel Verlag 1908.

66 1905 im Insel Verlag veröffentlichte Gedicht-Sammlung.

67 Im September 1899 ist dieses wohl berühmteste Gedicht des *Stundenbuchs* entstanden.

68 Rainer Maria Rilke, Zwei Prager Geschichten, dt.-cz., garamond, Prag, 2004.

69 Lou Andreas-Salomé, Rainer Maria Rilke, Verlag Henricus, Berlin, 2019, S. 3.

70 Heimo Schwilk, Rilke und die Frauen, Piper, 2023, S. 100.

71 Lou Andreas-Salomé, aaO, S. 54.

72 Ebd., S. 55.

[73] Ebd., S. 54.
[74] Rainer Maria Rilke, Die Gedichte, Insel Verlag, 2024, S. 719.
[75] Rüdiger Schaper, in: Rainer Maria Rilke und die Musik, Tagesspiegel 1.8.2025, S. 18.
Schapers neues Buch wird im Herbst 2025 erscheinen, in dem er die besondere musikalische Seite von Rilke zeigen wird.
[76] Ingeborg Schnack, Rainer Maria Rilke, Chronik seines Lebens und seines Werkes. 1875-1926, S. 773/4.
[77] Hildegard Knef, Der geschenkte Gaul,
Ullstein Tb., 2024.
[78] k. und k. Österreich, zu dem auch Prag und das Königreich Böhmen gehörte, ging 1918 unter. Die Tschechen gründeten einen eigenen Staat mit den Slowenen, in dem die deutsche Bevölkerung von ca. 3 Millionen nunmehr eine Minderheit mit geringeren Staatsrechten wurde. Das war einer der Gründe für die spätere Unzufriedenheit der deutschen Bevölkerung und Sympathie für Hitlerdeutschland.
Noch bis in die Gegenwart hatten/haben Tschechen Schwierigkeiten mit der ursprünglichen deutschen Bevölkerung, die seit dem Mittelalter im Königreich Böhmen und der Markgrafschaft Mähren lebte.
[79] Kindlers Neues Literatur Lexikon, s. a.
https://www.diogenes.ch/leser/titel/rainer-maria-rilke/briefe-an-einejungefrau9783257700879.html?srsltid=AfmBOoruELImT2k9g_qTQv3zg8zeDKtbhInp-oCZiP5Gz80dq50W_aqP
[80] R. M. Rilke, Die Gedichte, aaO, S. 678.
[81] https://www.suhrkamp.de/buch/rainer-maria-rilke-worpswede-t-9783458327110.
[82] R. M. Rilke, Die Gedichte, aaO., S. 404/5.
[83] Lou Andreas-Salomé, aaO, S. 35.
[84] Ebd. 29.12.1911, S.38.
[85] Ebd.16.3.1921, S. 38.
[86] Rilke, Die Gedichte, aaO, S. 843.

[87] Duineser Elegien, 10. Elegie, Bibliothek Suhrkamp 2021. S. 64.
[88] Zit. n. Frieling, aaO, S. 131.
[89] Zit.n. Frieling, aaO, S. 33.
[90] Aus der Elegie an Zwetajewa von 1926.
[91] Lou Andreas-Salomé, aaO, S. 36.
[92] Ebd. S 36.
[93] Neunte Elegie, Duineser Elegien, aaO, S. 57.
[94] https://www.rilke.de/briefe/280221.htm
[95] Rilke Briefe 1919-1926, herausgegeben von H. Nalewski, Frankfurt a. Main, 1991, S.127 ff.
[96] Zweite Elegie, Duineser Elegien, aaO, S. 16.
[97] 1915 – *Die Verwandlung*. 1916 – Reihe *Der jüngste Tag*, Verlag Kurt Wolff, Leipzig, mit einer Schutzumschlagzeichnung von Ottomar Starke.
[98] Erschienen 1924 – in: *Ein Hungerkünstler* (Erzählung von 1922) auch als Titel des Sammelbands mit drei weiteren Prosatexten: *Erstes Leid*, *Eine kleine Frau* und *Josefine, die Sängerin oder Das Volk der Mäuse*. „Eine kleine Frau" ist in Berlin-Steglitz geschrieben worden, wo er mit Dora Diamand seine letzte Liebe verbrachte.
[99] Der *Brief an den Vater* ist ein 1919 verfasster, niemals abgeschickter Brief Franz Kafkas an seinen Vater. Er wurde postum 1952 in der *Neuen Rundschau* veröffentlicht und ist ein bevorzugter Text für psychoanalytische Studien über Kafka.
[100] https://www.theguardian.com/books/booksblog/2015/may/13/kafka-metamorphosis-translations
[101] *Franz Kafka. Eine Biographie.* S. Fischer Verlag, Frankfurt a. M. 1962.
[102] Die Uraufführung fand in Paris am 3. Juni 1943 im Théâtre Sarah-Bernhardt statt, das zu diesem Zeitpunkt „arisiert" und zu *Théâtre de la Cité* umbenannt worden war. Die deutschsprachige Erstaufführung erfolgte am 12. Oktober 1944 im Zürcher Schauspielhaus, und die Erstaufführung in Deutschland war am 7. November 1947 in den Städtischen Bühnen.

[103] Angelique, Romanfolge von Anne Golon, ein absoluter Renner der Sechzigerjahre des 20. Jhd.
[104] Ingeborg Bachmann, Malina, Suhrkamp Verlag, 2023, S. 182.
[105] Ingeborg Bachmann – Hans Werner Henze, Piper Verlag, 2004.
[106] Adolf Opel, *Wo mir das Lachen zurückgekommen ist ... Auf Reisen mit Ingeborg Bachmann*, LangenMüllerHerbig, München 2001.
[107] https://www.unifr.ch/orthodoxia/de/as-sets/public/Lehre/FS2023%20-%20Taubes/Taubes_Eschatolo-gie.pdf
[108] Circa ein halbes Jahr vor seinem Tod wechselte ich auf eine andere Stelle innerhalb des Philosophischen Instituts. Der Kontakt bestand aber weiter. In seiner Todesnacht rief seine Frau, Margherita von Brentano, spät abends bei mir zu Hause an, Taubes wolle, dass ich vorbeikomme, einen letzten Brief zu schreiben. Der Brief war an den Wissenschaftssenator von Berlin, seine Nachfolge betreffend, gerichtet. Diese letzte Begegnung mit einem Sterbenden hat mich nachhaltig berührt.
[109] *Ingeborg Bachmann: Werke, Bd. 1. Sämtliche Gedichte © 1978 Piper Verlag GmbH, München.* Mit Genehmigung des Verlags, email vom 25.9.2025, Verena Arzmiller.
[110] Trajekte 10, 5. Jahrgang, April 2005, Zeitschrift des Zentrums für Literaturforschung Berlin: „Aus einem Non-Lieux des Archivs – Jacob Taubes an Aharon Agus Berlin 11. November 1981", S. 8 ff.
[111] Weigel, Trajekte 10, aaO, S. 11 ff.
[112] taz 28.3.1987, S. 17, *Talmud in der Paris Bar. Zum Tod des jüdischen Philosophen Jacob Taubes 1923-1987.*
[113] Weigel, Trajekte 10, aaO, S. 16.
[114] Brief an mich aus Paris vom 8.8.1985.
[115] Brief an mich, Paris, 19.8.1985.
[116] Langen Müller 2001, ab Seite 34.
[117] Ingeborg Bachmann, Sämtliche Gedichte, Piper 1990, S. 179.
[118] vom 8.2.2016, S. 13.
[119] Andrea Stoll, Ingeborg Bachmann, *Der dunkle Glanz der Freiheit*, Biografie, 2013, S. 257 ff.

[120] Hans Höller, Arturo Larcati, *Ingeborg Bachmanns Winterreise nach Prag. Die Geschichte von „Böhmen liegt am Meer"*, Piper 2016, Rezension vom 11.01.2016 von Veronika Hofenede, in: Webseite Literaturhaus Wien.

[121] Marie von Ebner-Eschenbach (* 13. September 1830 auf Schloss Zdislawitz bei Kremsier in Mähren; † 12. März 1916 in Wien), *Bozena*, nur noch antiquarisch auffindbar;
dto., *Aus Spätherbsttagen*, Erzählungen, Vitalis Verlag, Prag, 1999;
Božena Nemcova (4. Februar 1820 in Wien als Barbara Pankel; † 21. Januar 1862 in Prag), *Die Grossmutter (Babicka)*, Vitalis Verlag, Prag;
Peter Härtling (* 13. November 1933 in Chemnitz), *Bozena, dtv* Taschenbuch, 1996.

[122] L. Monikowa wuchs in Prag auf, 1970 promovierte sie bei Eduard Goldstücker über den *Coriolan* im Vergleich bei Brecht und Shakespeare. Sie heiratete einen Deutschen und zog 1971 nach Deutschland. Sie verfasste mehrere Romane, u. a *Treibeis* im Hanser Verlag, München.

[123] Brigitte Heise, Hildegard Vogeler, Die Altäre des St. Annen-Museums, Kulturstiftung Hansestadt Lübeck, 2008.

[124] Zum Beispiel bei der jetzt wieder entdeckten Barockmalerin Michaelina Woutiers. Ihr Gemälde *Hl. Anna lehrt Maria Lesen, im Hintergrund Joachim* (1656), (Öl auf Leinwand, 147 × 124 cm, Kunsthandlung Hoogsteder & Hoogsteder, Den Haag). Das Gemälde zeigt Maria als Kind, wie sie mit ihren Eltern, Joachim und Anna, lesen lernt. Das Bild ist mit dramatischen clair-obscur gemalt, das an Caravaggio denken lässt.

[125] Alice Ahlers, Basis von Gewalt gegen Frauen, Tagesspiegel 3.3.2025, S.B 20.

[126] Hannes Soltau, „Es geht ihnen um den Zugriff auf Frauenkörper", Tagesspiegel 25.7.2025, S. 12-13.

[127] Mittlerweile ist die Forschung um Kleists wichtige Schwester Ulrike von Kleist im Kleist-Museum Frankfurt/Oder präsent.

[128] Sterbende Heilige Magdalena, von Simon Vouet, 1590-1649. Nach den Ausführungen von Peter Michalzik, Kleist, Propyläen Verlag, 2001.

[129] Dieser Aufsatz wurde geschrieben am 2.3.1964 am Peter-A. Silbermann Abendgymnasium in Berlin-Wilmersdorf und bewertet von Dr. Horst Schulze.

Er schreibt zu der Passage um die Engel und das Paradies: „Die Assoziation ist frappierend, aber sie überzeugt, indem sie bereits eine Wertung und Charakteristik des Werks der Annette enthält. Kleists Theorie aus seinem Aufsatz über das Marionettentheater auf Annette anzuwenden, hat etwas Überraschendes, aber es liegt völlig in der großen Linie dieses Aufsatzes. Tadellos angeknüpft. Eine Wertung ohnegleichen."

Dr. Schulze vergab die Note Eins.

[130] Max Peter Lehrs, Direktor des Dresdner Kupferstich-Kabinetts, in einem Brief an Käthe Kollwitz vom [01/KK 04 Bd. 4, Nr. 540-542], Dresden, 24. Juni 1898.

[131] 1885 erschienen, beschreibt Zola darin die unmenschlichen Verhältnisse im nordfranzösischen Kohlerevier des 19. Jahrhunderts.

[132] Die Briefe von Seiten des Kupferstich-Kabinetts, d. h. von Max Lehrs, Kurt Zoege von Manteuffel und Hans Wolfgang Singer, an Käthe Kollwitz sind in der Regel handschriftlich verfasst; sie sind auf dünnem, teilweise brüchigem Durchschlagpapier erhalten. Briefe und Postkarten von Käthe Kollwitz liegen im Archiv im ausschließlich handschriftlichen Original vor. Aufgrund der Handschrift, verwischter Tinte oder der Abheftung im Aktenfaszikel sind einzelne Wörter nicht lesbar. Die Abfolge der Briefe ist chronologisch, von 1898 bis 1929. Diese 147 Briefe sind im Internet einsehbar.

Der aus dem privaten Nachlass von Max Lehrs erhaltene Teil der Korrespondenz mit weiteren 94 Briefen und Postkarten von Käthe Kollwitz an Max Lehrs aus den Jahren 1898 bis 1938, dem Todesjahr von Max Lehrs, befindet sich in der Bayerischen Staatsbibliothek München (Sig. Bayerische Staatsbibliothek München (BSB), Ana 538 Kollwitz, Käthe, URL [14.10.2017]: https://opacplus.bsb-muenchen.de/title/BV022616920).

133 Siehe in diesem Buch, unter II. *Das Jungfernhäutchen im Museum.*

134 Zum Vergleich: Um 1900 kostete eine einfache Wohnung in einer Stadt etwa 20 bis 30 Mark pro Monat, während ein Angestellter im Durchschnitt etwa 100 bis 150 Mark pro Monat verdiente. Das bedeutet, dass etwa ein Fünftel bis ein Drittel des Monatseinkommens für die Miete aufgewendet wurde.

135 https://www.adk.de/de/akademie/sektionen/bildende-kunst/preise_stipendien/kaethe-kollwitz-preis/kaethe-kollwitz.htm

136 Der Luna-Park war ein Vergnügungspark, um 1900 am Rande des Grunewalds und am Ende des Kurfürstendamms, der gerade auch erst entstanden war, gelegen. Vorbild war der Luna-Park auf Coney Island New York.

137 Künstlercafé am Kurfürstendamm, wo heute das Kranzler ist. Nachfolger wurde das Romanische Café, wo heute das Europacenter steht. Dort befindet sich eine Dauerausstellung im Erdgeschoß über das Romanische Café und seine Zeit (20iger-Jahre), die sehr interessant ist.

138 *Mögen sie mich hassen, wenn sie mich nur fürchten.*
Es wird dem römischen Kaiser Caligula zugeschrieben. Die Aussage drückt eine Haltung aus, bei der die Furcht als wichtiger angesehen wird als der Respekt. Bei mir bezog es sich auf die DDR und den Staatsratsvorsitzenden Walter Ulbricht.
Ein westdeutsches Mädchen trifft an der Grenze im Harz den Sohn von Ulbricht, der gerade fliehen will. Ist eine Liebe auf diesem Hintergrund möglich! Bis heute ist mir nicht klar, wieso die zwei, drei Verlage, die ich damals anschrieb, dieses Thema einer Achtzehnjährigen nicht gedruckt haben. Man hätte ja lektorale Hilfe leisten können.

139 Spiess, 1997, S. 10.

[140] Breitling, Gisela, Der verborgene Eros, Fischer Verlag 1990, S. 27.
[141] https://www.emma.de/artikel/einfach-das-geschlecht-wechseln-337373
https://www.emma.de/artikel/brief-meine-schwestern-264963
[142] s. a. Der Freitag, Kultur S. 21, 22.9.2022.
[143] Gisela Breitling, Die Spuren des Schiffs in den Wellen, Fischer Verlag, 1986, S. 55.
von Schuurmann war eine deutsch-niederländische Universalgelehrte, sie gilt als erste europäische Studentin.
[144] Erste Ansätze einer Frauenrechtsbewegung entstanden im Zeitalter der Aufklärung.
In der Französischen Revolution. Olympe de Gouges forderte bereits 1781 mit ihrer *Déclaration des droits de la Femme et de la Citoyenne* die Gleichberechtigung der Bürgerin. Das Todesurteil wurde am 3. November 1793 auf der Place de la Concorde durch die Guillotine unter der Herrschaft von Robespierre vollstreckt. Im 19. Jahrhundert gab es eine starke bürgerliche und sozialistische Frauenbewegung bis in die Zwanzigerjahre, am Ende standen das Frauenwahlrecht und der freie Zugang zu Bildung. Das war die erste Frauenbewegung. Die zweite begann in den Sechzigerjahren und hatte ihren Höhepunkt im UNO-Jahr der Frau 1975. Infolgedessen wurden bei uns z. B. die frauenfeindlichen §§ des BGB beseitigt, und z. B. das freie Recht der verheirateten Frauen auf ein eigenes Bankkonto und die freie Berufswahl eingeführt, denn seit 1949 gilt im GG Artikel 3 Absatz 1: *Alle Menschen sind vor dem Gesetz gleich. Männer und Frauen sind gleichberechtigt.*
[145] *Im Namen des Herrn.*
Auch schreibende Männer haben sich stets gerne hinter einem nom de plume verborgen, die Angelegenheit hat ihre spielerische Seite. Für Frauen aber waren im 17., 18. bis weit ins 19. Jahrhundert hinein der Deckname, wenn nicht gar die Anonymität ernste Pflicht. Madame de La Fayette verschwieg ihre Autorschaft der Prinzessin von Cleve ganz und gar. Jane Austen zeichnete bescheiden mit „by a lady", während Aurore

Dupin alias George Sand und George Eliot alias Marian Evans es vorzogen, dass ihr Publikum einen Mann am Werk wähnte. Man glaube indessen nicht, dass Pseudonyme nur ersonnen wurden, um etwa einem Roman durch den Anschein männlicher Urheberschaft besserer Absatz zu sichern. Der Hauptgrund für die vielen verschleierten Frauen, die seit Beginn der Moderne durch die Gärten der Literatur geistern, war – die Moral! Es schickte sich einfach nicht für eine Frau, als Schriftstellerin in der Öffentlichkeit zu erscheinen. Was heute jedem Menschen, egal ob Mann oder Frau, zur Ehre gereicht: ein Buch geschrieben zu haben, das war seinerzeit für Frauen fast so etwas wie eine Schande. Barbara Sichtermann, *Emma* 1.Mai 2009.
https://www.emma.de/artikel/dichterinnen-im-namen-des-herrn-264002

[146] Norgard Kohlhagen, *Sie schreiben wie ein Mann*, Madame, Fischer Tb 1983.

[147] https://artvise.me/11-bedeutende-kuenstlerinnen-von-der-renaissance-bis-in-die-gegenwart/

[148] Von der Webseite der Staatlichen Museen Berlin. Siehe auch Artikel im Tagesspiegel vom 21.3.2023, S. B21.

[149] Nackte Frauen, so weit das Auge reicht, Focus über die Degas-Ausstellung in Paris, Musée d'Orsay, Freitag, 07.03.2014.

[150] Gisela Breitling, *Der verborgene Eros. Weiblichkeit und Männlichkeit im Zerrspiegel der Künste*, Fischer Verlag, 1990.

[151] ebd. S. 158 f.

[152] 16. Oktober 2013, Der Standard. https://www.derstandard.at/story/1381368845110/frauenhaende-auf-der-hoehlenwand
https://www.wissenschaft.de/geschichte-archaeologie/hoehlenmalerei-mit-weiblichem-touch/
https://www.emma.de/artikel/steinzeit-ich-mann-du-frau-334823

[153] Weibliche Unsichtbarkeit – Wie alles begann – Frau in der Frühgeschichte. Übersetzung: Singh, Stephanie. Gebunden, Hanser (2021)

[154] Breitling, Eros, S. 220 f.
[155] https://www.josiajourdan.ch/wordpress/darf-ich-als-mann-frauenromane-lesen-sonntagsgedanken-48/
https://raidrush.net/threads/lesen-frauen-buecher-von-frauen-und-maenner-von-maennern.720447/
[156] S. 18
[157] Sandra Kegel (Hg.), Prosaische Passionen. Die weibliche Moderne in 101 Short Storys. Manesse Verlag, 2022.
[158] Wikipedia: Japanische Literatur.
[159] Arno Widmann, Frankfurter Rundschau, 8.4. 2020.
[160] Von Gut und Böse und vielem dazwischen, *Frankfurter Allgemeine Zeitung*, 04.01.2023.
[161] Das verborgene Museum, Edition Hentrich Berlin, NGBK 1987, Berlin.
[162] George Albin „Überwältigend“: Warum kosten Männerbilder zehnmal mehr als Frauenbilder? https://gettotext.com/deutsch/uberwaltigend-warum-kosten-mannerbilder-zehnmal-mehr-als-frauenbilder-kunst/
[163] ebd.
[164] ebd.
[165] Arabisches Sprichwort.
[166] Gitterbox.
[167] Dänische Gelehrte.
[168] Max Ernst (1891-1976), Maler, Surrealist, Dadaist, malte sowohl abstrakt als auch gegenständlich, hier aber meist surreal. Eins seiner großartigsten Bilder ist die „Einkleidung der Braut“, 1940, das Original hängt in der Sammlung Guggenheim in Venedig, Das Max-Ernst-Museum in Brühl hat eine vom Künstler selbst signierte Kopie.
Ein weiteres bedeutendes Bild aus dieser realistisch-surrealistischen Epoche ist „Die Jungfrau züchtigt das Jesuskind“, 1926. Der Erzbischof, Kardinal Karl Josef Schulte, ließ noch am Eröffnungstag die Ausstellung schließen. Ein Repräsentant des Erzbischofs soll die Katholikenversammlung im Gürzenich mit den Worten

geschlossen haben: „Der Maler Max Ernst ist aus der Kirche ausgeschlossen, und ich rufe die Versammlung auf zu einem dreimaligen ‚Pfui'." Max Ernst hat ein Vogelwesen kreiert mit Namen loplop, der seine Bilder meist zwischen 1929 und 1932 bevölkert.

[169] 9. November 1848 – Scheitern der März-Revolution;
9. November 1918 – Novemberrevolution in Berlin;
9. November 1923 – Hitlerputsch in München;
9. November 1938 – November-Pogrom;
9. November 1989 – Fall der Berliner Mauer.

[170] Der Gerechtigkeit halber möchte ich anführen, dass es bis zu den Zeiten Friedrichs II. für die Einwohner auch nicht möglich war, katholisch zu sein oder zu werden. Lediglich in diplomatischen Kreisen gab es Katholiken. Erst durch die Eroberung großer Teile Schlesiens durch Friedrich II. kamen Katholiken nach Preußen, wurde die Hedwigskathedrale in Berlin gebaut.

[171] Freia Hoffmann, Instrument und Körper, Insel TB, Ffm., 1991, S. 214.

[172] Freia Hoffmann, in Riethmüller, Beethoven, Interpretation seiner Werke, II, Laaber Verlag, 1994, S. 505.

[173] Verein f. d. Gesch. Potsdams, 7te Lief., 45ste Sitzung am 24.4.1866.

[174] Hoffman, in Riethmüller, aaO, S. 505.

[175] Friedrich Förster, Befreiungskriege 1. Band, Berlin 1856, Gustav Hempel Verlag; 1. Brief S. 28,
ferner: Preussens Helden in Krieg und Frieden, 5. Band; Darin: Neuere und neueste Preußische Geschichte, 3. Band.

[176] Aus: Frank Bauer, Horrido Lützow! Geschichte und Tradition des Lützower Freikorps, Schild Verlag, München, 2000, S. 76.

[177] Hoffmann, in Riethmüller, aaO., S. 504.

[178] Jörg Paulus, Neugriechen und Neufranken, in: Blühende Landschaften, bebra verlag, 2002, S. 173.

[179] Horrido S. 55.

[180] Horrido Lützow, S. 46 f.

[181] Horrido, S. 12.

[182] Horrido, S. 70.
[183] Friedrich Förster, Befreiungskriege 1. Band, Berlin 1856, Gustav Hempel Verlag; 2. Brief S. 29,
ferner: Preussens Helden in Krieg und Frieden, 5. Band; Darin: Neuere und neueste Preußische Geschichte, 3. Band.
[184] Dr. Friedrich Förster, Preussens Helden in Krieg und Frieden, 5. Band, Berlin 1856, Vgl. Gustav Hempel S. 857-858
[185] Rataplan bekanntgeworden durch: Pillwitz, Ferdinand (* 1790) : Rataplan, der kleine Tambour, aufgeführt als Vaudeville/Musikstück in Weimar, Hoftheater, Di, 14. Okt. 1834.
[186] Förster, ebd. S. 859-860.
[187] Förster, aaO, S. 860.
[188] Woher Förster die Briefe der Eleonore hat, gibt er nicht bekannt. Es stimmen nämlich einige Daten nicht:
Er schreibt, 1813 sei der Bruder, an den die Briefe gerichtet sind, 15 Jahre alt gewesen. Der Vater (Unteroffizier 2. Bataillon Garde) wird ins Rheinland (Unionskriege infolge der Französischen Revolution) versetzt. Die Prochaska'schen Kinder, eins stirbt im Kindesalter, Karoline, der Bruder und Eleonore, die Älteste, waren vom 4. August 1794 bis zur Rückkehr des Vaters 1797 im Waisenhaus, wo Eleonora, obwohl vorher katholisch, zu Michaelis 1797 evangelisch eingesegnet wird. Demnach müsste der Bruder 1813 mindestens um die 20 gewesen sein und Eleonore 28 Jahre alt. Laut „Der Bär" hat er 1889 eine 80-jährige Tochter, die also 1809 geboren wurde, demnach wäre nach Förster der Bruder schon mit 11 Jahren Vater geworden.
Förster wird, als er seine Memoiren schrieb, aus den vorhandenen Notizen die beiden Briefe rekonstruiert haben. Er konnte ja nicht wissen, dass Jahrzehnte nach der Veröffentlichung zur Ehrung der Eleonore Prochaska noch ein Familienmitglied existiert.
[189] Schelowsky, 45. Sitzung Verein f.d. Gesch.Potsdam, 24.4.1866.
[190] Der Bär, 1889/90, S. 106, Stabi Berlin Tc 8682-16 ‚a'
[191] Preußensfrauenzimmer, S. 68.
[192] Wiener Theaterzeitung 7. Jg. (1814).

[193] Musik zu Dunckers „Leonore Prochaska“, WoO96, Erstdruck in der Alten Gesamtausgabe. (s. Riethmüller, S. 504 ff.).
[194] s. Freia Hoffmann, „Instrument und Körper. Die musizierende Frau in der bürgerlichen Kultur“, Insel-Verlag, 1991, S. 113 ff., 131.
[195] Hoffmann, in Riethmüller, S. 504 f.
[196] Hoffmann, in Riehtmüller, S. 508.
[197] Florian Pichler, Der deutsche Geist, Gedichte, Verlag Wallishaussers, Wien, 1814
[198] Außer den angegebenen Quellen in den Endnoten sind noch folgende Literaturnachweise: Allg. Dt. Biographie, Leipzig, 1888, 26. Bd. S. 621 f., Brandenburgia, 16. Jg. 1907-1908, 1908, S. 315. Kunzendorf, P., Hervorragende Söhne und Töchter der Mark, Berlin, Wien, C. Zieger Vlg., 1892, S. 99 f., Brun-Barnow, von, Eleonore Prochaska als August Renz, in: Der Bär 9, 1883, S. 200 ff., Schelowsky, Eleonore Prochaska, das Heldenmädchen von Potsdam, in: Mitteilungen des Vereins f. d. Geschichte Potsdams, 7te. Lief., 45. Sitzung am 24.4.1866, XCVII., S. 137 ff.
[199] Joachim Heinrich Campe, Verleger, Pädagoge, in seinem *Väterlichen Rath für meine Tochter*, 1789.
[200] * 28. Juni 1831 in Kittsee bei Pressburg, † 15. August 1907 in Charlottenburg bei Berlin.
[201] Barbara Beuys, Emilie Mayer, Europas größte Komponistin – Eine Spurensuche, Dittrich Verlag, 2021, S. 208.
[202] Literatur: Zu Grunewald und anderen Stadtteilen siehe auch mein Buch: Jenny Schon, Die Spaziergängerin von Berlin, Geest Verlag, 3. Auflage 2025.
Aktueller Nachtrag:
Am 24. Oktober 2025 spielt die Akademie für Alte Musik Berlin alle erhaltenen Orchesterwerke von Emilie Mayer im Pierre Boulez-Saal, Unter den Linden, Berlin. Endlich ist das Werk von Emilie Mayer im Heute angekommen!
[203] Meißner: Franz Marc, Briefe, Schriften und Aufzeichnungen. 1980, S. 34. Wikipedia.
[204] Franz Marc, Wikipedia.

[205] Ebd. Wikipedia.
[206] Zitiert nach: Rainer Maria Rilke und die bildende Kunst seiner Zeit. Hrsg. von Gisela Götte und Jo-Anne Birnie Danzker. Prestel, München/New York 1996, S. 89.
[207] Wikipedia

****

Im Geest Verlag sind in den letzten Jahren folgende Bücher von Jenny Schon erschienen und noch erhältlich:

fragen bleiben ... vita variatur, Gedichte, 2020
Collagen Christiane Lenz

Hier stehe ich ... ich kann nicht anders
Geschichten von Widerstand. Mai 2021

Zukunft atmen, Gedichte, Sommer 2022
Illustrationen von Bettina Griepentrog-Wiesner

BaumGespräche, Lyrik, November 2024
Illustrationen von Bettina Griepentrog-Wiesner und Jana Wiesner

Die Spaziergängerin von Berlin
Essays zu 25 Jahren Stadtspaziergänge in Berlin.
3. Auflage 2025